Zu diesem Buch

Nach ihren lustvollen Erinnerungen «Josefine Mutzenbacher – Die Lebensgeschichte einer wienerischen Dirne» (rororo Nr. 4290) erzählt die lebenshungrige und bürgerliche Konventionen mißachtende Kokotte von weiteren Höhepunkten ihrer schockierenden Karriere. Wiederum entstand ein mittlerweile klassisches Werk der Pornographie und zugleich ein «amüsanter kulturhistorischer Bilderbogen» («Der Tagesspiegel»).

«Josefines ‹vornehme und gelehrte Männer›, der Selchermeister Xandl, der Herr von Steinhager, der Husarenleutnant Ferry von Öfalay, der aus der Peperl eine ungarische Pepikem macht, die Intellektuellen und der junge Dichter aus dem ‹Künstlerparadies›, sie alle folgen erst im zweiten Band. Die Realistik der Milieuschilderungen und die sozialkritischen Beimischungen mögen im zweiten Band geringer sein, um so höher ist die Ironie ins Groteske getriebener Situationen. Im ersten Band gibt's auf diesem Gebiet nur ein Meisterstück, die Herstellung pornographischer Salonphotographien: Als ein Opfer seines Berufes bringt der Photograph seine Frau mit einem jungen Mann und mit Josefine in die allerheikelsten Situationen, in denen sie vor der Kamera absolut bewegungslos verharren muß, weil der Photograph rasend eifersüchtig ist... Die Fortsetzung enthalte (schreibt Oswald Wiener in seinem Vorwort), nur etwa die Hälfte des Wiener erotischen Wortschatzes, der im ersten Band zu goutieren ist. Da der erste Band, laut Wiener, etwa vierzig Prozent solcher Spezialausdrücke enthält, muß der Leser, der durch zwanzig Prozent nicht zu befriedigen ist, ernsthaft vor ‹Meine 365 Liebhaber› gewarnt werden. Wer dagegen zwanzig Prozent für auch schon ganz schön hält, der mag sich an der Meisterin Mutzenbacher Lehr- und Wanderjahre auf andere als philologische Weise ergötzen: aus dem blauen Plüschsalon, den ihr der Selcher Xandl am Lerchenfeldergürtel eingerichtet hat, durch eigene Schuld vertrieben, läuft sie in den Praterauen, im Rendezvouscafé Oberlechner und in dem geschlossenen Institut der Madame Yvonne vulgo Nowak alle Tiefen und in der Puszta bei den magyarischen Husaren, im Wiener Künstlerparadies in Gesellschaft von Schauspielern vom Theater an der Wien, vom Carl- und Burgtheater, als Malermodell und lebender Marmor alle Höhen ihrer von ihr stets geschätzten Profession ab. Herzzerreißend sind ihre Begegnungen mit dem Ringelspielpoldi, ihrem Lebensretter, dem sie sich aus wahrer Liebe verweigert, mit dem zum Strotter heruntergekommenen Vater und ist endlich ihr Schwur als späte Mutter: ‹Mei Tochter wird a Dame!› Wer hätte da noch den traurigen Mut zur Wahrheit, die ihr von der Wirtin Wondracek an den Kopf geworfen wird: ‹Sauschlampen, ausg'schamter! Hurenmensch übereinander!›» (Georg Hensel in «Süddeutsche Zeitung»).

Josefine Mutzenbacher

Meine 365 Liebhaber
Die Fortsetzung meiner Lebensgeschichte

Mit einem neuen Beitrag
von Oswald Wiener

rororo
Rowohlt

110.–115. Tausend Februar 1991

Veröffentlicht im Rowohlt Taschenbuch Verlag GmbH,
Reinbek bei Hamburg, Juli 1979

Umschlagentwurf Manfred Waller (Umschlagbild nach einer
zeitgenössischen Postkarte/Sammlung Robert Lebeck)
Satz Aldus (Linotron 404)
Gesamtherstellung Clausen & Bosse, Leck
Printed in Germany
780-ISBN 3 499 14387 9

die fut schwebt achtzig zentimeter über dem boden. an ihr sind beine montiert, damit sie leichter transportiert werden kann, aber schon die schenkel sind eher eine fassung als bestandteile des fortbewegungsaggregats und der arsch ist ein kostbarer hintergrund mit speziellen verwendungsmöglichkeiten. über der fut ist der leib errichtet als gerüst für die tutteln. für die vorlust sind hände angebracht. darüber ein kopf mit einem mund zur irrumation und mit ohren, damit man die fut herbeirufen kann.

dies die geheime identität der frau. die pornographie strapaziert diese und die der männer bis zum völligen ausschluß der offiziellen, welche unser bild von der gesellschaft prägt. pornographie beginnt, wo die soziologie zu ende ist. jeder mensch verläßt die gesellschaft, wenn er vögelt, wenn er den trip macht, die reise in die klitoris oder in die glans penis, von welch letzterer ferenczi so hübsche geschichten erzählt.

einige hundert jahre lang ist die literatur über jene existenz entartet – genau so entartet, wie auf der anderen seite der roman, der das sexuelle nur in gestalt des erotischen kennt . . . das erotische ist ein bestandteil der gesellschaft. freilich gehören auch die sotadischen bücher zur gesellschaft, wenn auch was sie beschreiben oder meinen einen definitiv eigenen außergesellschaftlichen bereich einnimmt. unsere gesellschaft errichtet sich zwar auf dem bann der sexualität, aber wer könnte sagen, ob dieser bann sie bloß auf den bereich des privaten einengen sollte, oder ob er ursprünglich auch das treffen wollte, was sich direkt gegen die konstruktionsprinzipien der gesellschaft richtet?

die sexualwissenschaft beschreibt nur die strukturierung der sexualität durch die gesellschaftlichen kräfte. sie versucht nirgends eine beschreibung des zustandes der geilheit, welcher jene durch die kommunikation gegebenen schranken zu überschreiten versucht und nicht selten auch überschreitet: hier wäre das feld für die verbotenen autoren. die sogenannten erotika aber, «bibliophile werke», waren nie in der lage, das moment der auflösung zu studieren. da der staat viel mehr die bücher als ihren in diesem sinn möglichen inhalt verfolgte, paßten die autoren ihre werke dem verbot und dem durch dieses geschaffenen bedürfnis an: da das gesetz worte, nicht empfindungen oder gedanken, traf, definierte es das, was wir pornographie nennen, und der antrieb, möglichst genau das zu schaffen, was verboten war, überdeckte alle möglichkeiten des studiums der anomie; sogar sade, dem der bedeutendste vorstoß gelang, errichtet sein werk bloß auf dem protest. aus dem muckertum entsteht eine muckerische pornographie. *meine 365 liebhaber* ist dutzendware. anders als *josefine mutzenbacher* versucht es nicht einmal, die jeweiligen historischen facetten der erotik bloßzulegen – was eine wirksame art wenigstens des protestes wäre, was der *josefine mutzenbacher* ihre qualität und ihren erfolg gegeben hat. die heuchelei des spießertums findet darin ihren ausdruck («. . . es ist nicht dazu da, damit andere sich daran aufgeilen, meiner seel nein . . .»), es ist das erzeugnis einer spezifisch österreichischen pornographie, deren begriff zu umreißen einem leichter fällt, wenn man die geschichte ihrer vorbereitung kennt: die von meist jüdischen wander- und schleichhändlern vertriebene groschensotadik des vormärz, die erotika für gehobene ansprüche des c. w. stern-verlages vor dem ersten weltkrieg, die lieferungen fritz freunds und dr. ludwigs (u. a. *josefine mutzenbacher*, wien 1906), die miserablen erzeugnisse der verlage brackls oder treldes, der budapester oder preßburger verlage (fritz sachs, hartleb u. a.), welche die monarchie überschwemmt haben – zu wenig ist bekannt, daß deutsche pornographien österreicher zum verfasser haben.

der anspruchslose inhalt des buches erfordert keinen kommentar. bemerkenswert allein ist der versuch des unbekannten autors, den namen der *josefine mutzenbacher* zu usurpieren. für mich besteht kein zweifel, daß er, vielleicht auch von der *mutzenbacher* beeindruckt, am erfolg des vorläufers teilnehmen wollte. ein oberflächlicher stilvergleich zeigt schon, daß die *mutzenbacher* ein anderer geschrieben hat. ihr erstaunlicher wortschatz dürfte etwa vierzig prozent der wiener erotischen ausdrücke umfassen (einige hat der autor wohl erfunden), *meine 365 liebhaber* dagegen hat nur etwa die hälfte davon. die kapiteleinteilung geht nach verschiedenen prinzipien vor. *meine 365 liebhaber* beobachtet einen eintönigen stil, der vor übertreibungen nicht zurückschreckt. in *josefine mutzenbacher* wechseln die situationen sehr rasch, und die flüchtig eingeführten personen prägen sich dem gedächtnis als typen ein, weil sie durch ihre redeweise knapp und treffend charakterisiert werden. die personen der *365 liebhaber* sind leicht exotisch; sie werden uns in längeren episoden vorgeführt, dennoch sind sie blaß und klischeehaft gezeichnet (man merke das mißglückte deutsch der ungarn, das aus miklos-witzen zu stammen scheint; die in jedem schlechten sotadikum wiederkehrende reckenfigur des ferry, welche hier wohl einer reminiszenz aus den *memoiren einer sängerin* zu verdanken ist). die einstellung der heldin zu ihren partnern ist in beiden büchern ganz verschieden, etc. etc.

da weder g. gugitz noch p. englisch, kenner des sotadischen schrifttums, *meine 365 liebhaber* anführen (jedenfalls so weit ich sehe – leider konnte ich bernhard sterns buch diesbezüglich nicht einsehen), vermute ich, daß das buch erst nach 1930 veröffentlicht worden ist.

sicherlich steht auch die *josefine mutzenbacher* in der tradition der groschen-pornographie. eigentlich kann man das schon am titel erkennen, man vergleiche: *elise schubitz, oder abentheuer und erfahrungen einer deutschen buhlerin,* berlin (altona), 1796 (der name ist wohl von der berühmten bordellbesitzerin charlotte schuwitz abgeleitet, das buch hat jedoch mit ihrer person nichts zu schaffen); *mémoires d'une biche anglaise,* paris 1864; *aus den memoiren einer sängerin,* altona 1868–75; *mémoires d'une nouvelle phryné,* madrid 1892; eventuell auch das harmlose, für hayn und gotendorf immerhin skandalöse *verbildung und leichtsinn, oder das tagebuch eines freudenmädchens in der lebensgeschichte der emilie berg,* zofingen (leipzig) 1804, der f. h. kühn; nach 1906 auch *vally fischer, oder das liebesleben einer wiener hausherrentochter, nach ihren eigenen mitteilungen aufgezeichnet,* o. o. (wien) o. j.; *diva-memoiren, aufzeichnungen einer wiener sängerin,* budapest 1914; etc. dennoch steht das buch hoch über diesem standard. *meine 365 liebhaber* aber ist mittelmäßige pornographie. das beste, was ich dazu sagen kann, ist, daß es durch sein bloßes vorhandensein gegen den schlechten stand der freiheit der meinungsäußerung in der unmittelbaren vergangenheit protestiert.

oswald wiener

Das Tagebuch, das Josefine Mutzenbacher über ihre Kindheit und die ersten Wochen ihres Dirnenlebens führte, wurde vor einer erklecklichen Reihe von Jahren veröffentlicht. Zeit ihres Lebens hat Josefine Mutzenbacher sich geweigert, ihre weiteren Aufzeichnungen über ihre Erlebnisse zur Veröffentlichung zur Verfügung zu stellen.

Erst jetzt ist es gelungen, dieses an Reichhaltigkeit des Inhalts den ersten Teil weit überbietende Tagebuch aus ihrem Nachlaß zur Veröffentlichung freizubekommen und dadurch der interessierten Leserschaft nicht nur ein unverschminktes menschliches Dokument von einmaliger Echtheit und Eindringlichkeit zu bieten, sondern die Lebensgeschichte und Liebesgeschichten der Josefine Mutzenbacher völlig zum Abschluß zu bringen. Die als Eintänzerin tätige Nichte der Josefine Mutzenbacher hat diesen zweiten versiegelten Teil des Tagebuchs aufgefunden, als sie die Briefschaften und schriftlichen Aufzeichnungen der einst so lebensvollen Pepi-Tant', die als geachtete Bürgerin gestorben war, sichtete. Wohl stand auf dem dickleibigen Päckchen, das die vergilbten Tagebuchaufzeichnungen enthielt, «Nach meinem Tode zu verbrennen», aber das junge Mädchen war viel zu neugierig, als daß es diesen Wunsch ohne weiteres erfüllt hätte. Und als sie die Schilderung der Erlebnisse von Josefine Mutzenbacher gelesen hatte, schien ihr dieses Manuskript viel zu prickelnd und aufreizend, als daß sie sich von ihm hätte trennen und es dem Feuer überantworten wollen.

Dieses neue Tagebuch, das den unmittelbaren Anschluß an den Lebensabschnitt darstellt, den Josefine Mutzenbacher in ihrem bekannten ersten Tagebuch schilderte, konnte aber nur durch besondere Müheaufwendung zur einmaligen Veröffentlichung gelangen. Denn es gab viele Bedenken der nunmehrigen Besitzerin zu zerstreuen, ehe sie ihr Einverständnis zur Veröffentlichung dieses neuen Tagebuchs gab.

1. Kapitel

Der neue Freund

Es hat immer Spaß gemacht, so was wie ein Tagebuch zu führen. Es macht einem viel Freude, solche Sachen später manchmal durchzulesen und sich manches in die Erinnerung zurückzurufen. Man sieht, wie man älter und gescheiter wird – manche werden freilich nie gescheit – und muß manchmal lachen, wenn man an allerhand komische Begebenheiten erinnert wird. Und wenn man von Zeiten liest, wo es einem schlecht gegangen ist, freut man sich, daß das längst vorbei ist. Und man sieht immer wieder, daß das alte Wort: «Durch Schaden wird man klug» wahr ist. So hab ich denn von Zeit zu Zeit mich hingesetzt und allerhand aus meinem Leben aufgeschrieben und heut als Alte – jaja, als Alte – lese ich ganz gern meine eigene Lebensgeschichte durch. Diese Blätter aber sollen nach meinem Tod verbrannt werden. Ich hab's zu meinem eigenen Vergnügen aufgeschrieben und nicht für andere Leute, auch für meine nächsten Verwandten nicht. Ich hab so gelebt, wie meine Natur es mir vorgeschrieben hat, und hab mich immer bemüht, keinem Menschen weh zu tun. Eine «Bisgurrn», wie man in Wien sagt, bin ich glaub ich nicht gewesen und man hat sich mit mir gut vertragen können. Daß es natürlich in meinem Beruf oft Streitereien und Tratsch und allerhand Schererei gibt, ist ja leider wahr, aber ich war nie nachträglich und bin meist selbst dabei gut gefahren. Die Männer haben sich bei mir gut unterhalten und brav gezahlt und oft hab ich's auch umsonst getan, denn ich hab immer *gern* gevögelt. Ein paarmal war ich nah dran, mich zu verhauen, hab mich aber immer noch rechtzeitig «derfangen», wie man in Wien sagt. Das alles les ich aus meinem Tagebuch heraus. Aber es ist nicht dazu da, damit andere sich daran aufgeilen, meiner Seel, nein. Wenn wer sein Vergnügen haben will, so soll er selbst vögeln. Ich hab für mich gevögelt und hab es schön gemacht. Aber vom Vögeln lesen, das hat eine wie ich nicht nötig. Wenn man von überstandenen Remmeleien liest, das kommt mir immer so vor wie ein aufgewärmtes Essen. Da ist es mir auch lieber, wenn mein Tagebuch verbrannt wird, es geht ja keinen was an.

Ich hab schon erzählt, wie ich von unserm Mieter und seiner Geliebten «abgerichtet» und auf den Strich geführt worden bin. Sie haben mich brav angelernt, und ich hab mit meiner Freundin viel erlebt. Jeden Tag hab ich was Neues gesehen, und sie hat mir alles erklärt, und ich hab alles schnell begriffen, denn ich war immer gern eine Dirne, so komisch das vielleicht klingt. Ich glaub, es ist besser, das zuzugeben, als wenn eine weiß Gott wie heilig tut, wie eine Betschwester und im geheimen vögelt sie ärger als unsereine, die schließlich davon leben muß. Leicht ist das Geschäft wirklich nicht, und manchmal muß man sich schon zusammenzunehmen, daß man dem Mann nicht zeigt, wie er einem graust. Fast jeder hat besondere Wünsche und Kleinigkeiten, die er gern hat, und wenn eine das vom Anfang an spürt, zahlt er gern recht nobel. Nicht nur in der Fummel, auch in den Fingern und in der Zunge und eigentlich überall muß man das Gefühl dafür haben, was so einem Mannsbild gut tut. Und wenn man so was macht, um sein Brot damit zu verdienen, darf man eben nicht auf sein eigenes Vergnügen schauen. So ein Mannsbild liegt auf einem, stoßt und sticht und bohrt und keucht vor Geilheit und wenn er fertig ist, brummt er manchmal noch. Ich hab mir immer auch wen fürs Herz ausgesucht, auch wenn das nur so zwischendurch war. Hab ich einen recht schäbigen, schiechen und ekelhaften Kerl bedient, hab ich womöglich noch am selben Abend mit einem Feschen gepudert, damit ich wieder «auf gleich komm». Hübsch war ich und jung und nicht auf den Mund gefallen und hab immer dabei noch allerhand Witze gemacht, das haben viele gern. Wenn sie mich haben ausfragen wollen, woher ich bin, was meine Eltern sind und so, bin ich immer ausgewichen. So blöde Schwindelgeschichten, wie die Mädeln sie oft erzählen, hab ich mir nie erfunden. Meinen Vater hab ich unterstützt, so lang es gegangen ist. Wie ich anfing, mehr Geld zu verdienen, hab ich ihm nicht alles gegeben, sondern hab mir langsam nach und nach allerhand hübsche Sachen zum Anziehen gekauft, wie meine Freundin es mir geraten hatte. Auch gutriechende Seife und Parfum hab ich damals gehabt, und wenn mein Vater fragte, woher ich's hab, hab ich gesagt, ich hätt mit einem gevögelt, der ein Geschäft für solche Sachen hat. Und der hätt mirs aus Dankbarkeit geschenkt. Denn mein Vater hätt mir alles weggenommen, er mahnte schon, wenn ich ihm im Tag nicht mehr als zwei Gulden gab, dabei hatten wir früher oft nicht einmal zu essen gehabt. Jetzt aber glaubte er, es müßten ihm die gebratenen Tauben ins Maul fliegen und kam immer mehr ins Saufen. Was ich ihm brachte, trug er ins Wirtshaus, Arbeit suchte und fand er keine mehr und kam recht herunter. In den Wirtshäusern frozzelten sie ihn und zogen ihn mit mir auf. Sie sagten, es sei doch schön, wenn die Tochter so für den Vater sorge und hätt mans nicht, so tät mans nicht. Mein Vater war meist angetrunken damals und so wurde er einmal rabiat und haute einen, der wieder was auf mich sagte, mit dem Bierkrügel auf den Kopf. Es entstand eine schreckliche Rauferei, mein Vater kam blutig und zerschunden und mit ganz roten Augen vor Wut nach Haus und machte mir einen Riesenwirbel. Ich hab ihn immer gern gehabt und hab ihm nichts nachgetragen, wenn er sich auch an mir vergangen hatte und mir das Geld abnahm. Aber was zu viel ist, ist zu viel, und so bin ich ein paar Tage drauf ausgezogen und hab mir ein kleines

Zimmer am Alsergrund genommen. Dort war ich allein und konnte mit meinem Geld ganz gut leben. Ich hatte die ewigen Sticheleien und Streitereien satt. Mein Vater kam ein paarmal, traf mich aber zum Glück nicht zu Haus, und zweimal schrieb er mir und einmal schickte er einen Burschen mit einem Zettel, ich solle doch nach Haus kommen. Das tat ich aber nicht, dafür schickte ich ihm öfters ein paar Gulden. Verhungern lassen konnte ich ihn auch nicht. Ich erfuhr nur hie und da, von Bekannten und früheren Freunden aus unserer Gegend, daß er sich in allen Gasthäusern herumtrieb und auf mich schimpfte und die Leute sich einen Wurstl aus ihm machten, und das tat mir doch weh.

Wir waren damals unser sechs, lauter junge, hübsche Hurln, die wohl aufs Geld sahen, aber oft auch allerhand Unsinn trieben, wie die Backfische. Ganze Abende und ganze Nächte lang saßen wir in einem Gasthaus oder in kleinen, billigen Kaffeehäusern, tratschten, richteten die Männer aus, machten sie nach, schimpften, wenn eine von uns «geblitzt» wurde und halfen einander brav aus, wenn eine einmal gar kein Glück gehabt hatte. Wir waren jung und frisch und lustig und billig waren wir auch, für einen oder zwei Gulden nahm uns mancher mit ins Bett, zwei kleine, aber saubere Hotels waren gleich in der Nähe. Im Sommer saßen wir vor dem Wirtshaus hinter Oleanderhecken, die der Piccolo uns immer bequem zusammenrückte. «Schanigarten» heißen diese Efeu- oder Oleandersträucher in Wien, und wir hatten unsern eigenen Stammplatz, den das «Hofdamen-Salettel» nannten. Dort saßen wir bei einem Viertel Wein oder einem Glas Bier und tratschten stundenlang. Manchmal gingen Männer vorbei, streckten einen Finger durch das Blattwerk und kitzelten eine von uns oder winkten. Oder sie streckten den Kopf über den Schanigarten zu uns herein und sprachen uns an, oft recht lustig. Einmal fragte einer: «Bittschön, bin i da recht beim Cäcilienverein?» Dann gab es immer ein großes Gelächter und die, die er wollte, stand auf, nahm ihr Tascherl, sagte: «Kinder, i geh mich trauen lassen», und verschwand mit dem Mann. Wir winkten ihr nach und riefen allerhand Frozzeleien, eifersüchtig oder neidig war keine von uns, jeder gönnte der andern was, wir waren noch jung und lustig, freuten uns an unserer eigenen Hübschheit und ließen den Herrgott einen guten Mann sein. Manchmal begannen wir schon am frühen Nachmittag nach den Männern auszusehen, mußten uns aber dann mehr in den stilleren Seitengassen aufhalten, um nicht aufgeschrieben zu werden. Und manchen schnell verdienten Gulden haben wir dann in den Kaffeehäusern und beim Zuckerbäcker vernascht. Oft lud eine alle andern zur Jause ein. Wenn eine mit einem Mann ging, war sie bald wieder da, kaum daß es eine halbe Stunde dauerte. Wir trugen alle nur ein dünnes Hemd unter unseren lichten, bunten Kleidern, nackt waren wir also bald, und der Mann, der meist vom Geschäft nach Haus ging, kam bald zu seinen Schätzen. Sie wollten ein kleines Vergnügen haben, bevor sie zu ihrer Alten heimgingen, und zahlten ganz gern eine Kleinigkeit. Oft brachte eine noch Zigaretten mit, die ihr einer geschenkt hatte, und dann wurde geraucht. Mir schmeckte das nicht besonders, aber einen Schluck hab ich immer vertragen. In der Beziehung hab ich immer auf mich achtgegeben, denn Rauchen und Saufen und nächtelang aufbleiben und im Rausch herumhocken, ruiniert einen viel mehr als das Stoßen und Pudern. Eine war bei uns – Steffi hat sie geheißen –, die konnte alle Männer wunderbar nachmachen, besser als eine gelernte Schauspielerin. Sie konnte nachmachen, wie der Wirt blinzelte, wenn eine von uns stier war und «aufschreiben» lassen mußte, sie machte eine bissige Zimmerfrau, sie böhmakelte, konnte so bellen, daß der Wirtshaushund rebellisch wurde, und am schönsten machte sie, wie die verschiedenen Männer beim Verkehr keuchten und schnauften und grunzten. Kam eine von uns aus dem Hotel zurück, so fragte sie die Steffi, wie der Mann ausgeschaut habe, mit dem sie gepudert hätte, und dann machte sie uns alles vor, jeden Seufzer, jedes betrunkene Wort, und die, die gerade von dem Mann kam, quietschte vor Lachen, weil alles so gut stimmte. Die Steffi brauchte einen Mann nur anschauen und wußte schon, wie er im Bett war. Dabei ging sie selbst nicht einmal oft mit, denn sie war ein rassiger schwarzer Kerl und bekam immer mehr wie wir. Sie verstand es eben. Manchmal, wenn es schon recht spät war und jede von uns genug verdient hatte, gingen wir eingehängt durch die Nebengassen spazieren, sechse in einer Reihe und ließen keinen Mann durch. Wir sperrten ihm den Weg ab, trieben ihn in irgendeinen Winkel und machten Blödheiten mit ihm, machten ihn durch allerhand Witze geil, zupften ihn am Schwanz und kitzelten ihn, und stellten uns alle miteinander, als ob wir riesig auf ihn fliegen möchten, und geil wie die Männer sind, glaubten sie es uns meistens und gifteten sich dann schrecklich, wenn wir sie einfach stehen ließen. Meist machte die Steffi die Anführerin, sie sprach den Mann an, während wir andern ihn umringten, sie verdrehte komisch die Augen, stöhnte und seufzte und miaute wie eine Katz: «Schöner Jüngling, gehst schon nach Haus? Mir sind vom Hofopernballett und suchen eine Stellung!» Dann sagte eine andere: «Ja und fesch san mir auch alle, schauen S' nur, alles ist da . . .» Und jeder «schaute» gern und griff und filzte uns alle sechs der Reihe nach ab, es war dann immer schon recht dunkel und wir zeigten ihm unsere jungen, spitzen Tutterln mit den rosigen Warzerln. Waren wir recht gut aufgelegt und weit und breit kein Wachmann in der Nähe, dann durfte der Mann auch unten nachschauen, und sie bekamen ganz butterige Augen, wenn wir jungen Dinger unsere leichten Kitterln hoben und unsere Fummeln zeigten, schwarze und braune. Die eine von uns, die Fini, hatte sogar ganz blonde Schamhaare und dann sagte die freche Steffi: «Bei der Fini kost's das Doppelte, das is a Rarität!» Wenn uns die

Männer abgriffen, drehten und wanden und schubsten wir uns und quietschten und taten «gschamig», und die Steffi sagte ganz ernst: «Ja, das san no lauter Jungfrauen, die schenieren si halt!» Und war dann der Mann von der Filzerei so geil geworden, daß es ihm fast das Hosentürl aufriß, sagte auf einmal die Steffi: «Jessas, scho so spät, jetzt muß i die Madln z'Haus begleiten, sonst schimpft die Mami!» Oder sie sagte: «Alsdann, küß die Hand, Herr Doktor, jetzt müssen wir in die Tanzstund!» Dann liefen wir lachend und kreischend davon und ließen ihn mit seinem aufgegeilten Schwanz stehen. Manche schimpften uns nach, dann blieben wir ihnen nichts schuldig, streckten ihnen die Zunge heraus, und die Steffi hat manchem den Popo gezeigt. Viele Männer traten dann, wenn wir sie so abblitzen ließen, unter ein Haustor, um sich einen herunterzureißen, denn mit so steifen Zumpeln wollten sie doch nicht schlafen gehen. Dann lief manchmal die Steffi zurück, stellte sich neben ihn und sagte: «Erlauben schon, Herr Doktor!» Und nahm den starren Schwanz in die Hand und nach ein paar Griffen kam es ihm schon. Die Steffi hatte das so, mit dem schlappsten Schweif konnte sie in einigen Augenblicken fertig werden. Dann kam sie zurückgelaufen, schüttelte mit einer Handbewegung den kalten Bauern von ihrer Hand und sagte: «No alsdann, wieder a Kind weniger! Zu was soll er sich denn so plagen. Die Steffi tut ganz gern wem an G'fallen.» Das war eine lustige Zeit, Geld hatten wir immer ausreichend und waren frech und übermütig. Die eine von uns, die Poldi, konnte dichten und ganz lustige, manchmal recht ordinäre Verserln machen und dichtete uns jeder einen Vers, den wir den Männern aufsagten, wenn sie uns nach unsern Namen fragten. Zum Beispiel: «I bin die fesche Mizzi – und wannsd mi schleckst, so spritz i!» Oder: «I bin die Stefanie – die pudert dir als wie!» Ich hatte das Verserl: «I bin die Josefin – und hab ihn so gern drin!» Mit solchen Verserln vertrieben wir uns auch die Zeit, und immer hatte die Poldi neue. Und die Männer, die uns so am Abend ansprachen, wurden durch diese Verse noch mehr aufgegeilt und kamen schon ganz steif beim Hotel an. Einmal hab ich ein merkwürdiges Erlebnis gehabt. An einem schönen Sommervormittag – ein Sonntag war es – ging ich allein in einem netten Kleiderl spazieren. Ich war recht weit die Hernalserhauptstraße hinaufgegangen und auf dem Wege nach Neuwaldegg, als mich einer ansprach. Er war nimmer ganz jung, aber ganz fesch und hatte so merkwürdige, ganz blaue und kalte Augen. Ich wollte ihn erst stehen lassen, denn am Sonntag hatte ich gern meine Ruhe, aber er sagte, es würd mir nicht leid tun und er wollte gar nichts Besonderes. Also ging ich halt mit ihm, und wir nahmen ein gutes Gabelfrühstück in der *Schwarzenberg-Meierei*. Dann hängte er sich in mich ein und führte mich zärtlich, wie einer seine Braut führt. Die Leute, die uns entgegenkamen, schmunzelten, und einer sagte halblaut: «Die gehen a nimmer weit!» Auf einer Waldlichtung machte er halt und fragte: «Willst du meine Jungfer sein?» – «Möchten schon», erwiderte ich lachend, «aber da sind Sie a bisserl zu spät kommen!» Er runzelte die Stirn und sagte: «Das will ich aber. Du mußt jetzt da herumgehen und Blumem pflücken. Und ich komm auf einmal und hau dich hin und puder dich. Du mußt dich recht wehren, aber schreien darfst nicht! Hörst du?» Mir erschien diese Komödie blöd und häßlich, aber er redete mir lang zu und gab mir schließlich fünf Gulden im voraus. Also tat ich ihm den Gefallen. Er ging hinter einen Baum, und ich ging hin und her, wie wenn ich allein wär und Luft schnappen wollt. Dabei hatte ich ein bissel Angst. Auf einmal sprang er auf mich los und packte mich um die Hüften, daß mir alle Rippen krachten und ich glaubte, jetzt werd ich ohnmächtig. Dabei sah ich sein ganz entstelltes Gesicht dicht vor mir, die Augen waren ganz starr und wild, der Speichel tropfte ihm aus dem halboffenen Mund und er stammelte halbverständliche Worte. Ich wußte ja, daß das alles nur Komödie war und daß er dafür zahlte, ein Mädel «vergewaltigen» zu können. Aber er war so grauslich und grob, daß ich einen Riesenschreck bekam, und ich schlug ihm mit beiden Fäusten ins Gesicht, so stark ich konnte. Aber es war, wie wenn er nichts gespürt hätte. Er biß sich in meine linke Brust fest und preßte mir, als ich schreien wollte, die Hand vor den Mund, als ob er mir alle Zähne eindrücken wollt. Er hatte eine Riesenkraft in sich und war wie verrückt. Mit dem linken Arm drückte er mich so ins Kreuz, daß mir schwarz vor den Augen wurde und warf mich ins Gras und fiel schwer und hart auf mich. Jetzt wehrte ich mich wirklich, und er riß an meinem Rocksaum und zwei Knöpfe sprangen mir von der Bluse ab, so wild war er. Dann rauften wir uns im Gras herum, vielleicht drei Minuten lang. Es war ihm gelungen, meinen Schoß hinaufzureißen, aber ich preßte die Schenkel mit aller Kraft zusammen und schlug ihn ins Gesicht. Dann hielt er meine Hände wieder fest und zwängte seine Knie zwischen die meinen und alles tat weh. Endlich war er soweit, und schwitzend und keuchend lag er auf mir, daß ich fast erstickte. Lange Zeit stieß er in mir herum und es wollte und wollte ihm nicht kommen, weil ich ihn auch in die Eier gestoßen hatte. Das Vögeln tat ihm weh, er stöhnte und wimmerte und wurde ganz blaß, als er endlich ein paar Tropfen spritzte. Seine Stimme war ganz heiser und wild und gemein, als er schadenfroh mir ins Gesicht zischelte: «So, du Mistviech, du Flitscherl, du Fetzen, jetzt hast es . . . ja, das kommt heraus bei den Ausflügen . . . ja, die Frau Mama wird sich wundern, daß du mit so an Bauch nach Haus kommst . . . Halt, schön aufpassen . . . sonst hat das Kleine kan Papa net . . . aaaah . . . mhhh . . . kchchchch!» Dann rollte er von mir herunter und lag da wie tot, ich bekam einen Riesenschreck und rüttelte ihn. Zum Glück waren die ganze Zeit keine Leute vorbeigekommen! Unsere Kleider waren ganz zerdrückt und voller Grasflecken. Als er wieder halbwegs bei sich war, gab er mir zehn Gulden und ging dann nach der anderen Richtung davon. Mir war noch immer ganz schlecht und voller Wut war ich auch. Aber dann kaufte ich mir ein «Kracherl» und es wurde mir besser, und als ich weiter in den Wiener Wald hineinging, verging auch der Schrecken und der Ekel und ich bemühte mich, alles zu vergessen. Als ich am Abend in einer kleinen Heurigenschank in Dornbach saß, bedachte ich, daß der ekelhafte Kerl – zum Glück gibt es nicht gar zu viele solche – mir immerhin 15 Gulden gegeben hatte. Dafür kaufte ich mir einen hübschen Schirm aus Spitzen, ließ mir einen Hut schön herrichten und schaffte mir «Goldkäferschuherln» an, wie man sie damals trug. So sah ich zum Anbeißen aus und ging ein paarmal in den Prater hinunter, wo man in der Hauptallee sehr nette Bekanntschaften machen konnte. Jetzt wollte ich einmal nobel sein, ich ging nicht mit jedem, nur wenn mir einer auch ein bissel gefiel. Ansprechen ließ ich mich schon, aber immer in stilleren Alleen, und wenn er mir nicht paßte, sagte ich an der nächsten Ecke, mein Bräutigam warte auf mich und ließ ihn einfach stehen.

Mein erstes, richtiges längeres Verhältnis hab ich damals kennengelernt. Alexander Feringer hat er geheißen, ein schwerreicher Selchermeister. Er war ein urwüchsiger, echter Wiener vom «Grund», viel gutes Benehmen hab ich bei ihm nicht lernen können, aber Humor und Witz und Geld hat er gehabt und hat mir nie was abgehen lassen. Er war auch jähzornig, aber ich hab ihn behandeln können und wir haben uns glänzend vertragen. Ich war recht weit übers Lusthaus hinausgegangen und wollte eigentlich keine Bekanntschaft mehr machen. Müd war ich auch und so sah ich mich überall nach einem Wagen um. Da tauchte auf einmal ein leichter, fescher kleiner «Gummiradler» auf, der Wagen und der Fuchshengst, der ihn zog, spiegelten ordentlich in der Sonne! «Fahr ma, schönes Fräul'n?» Der Kutscher lüftete lachend seinen schmalrandigen Zyliner, den «Schmalranftler». Das war eine ganz lustige Art, eine Dame anzusprechen. Natürlich wußte ich gleich, daß das kein Mietsfiaker war, denn wenn der Fiaker auch recht rund und breit und rot war, das sah man gleich, daß er sein eigenes «Zeugl» fuhr. Er sah sehr fesch und «zünftig» aus, mit dem angegrauten Schnurrbart im roten Gesicht. Auch die breite kurze, gutmütige Nase war rot. Ja, vertragen hat er viel, der Xandl. Wein und das andere auch! Ich stellte mich dumm und sagte ganz fein und doch dabei frech: «Zum Praterstern!» Da war er auch schon vom Bock herunter, packte mich einfach um die Taille und auf eins, zwei war ich am Bock oben. Er breitete eine schöne schottische Decke über unsere Knie, schnalzte mit der Peitsche und das Roß setzte sich in einen leichten Trab. Ich wollte der Hetz halber noch ein wenig die «Feine» spielen und fragte recht von oben herunter: «Was kriegen Sie denn bis zum Praterstern?» – «No, was Sie halt den andern a geben, gnä' Frau!» Da mußte ich wider Willen lachen, denn diese Redensart der Fiaker war hier recht g'spaßig angebracht. Natürlich hatte er längst heraus, was ich den andern «gab». Wir wußten jetzt beide, wieviel es geschlagen hatte. Es hatte aber noch ganz was andres geschlagen, denn als gerade niemand in der Nähe war, griff er auf einmal unter die Decke und zwickte mich! Da holte ich aber aus und gab ihm eine Ohrfeige, daß das Pferd die Ohren spitzte. Er bekam ganz kugelrunde Augen, rückte seinen Zylinder, der auf das linke Ohr gerutscht war, zurecht, und sagte zum Pferd: «Gelt, Schackerl, so hauen kannst net amal du?» Wir lachten beide und waren wieder versöhnt. Dann fing er an zu erzählen. Als er in der Hauptallee vor dem *Zweiten Kaffeehaus* das Pferd mit einem kräfrigen «Brrr» zum Stehen brachte, wußte ich schon recht viel von ihm. Er hieß also Alexander Feringer, hatte auf dem Lerchenfeld eine große Selcherei mit zwölf Gehilfen und Lehrbuben im eigenen Haus, war 52 Jahre alt und seit vier Jahren Witwer. Seine Frau war recht bösartig und keifig gewesen, er trauerte ihr nicht sehr nach, wollte aber auch von einer neuen Ehe nichts wissen, denn: «No amal hupft er net eina . . . der Xandl!» Da hatte ich es ja fein getroffen, von den Selchern ist noch keiner arm gestorben. Er erzählte mir vertrauensvoll und mit einem pfiffigen Blinzeln, daß ihn der Witwerstand gar nicht drücke, er sei gar nicht «aus der Übung gekommen» und könne noch allerhand brauchen. Ich fragte ihn, ob ich jetzt rot werden müßte und er lachte dröhnend. Dann kriegten wir ein kleines Tischerl in einer stillen Ecke und eine sehr feine Jause. Dem Pferd brachte ich ein paar Stückerln Brot hinaus. Es schnoberte an meiner Hand und ich tätschelte ihm seinen schönen, glänzenden Hals und die weiche Schnauze. Daß ich Tiere gern hatte, gefiel dem Feringer ganz besonders, und er sagte, «wer für Tiere ein Herz hätte, ließe auch den Menschen ‹was zukommen›». Ich zeigte ihm nur meine Hand, als ob ich ihm wieder eine herunterhauen wolle und er sagte nur: «Uj jessas!» Nach der Jause – er hatte immerfort unterm Tisch probiert, meine Knie zwischen seine einzuzwicken – wollte ich unbedingt, er solle mich wirklich am Praterstern absetzen. Ich wußte natürlich genau, wie weit es war, denn als er mich zum Nachhausfahren auf den Bock hob, streifte ich wie zufällig an sein Hosentürl, das straff war, als wär dahinter ein Gaskandelaber. Aber zum Spaß sperrte ich mich noch immer ein bissel und verlangte, während er den Wagen langsam nach Lerchenfeld lenkte, an jeder Straßenecke, er solle mich absetzen. Der Xandl war geil wie ein Stier und bettelte wie ein kleiner Bub: «Nur auf ein Schalerl Kaffee, Herzerl, wirst sehen, i wer brav sein als wie ein Klosterbruder!» Xandls Haus lang ganz still, es war Sonntagnachmittag und alles war weg. Als er die Wohnungstür aufsperrte, tat ich, als wolle ich weglaufen, aber er packte mich mit seinen eisernen Pratzen um die Hüfte, drin war ich und die Tür versperrt auch schon! Und er wollte mich jetzt gleich, auf der Stelle, wie ich war, vögeln! Er ließ sich im halbdunklen Vorzimmer auf ein Fauteuil fallen, daß es krachte, preßte mich mit dem Rücken zu ihm zwischen seine Schenkel, riß mir die Schoß hoch und begann keuchend an meiner Spitzenhose zu basteln. Er war aber ungeduldig und ungeschickt und riß sie mir endlich fluchend herunter. Dann ließ er seinen ungeduldigen Schwanz aus dem Hosentürl springen! So etwas wie Xandls Zebedäus hab ich selten gesehen. Riesig groß und braunrot und dabei gekrümmt wie so ein Kipfl und unerhört dick! Ich wußte gar nicht, wie ich dieses Trumm in mir unterbringen sollte, noch dazu war Xandl so aufgeregt, daß sein Großer schon beim Herausnehmen spritzte! Blitzschnell reckte ich meinen Allerwertesten heraus, Xandl fädelte geschickt ein und so erwischte ich glücklich noch einen Teil seiner Ladung, und das war meiner Seel auch nicht wenig. Dann schlug ich die Hände vors Gesicht und tat «g'schamig». Xandl ließ seinen großen Bruder ruhig draußen, trotzdem er gerade gespritzt hatte, fiel er noch lange nicht zusammen, Xandl mußte rein aus Eisen sein. Er nahm mich von rückwärts an den Brüsten, drängte seine heiße Nudel an mich und schob mich vor sich her durch alle Zimmer. Er zeigte mir alles, filzte und wetzte dabei ununterbrochen an mir herum, und als wir an dem Bild seiner «Seligen» vorbeikamen, schob er mich mit einem lauten «Brr» weiter ins Schlafzimmer. Und dort, auf dem breiten Ehebett mit der braunen Plüschdecke, bekam ich mein «Schalerl Kaffee».

Er schmiß mich grob hin, warf sich mit einem einzigen Ruck meine Beine über die Achseln und stieß mir seinen riesigen Halbmond in die Spalte, daß ich aufschrie. Vorhin hatte ich ihn nicht ganz drinnen gehabt, aber jetzt konnte ich alles voll auskosten. Dem Xandl war sein respektabler Bauch zwar hinderlich, aber die Länge und die schöne Krümmung seines Schwanzes kam uns sehr gut zustatten. Und zwischen den wuchtigen Stößen sagte er schnaufend und abgerissen: «So eine wie du . . . hab i scho lang braucht . . . uuuuuh, sakra . . . mehr Glück als Verstand . . . wie ich dich g'sehn hab, hat's mi schon g'rissen . . . und mei Zebedäus hat si glei aufbamt . . . du mußt mei Gschpusi wern . . . herrschaftsaxen, aaah . . . dir brich i no das Kreuz . . . du mußt mei Gschpusi wern . . . wirst kan Hunger leiden beim Feringer . . . a Wohnung richt i dir ein . . . meiner Seel und Gott . . . aber in der Näh muß i di haben . . . wia er schön einipaßt in dei Pumperl . . . jetzten . . . jetzzzzz . . . hhhhh!» Dann fiel er schwer auf mich, in meiner Spalte quatschte und gluckste es, so voll war ich, und schwer atmend lagen wir ein paar Minuten da. Nach einer Weile fragte er leise und ganz langsam: «Alsdann gilts?» – «I wer mirs no überlegen, Herr von Feringer. Aber Xandl, du derdruckst mi ja.» – «Jesses na, wär schad um so a schöns Arscherl!» Und schnell stand er auf, und ich brachte notdürftig mein Gewand in Ordnung. Mein Spitzenhoserl und meine seiderne Bluse waren nur mehr Fetzen, aber Xandl rumorte in allerhand Schubladen und brachte mir bald eine neue, wunderschöne Bluse aus blauem Samt, die nur ein wenig nach Kampfer roch. Ganz modern war sie nimmer, aber zum Nachhausgehen gut genug, wenn sie mir auch vorne viel zu weit war. Xandl griff meine Bluse und was drin war mit festen Griffen ab und sagte zufrieden: «Mußt halt no a bisserl hineinwachsen. A Molkerei hats g'habt, mein Reserl, als wie zwa Kürbis!» Dann machten wir uns noch ein Rendezvous für den nächsten Tag aus, an dem ich mein «Engagement» beim Xandl antreten sollte. Als ich aber schon im Vorzimmer war, ganz heiß und müd von der vielen Drückerei und dem Stoßen, und schon die Klinke von der Vorzimmertür in der Hand hatte, war er wieder hinter mir! Und schon war mein armer Popo wieder nackt und schon hatte ich wieder seine Nudel von rückwärts drin. Ich schob den Popo weit heraus und wetzte und schaukelte, denn es schmeckte mir von mal zu mal besser. Xandl puderte so kräftig, daß ich hin und her flog und die Flurtür schepperte, und als es ihm kam, ließ er seine Nudel ruhig drin. Ich wollte ihn herausziehen, aber er preßte seinen Schoß an mich und ließ den Schweif drinnen stehen, und nach einer Minute – bestimmt nicht länger – stand der Hallodri schon wieder! Dann kam aber doch die Schluß- und Glanznummer, Xandls Riesenschlange fiel heraus und hatte für diesen Tag Feierabend. Ich bin gewiß immer eine gewesen, die was aushält, aber ich war doch recht müd und nahm mir zum Nachhausfahren einen Wagen. Meine Ritze brannte wie Feuer, und ich mußte die Schenkel zusammendrücken, so lief es mir noch immer heraus. Als ich den Kutscher zahlte, fand ich in meinem Tascherl zwei Zehnerguldenzettel. Ich schlief wie erschlagen, aber recht hoffnungsvoll ein!

Jetzt begann überhaupt eine sehr schöne Zeit für mich. Der Xandl war ein Wortsmann und ließ sich sein Vergnügen was kosten, und nach einer Woche hatte ich eine reizende kleine Wohnung am Lerchenfeldergürtel. Ein Salon, blauer Plüsch mit Gold, ein Schlafzimmer, ganz in Rosa und Weiß, mit einem breiten, niedrigen Pariser Bett. Es stand auf ganz dünnen Fußerln, hielt aber für vier aus und hat viel gesehen, denn Xandl war ein Wilder. Dann noch eine helle, nette, freundliche Küche und ein Dienstbotenkammerl. Jetzt hätte ich selbst wirtschaften können, aber Xandl wollte nicht, daß ich mir die Hände verarbeiten solle, so fein war ich schon geworden. «Solchene Händ, als wie a Reibeisen, vertragt mein Schwaf net», sagte er. Und er nahm ein junges Ding aus der Vorstadt auf. Lini hieß sie, ein freches, wuschelhaariges, frühreifes Ding von siebzehn Jahren. Sie war ganz geschickt und nicht blöd, naschte aber wie eine Katz und stahl wie ein Rab, was sie an Eßbarem finden konnte. Ich drückte ein Auge zu und machte mich nichts wissen, denn ich gönnte es ihr von Herzen. Sie hatte zu Haus nicht gar zuviel zum Beißen gehabt und ich dachte an meine eigene Kindheit. Nur ihre dunkelumränderten Augen gefielen mir nicht und sie sah ganz so aus, als verstünde sie es schon! Xandl aber rannte mit mir die ganze Wienerstadt ab und hatte die

«Spendierhosen» an. Zu den feinsten Modistinnen und Schneiderinnen, Hüte, Kleider, Schuherln, die schönste Spitzenwäsche, sogar echtes Pariser Parfum und ein Handtascherl aus lauter goldenen Schuppen. Ich kam damals daher wie eine Prinzessin. Jeden Tag kam Xandl nach sechs herauf, wir jausneten, vögelten viel und trieben allerhand Blödsinn, so bis gegen acht. Dann zog ich mich an, und wir gingen irgendwohin nachtmahlen und dann ins Theater oder ins Varieté oder wohin ich wollte. Oft gingen wir zum *Ronacher* oder in den Zirkus Renz. Manchmal kam Xandl dann noch in der Nacht zu mir hinaus. Es war eine schöne Zeit, aber ganz leicht war es nicht für mich. Der Xandl war sehr verwöhnt, flog riesig auf mich und vögelte für sechs. Er läutete immer auf eine bestimmte Art, und ich mußte ihm selbst aufmachen. Dabei durfte ich immer nur einen leichten Schlafrock, Strümpfe und Pantoffeln anhaben, und wie er die Tür aufmachte, schlug ich meinen Schlafrock auseinander, und Xandl, der sich oft schon draußen das Hosentürl aufmachte, steckte mir als Begrüßung gleich seinen Schwanz hinein. Die Begrüßungsnummer machte er am liebsten im Vorzimmer, im Stehen. Er hielt mich dann mit der Linken an der Hüfte oder am Popo, drückte mich fest an sich und sein Riesenpfahl fuhr in meiner Fut wie besessen hin und her. Das ging wie bei einer Maschine, aber so heftig wir wetzten, man hörte fast nichts. Der Lini war es streng verboten, sich blicken zu lassen, so lange der Xandl bei mir war. Sie blieb schön in der Küche und nur manchmal hörte ich sie an der Küchentür, wenn sie das Ohr dranlegte und zuhörte. Manchmal seufzte sie dann ein wenig, für so was hab ich immer ein gutes Ohr gehabt. Wahrscheinlich hatte sie, wenn sie uns zuhörte, derweil den Finger an der Spalte und machte sich's selbst. Dann im Salon oder im Schlafzimmer, während der Xandl allerhand lustige Geschichten aus dem Geschäft oder Spassetteln von seinen Freunden erzählte, ging es weiter. Xandl fraß entweder für drei oder er bohrte mich an. Die ganze Zeit über, während er bei mir war, ließ er seinen Schwanz draußen und nur selten hab ich den schlaff oder sein Hosentürl zu gesehen. Ob er gerade die Kaffeeschale in der Hand hielt oder ob er mir vormachte, wie sich gestern einer im Athletenverein komisch angestellt hatte, oder ob er gerade einen Witz erzählte, sein Schweif stand kerzengerade und eisenhart bis zum untersten Westenknopf, und die Eichel leuchtete purpurrot. Am liebsten hatte er es, wenn ich ihn fütterte. Das war so, daß ich auf seinem Schoß saß – den Schweif natürlich immer drinnen – und ihm Kipferln, Tortenstücke und Wurstscheiben gab, während er an meinen Brüsten, die durch das gute Essen immer mehr auseinandergingen, herumgriff. Er kaute und schmatzte und ließ es sich in aller Ruhe kommen, ohne sich anzustrengen, denn ich mußte ihn nicht nur vollstopfen, sondern auch auf und ab hupfen, wie auf einem Pferd, so daß wir mehrmals fertig wurden. Mich aber regte das so auf, daß mir einmal eine Tasse aus der Hand fiel. Noch etwas hatte der Xandl sehr gern. Er petschierte mich gern im Popo, was ich früher eigentlich nicht gern gehabt hatte. Aber er verstand es wunderbar. Ein bisserl Vaseline stand immer bereit, Xandl rieb seinen Kolben ordentlich ein, auch ein Bröserl Butter nahm er gern dazu. Dann bückte ich mich ein wenig, er spreizte mir die Popohälften, die ich immer vorher mit Kölnischwasser wusch, und drang ein, daß ich erst vor Schmerz, bald aber vor Lust stöhnte. Xandl nannte mein Popoloch die «Herrschaftseinfahrt». Es war wunderbar, wenn ich seine dichten, borstigen Haare auf meinem Hintern fühlte, und er ließ seine Hände auch nicht müßiggehen. Während er stieß, kitzelte, zwickte und preßte er mich an den Schenkeln, am Bauch und hauptsächlich an den Tutteln, reizte mich an der Spalte und streckte der Reihe nach alle Finger hinein, von denen jeder so dick war wie ein mittlerer Schwanz. Ganz gern maß er auch nach, wie sehr er meine Kleine schon ausgeweitet hatte, aber die hielt sich. Dann drückte er mir, während er mich hinten einrieb, eine Wurst oder eine Gurke hinein. Das war sehr angenehm, wie ein zweiter Schwanz, fett und dick und gekrümmt. Er dirigierte so eine Wurst so geschickt, daß er in meinem Allerwertesten zu gleicher Zeit fertig wurde wie ich. Aber meinem Löcherl geschah nichts. Ich bin immer stolz darauf gewesen, daß es so eng war und sich immer gehalten hat. Nach der ärgsten Stempelei schloß es sich wieder und war doch bald zu neuen Dummheiten aufgelegt. Alle diese Spielereien hatten natürlich der Lini, meinem Mädel, noch mehr Lust gemacht, und als ich eines Nachts um zwölf nach Haus kam, hörte ich aus ihrem Kammerl ein eigentümliches Quietschen. Ich wußte schon, wieviel es geschlagen hatte, die Lini hatte einen Puderer bei sich.

Ich ging möglichst leise durch die Küche und guckte durch die halboffene Tür. Ein großer brauner, muskulöser Bursch – er konnte ein Pflasterer oder so was sein – hatte die Lini quer über ihre eiserne Bettstatt gelegt, stand halbgebückt am Bettpfosten und ließ seinen Stempel in ihr hin und her tanzen, daß die Eisenstangen des Bettes sich direkt bogen. Die Lini riß an den Polstern, stöhnte, schrie leise, verdrehte die Augen, schließlich stopfte sie sich einen Polsterzipfel in den Mund. Wie verrückt war sie vor Geilheit. Plötzlich fuhr sie auf und fragte: «Ui, wanns die Gnädige erfahrt?» – «Aber laß di net auslachen, die is eh a so ane!» Der Bursch lachte und fickte weiter, ganz zusammengebogen lag die Lini auf dem Bett, fast berührten ihre Knie ihre Stirn. Daß die zwei so über mich sprachen, ärgerte mich doch. Ich schlich leise aus der Küche und sie waren so in ihre Wetzerei vertieft, daß sie mich weder kommen noch gehen hörten. Am nächsten Morgen aber, als mir die Lini den Kaffee brachte, sagte ich ihr alles auf den Kopf zu und gab ihr zwei feste Ohrfeigen. Sie wurde ganz rot, nahm es sich zu Herzen und besserte sich in ihrer Schlamperei. Von jetzt an vögelte sie mit ihrem Pflasterer außer Haus, denn sie fragte oft am Abend, ob sie noch hinunter dürfe und war ganz verlegen. Ich erlaubte es ihr immer, sie war halt auch nicht aus Holz, aber ich wollte schon des Xandl wegen kein fremdes Mannsbild in der Wohnung und eine Hur im Haus ist genug. Und ausrichten lassen wollte ich mich auch nicht. Eine sehr lustige Sache möchte ich noch aufschreiben. Manchmal besuchte ich meinen Xandl untertags im Geschäft, wo er sehr fleißig und tüchtig war und die Augen überall hatte. Die Gehilfen und Lehrbuben sagten mir «gnä Frau» und machten tausend Buckerln. Einmal kam ich gegen eins ins Geschäft, als grad alle beim Essen waren, Xandl war allein im Gewölbe und rechnete gerade etwas nach. Er begrüßte mich zärtlich und bald wölbte sich seine weiße Fleischhackerschürze schön nach vorn. Ich schlüpfte zu ihm hinter die «Ladenbudel» und wollte gerade anfangen, als der Xandl erschrocken sagte: «Sakra die Frau Brauneder!» Rasch duckte ich mich hinter die Ladenbudel und deckte mir eine Schürze über den Kopf. Jetzt sah ihn die Frau Brauneder nur bis zu seinem stattlichen Bauch, der halb auf der Budel lag. Die Frau Brauneder hatte keine Ahnung, was da unten vorging. Ich nahm unter der Schütze Xandls Schwanz heraus, rieg langsam mit einem Finger auf und ab, kitzelte die kleine Spalte der Eichel und freute mich, wie die schöne Wurst immer noch wuchs. Dann nahm ich sie in den Mund und begann leise zu saugen. Derweil bediente Xandl oben schön die Kundschaft. «Küß die Hand, Frau von Brauneder! Was kriegen mir denn?» – «No, ist net so arg. A halbes Kilo Pariser halt.» – «Halbes Kilo. Wern mir glei haben. Bitte sehr. Kleinen Augenblick.» Xandl begann die Wurst zu schneiden, und ich lutschte stärker. «Is a frisch, die Pariser?» – «No was denn, allerschönste Frau, bei mir is alls frisch, grad aus'n Eiskasten, das muß si ja halten!» Auch unten hielt sich Xandls Schwanz ausgezeichnet und pulsierte in meinem Mund. «In Raderln schneiden, gnä Frau, oder alser ganzer?» – «No lassen S' es halt im ganzen!» Auch ich hatte jetzt den «Ganzen» im Mund und lutschte und schmatzte so, daß man mich sicher gehört hätt, wenn Xandl nicht gerade das Messer nachgeschliffen hätt. Er machte das überhaupt sehr geschickt und ließ sich nichts anmerken, wie es ihn riß. Ich merkte das um so eher. «Alsdann, beehren S' uns bald wieder, Frau von Brauneder! Mahlzeit. Wohl zu speisen.» Und gerade beim «Wohl zu speisen» spritzte er mir so heftig in den Mund, daß mir fast die Augen übergingen und der Atem ausblieb. Ich hörte nur die Türglocke gehen, und Xandl hob mich auf und küßte mich und tätschelte mir den Rücken. «Ja, da schau her! Jetzt versteht die Pepi a was von der Selcherei!? No wart, nächstens fahren mir miteinander und mit meine Spezln zum Heurigen, zur feschen *Hauer-Resl*. Da kannst was lernen!»

2. Kapitel

Die Heurigenpartie

Wie immer hielt der Xandl Wort und die Partie zu seinem Stammheurigen wurde sehr fesch. Das Wirtshaus hieß nach der schönen Wirtin, von der man sich allerlei erzählte, allgemein *Zur feschen Hauer-Resl.* Ich hatte meine Freundin Steffi eingeladen, und wir freuten uns beide mordsmäßig, wie die jungen Mädel auf einen Firmungsausflug in den Prater. Denn die «Resl», die selbst nicht aus Holz war, war berühmt dafür, daß sie gerne ein Aug zudrückte, der Wein bei ihr war gut und dann verstanden mein Xandl und seine Freunde das «Spendieren» wie nicht bald wer. Zwar waren ich und die Steffi nicht gar so sehr darauf aus, die Männer zu «wurzen», aber man zeigt sich doch gern mit noblen Begleitern. Am nächsten Samstag holte mich die Steffi um fünf ab. Wir waren fast gleich angezogen, bloß trug die schwarze Steffi die Hutferden, den Schleier und die Bluse lichtblau, ich rosa, und wir zwei sahen wirklich zum Anbeißen aus. Wir hatten ausgemacht, an diesem Tag auch blaue und rosa Maschen durch die Hemden und unsere Spitzenhoserln zu ziehen, um auch hier wie Schwestern auszuschauen, wenn einer von den Herrn «nachschauen» sollte. Auf das Nachschauen freuten wir uns, wie wenn wir noch nie was gemacht hätten, es war ein wunderschöner Frühlingsnachmittag, und die Steffi gestand mir, als wir Arm in Arm zu Xandls Wohnung gingen: «Hoffentlich wird's recht fesch, mein Fummerl brennt mich als wie . . .» Auch mir kribbelte es unter den Röcken, wiewohl mich der Xandl erst am Tag vorher gründlich durchgezogen hatte.

Beim Xandl waren schon seine engsten «Spezln» beisammen, sehr unternehmungslustig und gut aufgelegt. Der Lechner-Toni, der Karl Birnecker und der Wambacher-Karl, so wie Xandl drei «reiche Herren vom Grund» und, wie man zu sagen pflegt, in den besten Jahren. Xandl stellte Steffi und mich vor, es gab eine große Händeküsserei und ein großes Augenblinzeln. Die Männer kitzelten uns mit ihren aufgewichsten Schnauzbärten am Handrücken und waren jetzt schon geil wie die «Pfingstochsen», wie Xandl mir zuflüsterte. Ich hörte, wie der Lechner einem andern zuflüsterte: «Hörst, an G'schmacken hat er aber, der Xandl! Zwa Weiberln zum Fressen! Da geht er ja eina als wie Butter!» Steffi und ich aber taten recht fein, wir hatten ja Zeit genug. Als die andern endlich unten waren und sich in die Wagen setzten, blieb ich noch mit Xandl zurück. Er sagte, er wolle die Wohnung versperren, aber ich kannte ihn. Er packte mich, grade als ich die Klinke der Wohnungstür in der Hand hatte, bei den Brüsten und, halb hinter mir stehend, drückte er mir seinen Pinsel in die Hand, den ich sofort zu reiben begann, damit es ihm schon kommen solle und wir nicht zulang auf uns warten ließen. «Aber hör auf, Xandl, machst mir noch Flecken in die Schoß. Geh, sei gescheit, versäumst es ja nicht, was werden sich denn die andern denken!» Aber er stieß mit seinem ansehnlichen Bauch, daß mir sein Glied von selbst in der hohlen Hand hin und her tanzte und stöhnte: «Nur . . . ein kleiner . . . Vorschuß . . . weißt . . . damit du net aus der Übung kommst bis mir . . . draußt sein . . . bei der Resl . . .» Da kam es ihm auch schon, ich hatte aus lauter Eile schrecklich fest gerieben und jetzt spritzte mir Xandl die ganze Hand voll. Während er sein Hosentürl und auch die Wohnungstür verschloß, steckte ich schnell die Hand in den Mund und lutschte sie ab. «Hast recht, nur nix umkommen lassen», sagte Xandl. Als wir Arm in Arm auf die Gasse traten, saßen der Birnecker und der Wambacher schon mit der Steffi in einem feinen Mietsfiaker. Während ich und Xandl uns zum Lechner in unsern eigenen Gummiradler setzten, rief der Wambacher: «Das Schloß muß aber sehr schwer auf – halt aus, zugangen sein!» Unter Lachen und Sticheleien fuhren wir ab. Wir konnten uns sehen lassen. Die Wagen, die «Zeugeln» glänzten wie Lack, die Pferde trugen Maiglöckchensträuße hinter den Ohren, sogar an den Peitschenspitzen waren Blumen. Es war, wie wenn wir zum Blumenkorso fahren sollten. Xandl wäre am liebsten schon am frühen Nachmittag gefahren, um sich auf der Fahrt nach Alt-Ottakring in seiner ganzen Pracht zu zeigen, aber so früh war draußen noch nichts los. Die Fahrt wurde recht behaglich. Da der Raum ein bissel eng war, fuhren wir «Bischgoderl», das heißt, Steffi saß auf dem einen Knie vom Wambacher und auf dem andern vom Birnecker, ich hatte unter meinem Popo den rechten Schenkel vom Xandl und den linken vom Lechner. Die großen Bäuche der zwei waren wie weiche Polster, ich konnte mich recht bequem zurücklehnen und als einmal der Wagen einen Ruck tat und wir alle ein wenig aufhopsten, wollte ich mich unwillkürlich anhalten und griff in die Pepitahosen meiner Kavaliere. Da erwischte ich zwei Handgriffe, die wie aus Eisen waren und sich schon auf den lustigen Abend freuten. «Net abbrechen, Peperl, wirst es no brauchen.» Über diesen gemütlichen Witz vom Lechner mußte sogar der Kutscher lachen, aber er hielt sich tadellos gerade auf seinem Bock, tat als sähe und höre er nichts. Er hatte sicher sein schönes Trinkgeld im vorhinein bekommen. Wenn wir durch stillere Straßen fuhren, taten die zwei Herren an meinem Popo herum und zwickten mich durch den Rock, um, wie sie sagten, zu erfahren, wo meine Strumpfbänder wären. Der Steffi ging es im zweiten Wagen wahrscheinlich auch nicht anders, denn hie und da hörte ich sie leise quietschen. Einmal begegneten sich Xandls und Lechners dicke Finger auf meinem Popo und Xandl sagte: «I kenn kan Neid.» – «Alsdann tu die Pratzen da weg», entgegnete der Lechner schlagfertig. Für den Rest der Fahrt gehörte meine Rückseite dem Lechner allein. Als er mir aber verstohlen den Rock zum Knie hinaufschieben wollte, gab ich ihm eine auf die Hand, denn man konnte leicht in den Wagen hineinschauen, so dunkel war es noch nicht. In einer kleinen Seitengasse mußten wir eine Frau vorbeilassen, die einen kleinen Buben an der Hand führte und eine Einkaufstasche trug. Ich erkannte sie sofort, es war die Mizzi Andermayer, die mit mir in die Schule gegangen war und die auch mit dem Katecheten gevögelt hatte.

Ich wollte ihr gerade, mit dem Sonnenschirm winkend, einen Gruß zurufen, als mich Xandl zwickte, ich solle still sein, aus dem Wagen herausbrüllen gehöre sich nicht für eine Dame. Aber über die Schulter winkte ich ihr doch zurück und der Mund blieb ihr vor Staunen offen. Bei der *Hauer-Resl* war ein riesiger Wirbel und alles gestopft voll. Aber ein kleiner, dicker Piccolo, der gerade vor dem Tor unter dem «Buschen» stand, rannte, als er unsere Wagen erkannte, hinein, und als wir vor dem Wirtshaus hielten, kam wirklich die Resl mit den Schrammeln heraus, um uns zu begrüßen, denn Xandl war als «Nobler» hier bekannt und beliebt. Die Schrammeln spielten einen Tusch, Xandl grüßte, als ob er ein Erzherzog wäre, und streifte im Vorbeigehen mit der Schulter den weißen Schürzenlatz der feschen Wirtin. Die machte sich nichts wissen und im Triumph führte man uns durch den ganzen Garten nach einem netten kleinen Gartenhäuschen, einem «Salettl», das für uns reserviert und ganz mit Oleanderbüschen umstellt war. Es dauerte hübsch lange, bis wir alle saßen, die Schrammeln standen vor dem Salettl und spielten Xandls Lieblingslied: «Das Weinderl und die Maderln, die hat der Herrgott g'macht.» Ich ging mit Steffi auf die Toilette und dort zeigte sie mir ihren hübschen, runden Popo, der über und über schon voller blauer Flecken war, so hatten sie der Wambacher und der Birnecker hergenommen. Ein bissel blau war ich auch, aber wir trösteten uns, daß es heute noch ärger zugehen würde. Als wir zum Tisch zurückkamen, standen schon die Windlichter auf dem Tisch, die Herren hatten uns schöne Plätze aufgehoben, nur saß diesmal die Steffi zwischen Xandl und dem Lechner, ich zwischen dem Wambacher und Birnecker. Die Männer hatten sich das wohl so ausgemacht und uns war es recht, auch in der Filzerei ist eine kleine Abwechslung ganz gut. Die fesche Wirtin beugte sich gerade über den Tisch und verhandelte mit meinem Xandl, was für einen Wein wir trinken wollten. Sie war eine sehr große, üppige Blondine mit blonden Löckchen und einem kleinen Doppelkinn. Ihr Busen war riesig groß, man hätte darauf sitzen können, aber alles hübsch fest und straff, wie es sich gehörte, und ihre großen Brustwarzen stachen durch den weißen Schürzenlatz und die dünne Sommerbluse. Wie sie so mit Xandl sprach, lag ihr riesiger Busen fast auf dem Tisch und die Männer sahen ihr schmunzelnd hinein. «Hör auf, Reserl, ich wer ja blind», grunzte der Lechner. Die Wirtin wurde ein bissel rot und Lechners Hand verschwand unter dem Tisch. Da quietschte die Resl ein wenig auf und der Lechner fragte scheinheilig: «Ja, seit wann bist denn so heiklich?» Jetzt schleppte der Fiaker, der uns herausgebracht hatte, ein ganzes gebratenes Gansl herbei, Würste, Schinken und Salami, alles aus meines Xandls Selcherei. Riesige Teller voller Haustorte brachte der kleine Piccolo angeschleppt, der Heurige glänzte schon in mehreren Literflaschen auf dem Tisch, wir wußten gar nicht, wie wir das alles verputzen sollten. Als der «Salamuccimann» mit seinem Korb voll Käse und Salami an unserm Tisch vorbeikam und ein Gesicht machte, nahm der Wambacher ein Blatterl Salami aus seinem Korb und gab dem Mann einen Fünfguldenzettel. Wir saßen recht hübsch eng um den runden Tisch herum, die Männer legten uns die Arme um die Hüften und kitzelten uns, der Wein verschwand wie nichts, die Windlichter flackerten, der Birnecker goß mir ein Glas nach dem andern ein, ich hatte schon einen kleinen Schwips, fühlte mich aber wohl wie noch nie. Und immer wieder kam die Resl an unsern Tisch, um zu fragen, ob uns auch nichts abginge. Aber wir hatten ohnehin alles, bloß sie brauchte was, denn sie tat sehr zutraulich und stellte sich immer ganz dicht zu den Männern. Wenn sie dann plötzlich davon wollte, hielt sie einer am Rockzipfel zurück, der Rock verschob sich bis zum halben Schenkel, und so zeigte die Resl öfter ein Paar riesige, aber wohlgeformte Wadeln. Sie trug lange schwarze Strümpfe, sehr hoch hinauf, und dazu dunkelrote Strumpfbänder. Immer, wenn sie einer der Männer zurückhielt, kreischte sie auf und kam zum Tisch zurück, um dem «Hallodri» einen Klaps zu geben. Einmal warf sie sich mit ihren zwei Riesentutteln über den Birnecker, dessen ganzes Gesicht unter der Fülle verschwand. «Jessas, i derstick», keuchte der. Die Resl sorgte schon dafür, daß die Männer recht geil wurden, und wir waren schon alle ein bißchen benebelt. Es war schon fast dunkel. Langsam machten sich meine Nachbarn über meine Kittel her, zupften mir den Rock und meinen gelbseidenen Unterrock rechts und links langsam immer höher bis übers Knie. Der Wambacher tuschelte mir ins Ohr, er wolle nur nachschauen, ob ich auch so schöne Strumpfbänder hätte wie die Resi. Ihre feuchten Hände glitten immer höher und der Birnecker wollte zwischen meine Schenkel eindringen, aber ich preßte sie zusammen, denn Geduld bringt Rosen. Als aber gerade wieder die Musikanten mit einem feschen Marsch einsetzten, ließ ich mich zurückfallen und die Hände unter den Tisch sinken, als ob mir schwindlig wär. Dann faßte ich unter dem Tisch nach den Hosentürln meiner Nachbarn und drückte ihre schönen langen Schwänze schön langsam in den Hosen ab, bis hinauf an die Weste. Dem Wambacher knöpfte ich selbst die Hosen auf, beim Birnecker ging das schwer, weil er links von mir saß. Also machte er es selber und brauchte lang dazu, weil ihm die Hände schon ein bissel tatterig waren. Jetzt hatte ich zwei glühend heiße Schwänze in der Hand, der vom Wambacher war dick und rauh, mit einer riesigen breiten Eichel, fast wie ein Schwammerling. Der vom Birnecker war lang und dünn und ganz glitschig, es war ihm schon einmal in der Hose gekommen, aber deswegen ging es noch einmal so gut. Und ich begann, den zweien schön langsam und im Takt der Musik einen herunterzuwichsen. Der Wambacher fragte mit unsicherer Stimme: «Ja, was tut denn nachher das Fräul'n Peperl?» «Schwammerlbrocken», gab ich zurück. Die Männer hatten ganz rote Köpfe und schienen schon ein bissel aufgeladen zu haben. Mir war sehr wohl. Es war herrlich, wie die zwei Schwänze in meinen Händen tanzten und zuckten, schön langsam und fest zog ich ihnen die Vorhaut ganz hinauf, so daß ich jedesmal einen kleinen Hautwulst unter den Fingern spürte. Beim Zurückziehen kitzelte ich die zwei Pfosten mit dem kleinen Finger an den Eicheln. Dem Wambacher kam es zuerst. Es waren aber nur ein paar zähe, dicke Tropfen wie Gummi. Er hob sein Weinglas an den Mund und brummte halb hinein: «Bei derer Hitzen hat ja so a Schwammerling ka Wasser net.» Gleich darauf kam es dem Birnecker, aber viel mehr. Ich spürte einen ganzen warmen Strahl über meine Finger laufen. Die Männer brachten unterm Tisch ihre Hosen wieder in Ordnung, aber es paßte so niemand auf, mein Selcher und der Lechner waren mit der Steffi beschäftigt. Ich tat, als ob ich einen Schwips hätte und sagte, ich wolle draußen ein bissel spazieren. Ich drängte mich an den andern vorbei, wobei die Männer mich mit den Knien drückten.

Meine Röcke waren von der Kitzlerei noch halb oben, und als ich beim Xandl vorbeikam, zwickte er mich in den Hintern. Dann ging ich draußen ein wenig hintern Zaun, um den großen Wirtshausgarten herum. Dort war es ganz still und fast dunkel und hohe Büsche. Jetzt war ich grade dort, wo hinterm Zaun unser Salettl sein mußte. Ich hörte Steffis Lachen, weil der Xandl grad einen saftigen Witz erzählte. Plötzlich sah ich neben mir eine Gestalt, die fest an den Zaun gepreßt stand. Es war der Fiaker, der uns herausgefahren hatte. Er lauschte der Musik und probierte auch, die Worte drinnen zu verstehen. Dabei hielt er seinen Schwanz in der Hand und wichste wie ein Wilder drauflos. So feierte er das Fest in seiner Weise mit. Als er mich sah, erschrak er ein bissel, ließ aber seinen Schwanz, der halb steif war, ruhig draußen. «Ja, bleiben denn gnä Fräul'n net drin bei den andern Herrschaften? Scheint ja recht lustig zu sein.» – «Ich hab ein bissel Kopfweh», sagte ich lächelnd. «Der da hat a Kopfweh», sagte er blinzelnd und wies auf seine Eichel. Und gleich darauf hatte er mich um die Hüften, drückte nach hinten über, und beschwipst wie ich war, ließ ich mich ins Gras niedergleiten, er auf mich. Auf eins, zwei hatte ich den schönsten Fiakerschwanz drinnen. Mir machte es Spaß, grade hinter Xandls Rücken einem braven Fiaker auch was zukommen zu lassen. Der war grad so ein einfacher Mann wie meine Brüder und die Leute, die in unserm Haus gewohnt hatten, und er wollte auch was haben. Ich wehrte mich auch gar nicht und er war selig. «So is recht . . . halt nur schön dein Fummerl her . . . aaah . . . schön rauh is, das Pumperl . . . und schnappten tut's wie ein Pudel . . . der Herr Gemahl muß ja ein schönes Leben haben . . . so is recht . . . nur ein bissel wetzen . . . einmal is keinmal . . . gelt, der geht tief einer . . . du Katz, du kleine . . . Herrgott, ganz naß is schon . . . aaah, wuuuuh . . . muß ja net immer a Reicher sein . . . mir von die Rösser können's auch ganz gut . . . jetzen . . . jetzen . . . no ein bisserl heben, das Orscherl . . . oooh . . .» Gleichzeitig fühlte ich seinen Samen in mein Loch hineinschießen, brühheiß und rasch und heftig. Es war wie ein Schuß. Er half mir beim Aufstehen, ich strich mir die Röcke hinunter, während er seinen glänzenden Zylinder wieder aufsetzte, der im Gras lag. Ich winkte ihm über die Schulter zurück, er schwenkte lustig den Zylinder und rief halblaut: «Küß die Hand, vergelts Gott, wünsch weiter gute Unterhaltung!» Als ich zu den andern zurückkam, waren sie schon recht benebelt und schrien alle durcheinander. Der Steffi war die Brosche – ihre Bluse stand ganz offen – hinuntergefallen, und die wollte sie jetzt unterm Tisch suchen. Der Lechner sagte, er wolle ihr suchen helfen, nahm aus einem der Windlichter die Kerze heraus und hielt die Kerze mit der Rechten unter den Tisch, während er sich mit der Linken auf den Tischrand stützte. Die Steffi war unter den Tisch gekrochen und kicherte. Auf einmal zwickte sie mich derartig in die Wade, daß ich am liebsten in die Höhe gesprungen wäre, aber sie hielt mich unten fest, und als ich unter den Tisch sah, wußte ich, wieviel es geschlagen hatte. Die Steffi lag auf allen vieren unter dem Tisch, hatte die Röcke bis ins Kreuz hinaufgeschoben und der Lechner fuhr in ihrer Feige mit dem erweichten Ende der Kerze hin und her, daß die Steffi die Zähne zusammenbiß vor Geilheit. Da bekam ich auch gleich wieder Lust, aber für zwei Damen war da unten nicht Platz. So tat ich, als wolle ich mir am Schuhband etwas richten und schaute wenigstens zu. Der Steffi kam es grade, und der Lechner wackelte so komisch hin und her, daß der Birnecker fragte: «Was reißt dich denn das bissel Kerzen gar a so?» Die Steffi verdrehte die Augen, warf den Kopf zurück und sah gerade zwischen des Selchers gespreizten riesigen Schenkeln das straffe Hosentürl, von dem fast die Knöpfe absprangen. In einem Augenblick hatte sie die Knöpfe aufgerissen und Xandls Petschaft sprang ihr direkt in den Mund. Sie leckte und lutschte und schmatzte, man hörte es aber bei uns oben kaum, weil der Xandl und der Wambacher ununterbrochen Witze erzählten. Ich blieb also derweil schön ruhig sitzen. Der Wambacher und der Birnecker erdrückten mich fast, so eng saßen wir schon aneinander. Um mir die Schoß nicht zu stark zu verdrücken, hatte ich mir beim Niedersetzen dieselbe hinaufgeschlagen und die rechte

Hand vom Birnecker kitzelte mich jetzt oben an der Popospalte, während der Wambacher meine linke Brust filzte, daß mir die Warze wie Feuer brannte. Ich wollte schon schrecklich gern auch drankommen. Endlich – mir schien es eine Ewigkeit – wurde mein Xandl drüben noch röter im Gesicht, nahm einen Schluck Wein und verkutzte sich. Der Lechner klopfte ihm mit der freien linken Hand den Rücken und sagte: «No, wann du jedesmal so husten mußte, wanns dir amal kommt!» Die Steffi kam ganz heiß und mit Tränen in den Augen vor lauter Lachen wieder heraus und sagte: «Wenn einem so eine Brosche net so anstrengen möcht!» Jetzt kroch aber ich hinunter, hockerlte mich nieder und nahm den Pfahl vom Wambacher in den Mund, der schon wieder stand. In die eine Hand nahm ich den Schwanz vom Birnecker, der allerdings ein wenig herunterhing, aber ich konnte mich schon auf ihn verlassen. Der Lechner steckte seinen Kopf unter den Tisch und bat: «Machst es mir auch, Pepi, gelt? I bin eh derweil nur die Wurzen g'wesen!» Das war ein bissel schwer, denn ich mußte mit der andern Hand nach rückwärts greifen, um seinen Schwanz zu erwischen, der bisher noch nichts bekommen hatte. Er zuckte ihm so, daß ich glaubte, ich hätte eine Schlange in der Hand. Ich leckte mit der Zungenspitze die riesige Eichel vom Wambacher, nahm sie dann ganz in den Mund und nickte mit dem Kopf, wobei ich immer die ganze Vorhaut mitnahm, was auch den Xandl immer so aufgeilte. Die zwei andern Zapfen rieb ich schön langsam mit der Hand, es tat mir nur leid, daß ich rückwärts keine Augen hatte, um auch dem Lechner seinen sehen zu können. Der mußte sich aber hinter meinem Rücken sehr gut unterhalten, denn plötzlich spürte ich grade zwischen den Achseln einen siedendheißen Spritzer, es kam dem Lechner so stark, daß er mir die ganze Bluse hinten vollspritzte. Vorn lief mir der Saft vom Birnecker in den Ärmel hinein bis zum Ellbogen, und als auch ich meine kleine Muschel jetzt naß werden fühlte, biß ich vor lauter Aufregung den Wambacher in den Schwanz. Der preßte die Schenkel zusammen, daß mir mein armer Schädel krachte, und ich hörte ihn fluchen: «Sakra, jetzt rennt das Hundsvieh, der Flocki, unter die Tisch umeinand!» – «Wann du recht viel solche Hund hättst, du armer Teufel», grunzte der Xandl, und alle lachten überlaut. Ich verkutzte mich an der Natur vom Wambacher, die mir grade so schön in den Mund kam. Dann saßen wir oben wieder alle schön beisammen, recht müd, aber sehr gut aufgelegt. Die Resl kam an unsern Tisch, schwänzelte mit den Kitteln und den Augen und miaute wie eine Katze: «Alsdann, die Herrschaften, jetzt is Sperrstund, aber für Ihner haben wir schon das Extrazimmerl hergerichtet . . .» Auf dieses Extrazimmer war ich besonders neugierig, Xandl hatte so hie und da Andeutungen fallen lassen. Wir gingen durch den fast leeren Wirtshausgarten der Resl nach ins Extrastüberl und bemühten uns, uns recht gerade zu halten. Das Extrazimmerl war hell erleuchtet, die Rolletten herunter. Ein langer, ungedeckter Tisch stand in der Mitte, in einer Ecke noch ein kleinerer mit allerhand Fressereien und ein paar Flaschen rotem Vöslauer. Kaum waren wir alle drin, packte der Xandl, schon ganz blau im Gesicht, die schöne Frau Wirtin bei den Tutteln, daß ihr hinten die Schürzenbänder abrißen! Die Resl kicherte und kreischte: «Jessas, Herr von Feringer, was machen S' denn? Was soll denn das Fräulein Braut von meiner denken?» – «Die Peperl? Ah, die is net so, die vergunnt einer andern auch ein Tröpferl.» Da hatte er recht, und außerdem hatte ich schon längst bemerkt, daß zwischen der stattlichen Heurigenwirtin und dem Xandl schon öfters was gewesen sein mußte. Der Xandl riß und zerrte an ihrem Busen, drängte mit seinem Bauch gegen ihren schönen vollen Popo und schob sie unter Gelächter zum Tisch hin, über den sie sich halb drüberbeugte. «Holts die Musik und die Wetti!» kreischte sie und wetzte mit dem blanken weißen Popo hin und her, damit der Xandl nicht gleich hinein könne und noch geiler würde. Da kamen auch schon die vier Musikanten herein, mit Geige, Klarinette, Gitarre und Ziehharmonika. Sie grüßten höflich und sagten: «Wann die Herrschaften erlauben, spielen wir ein bisserl dazu.» – «No was denn!» brüllte der Xandl. «aber haben sollts ihr was davon.» Die Wetti war mitgekommen. Die Resl stellte sie als ihre Nichte vor, die Herren grinsten und die Wetti knickste wie ein kleines Mädel. Aber sie hatte es auch hinter den Ohren, denn sie wehrte sich nur zum Schein, als sie der Lechner, der besonders auf sie flog, zum Tisch drängte. Sie stellte sich neben die Resl und warf mit einem geschickten Ruck ihres Popos sich selbst den leichten Kittel hoch. Der Lechner hatte schon seine Nudel parat, aber der Xandl brüllte: «Obs d' aufhörst! Vorgeben tun mir dir nix!» Der Lechner brummte, hielt sich aber zurück und riß seiner Wetti dafür einstweilen das Leiberl auf. Sie hatte große braune, aber ein wenig schlaffe Laberln, der Lechner aber schien gerade das gern zu haben, denn er wog die Brüste in den Händen und geilte ihr die dunkelbraunen Brustwarzen auf. Die Wetti hielt die Augen geschlossen und tat wieder gschamig. Nun legten auch Steffi und ich uns halb über den Tisch, der Birnecker trat hinter mich, der Wambacher ging zur Steffi. «Alsdann, Musik!» kommandierte Xandl. Nun mußten sich die vier Schrammeln auf der andern Seite des Tischs aufstellen. Sie wunderten sich gar nicht, denn wahrscheinlich spielten sie öfters zu solchen Tänzen auf. «Bajonett auf!» kommandierte Xandl, der sich heute ganz wie ein Deutschmeisterkorporal fühlte. Die vier Musikantennudeln kamen wie von selbst zum Vorschein. Nun ergriff die Resl den kurzen roten Schwanz des Harmonikaspielers, die Wetti, die sich rückwärts vom Lechner behandeln ließ, packte das Glied des Geigers, ich bekam die Nudel des Klarinettenspielers und die Steffi endlich rieb den Gitarrespieler. «Seids alle drin?» – «Jaaa!» brüllten wir im Chor. «Könnts den Radetzkymarsch?» fragte Xandl, dem die Stimme fast überschnappte, so geil war er aufs Vögeln der feschen, tüchtigen Resl. «Alsdann, gehen wir's an! Aber daß die Kapelle net aus dem Takt kommt!» Das war die herrlichste Remmelei, die ich je gesehen hatte! Die acht Männer standen sich gegenüber, zwischen je zweien ein Frauenzimmer und alles ging wunderbar im Takt, obzwar das für die Musikanten schwer war. Zwölf Menschen hatten so auf einmal ihr Vergnügen und der Lärm der Instrumente, das Scheppern des Tischs, auf den wir uns stützten, und die geilen Rufe, Seufzer und Witze der Vögelnden, machten einen höllischen Lärm! «Fester, Xandl, fester . . . aah, hast es no net verlernt . . . feucht is das Fummerl . . . aber schön tief . . . kchch, kchch . . . schieben is ka Sünd . . . kalt is net . . . aah, Weiberl, Warzerln hast wie die Kompottschüsseln . . . da komm i ja gar net durch, vor lauter Haar . . . a Fut hat die Wetti, als wie a Bär . . . no a bissel, fester, aaah . . . fester, net so reißen . . . halt dich nur an, dazu hab ich's ja . . . wie es quatscht, das süße Fummerl . . . du hast aber einen . . . jessas, der zerreißt einen ja . . . ooooh, chchch, tchch . . . nein, nein . . . jetzt, jetzt . . . um Gottes willen, i werd narrisch . . . als wie a Stemmeisen . . . der lauft ja über . . . no, dann is ja recht . . . spürst ihn, den Nudelwalker . . .» So ging es durcheinander. Fast gleichzeitig kam es dem Xandl, dem Birnecker und dem Wambacher, dem allerdings nur ein paar Tröpferl, er hatte sich heute schon brav geplagt. Aber schon seinen Riesenschwammerling in der Spalte zu haben stand dafür, und er hatte auch brav mit den Fingern an meiner Spalte nachgeholfen. Die Resl lehnte am Tisch und verschnaufte, Xandls Segen rann ihr zwischen den Schenkeln über die schönen schwarzen Strümpfe herunter. Sie mußte aber noch nicht ganz fertig sein, denn sie reizte mit der einen Hand ihre großen feuerroten Brustwarzen und rieb mit der andern ihre unersättliche Fut, daß die dichten braunen Haare knisterten. «Jetzten schaust den Toni an! Der hat allerweil a Spezialität!» Der Xandl, dessen Schwanz noch halb stand, beutelte sich vor Lachen. Der Lechner-Toni, ein Meister im Stemmen, hatte, während er es seiner Wetti machte, die Virginia im Mund behalten. Den Hintern des Mädels hielt er eng an sich gepreßt, drehte und stieß schön langsam seinen Kandelaber in ihr herum, aber ohne den Oberleib zu rühren. Dabei blies er gemächlich aus dem Mundwinkel ein paar Rauchkringeln! Dann aber fiel ihm plötzlich die Zigarre herunter, er brüllte auf, so stark kam es ihm. Noch während er spritzte, riß er seinen Pumpenschwengel aus Wettis Spalte, warf den Oberkörper zurück und spritzte zwischen zwei Musikanten durch an an die Wand! «Also direkt ins Schwarze! Toni, du bist a Nummer!» – «Na, das war erst a Nummero», wehrte der Lechner bescheiden ab, klaubte seine Virginia auf und ließ seinen Schwanz ruhig draußen abtropfen, während er weiter Rauchringerln blies. Wir standen und lagen auf Sesseln erschöpft herum, die Frauen richteten ihre Strumpfbänder, die Steffi schmierte sich ein wenig Butter in ihr Fummerl, damit es besser gleiten sollte, denn jetzt sollte es ja erst schön werden. Die Musikanten, die zum Schluß, als es ganz wild wurde, doch aus dem Takt gekommen waren, standen beisammen, rieben ihre Nudeln und ließen ihren Samen in dicken Patzen ganz einfach auf den Boden fallen. Die Resl, die noch immer keuchte, stürzte auf einmal zu dem Harmonikaspieler hin, warf sich nieder und steckte seinen Schwanz, der dunkelrot glühte, in den Mund. Sie hatte den Augenblick sehr schön abgepaßt, denn grade als sie den Mund über seiner Eichel schloß, kam es ihm und sie schmatzte seine ganze Ladung hinunter. Sie schluckte befriedigt, leckte sich mit dem spitzen, geschickten Züngerl die Lippen und sagte: «Daß nix umkommt, in so einer großen Wirtschaft!» – «Aber geh, mit dem Herrn Kapellmeister hast es auch? Ja, wann kommst denn da eigentlich zum Weinausschenken?» fragte Xandl. Da hörten wir ein Splittern und Krachen und einen gewaltigen Bummser. Wir hatten vorhin eine kleine Seitentür abzusperren vergessen, und Schani, der Piccolo, war, ohne daß wir es merkten, hereingekommen, um frischen Wein zu bringen. Vor lauter Schrecken war dem armen Buben das ganze Tablett mit den Flaschen heruntergefallen, und jetzt stand er, rot wie Feuer, ganz versteinert in einer riesigen roten Lache. «Jessas und Josef, Mistbub elendiger, wannst was sagst, meiner Seel, i reiß dir den Schädel ab!» zeterte die Resl, die ja vor ihrem Personal als Respektsperson dastehen mußte. Aber der arme Schanerl wußte gar nicht, wohin er schauen sollte, rundherum lauter tropfende Schwänze, wo er hinsah nackte Tutteln und klaffende Fummeln. Sogar seine abstehenden Ohren wurden rot, und er stammelte ganz verdattert: «Meine Herren . . . die Frau Wirtin . . . die gnä Frau . . . die Frau Wi . . .» Aber der Lechner, der jetzt sehr obenauf war, patschte dem Piccolo auf den Rücken und fragte gemütlich: «Da schaust halt, Burscherl, was? Kannst das am End a schon?» Der Bub wurde noch röter und weinte fast, aber er mußte ihnen erzählen, wie er den Schankburschen und das eine Küchenmädel dabei erwischt und dafür ein paar fürchterliche Ohrfeigen bekommen habe. «No, bei uns gibt's kane Tetschen, brauchst di net fürchten, derfst sogar mitspielen», sagte Xandl. «Möchst gern der Hauerwirt wern?» Der Bub stierte ganz blöd. «No, ob du deine Chefin, die fesche Frau Wirtin, amal pudern möchst?» Die Resl kreischte ganz entrüstet und schimpfte: «Seids denn narnisch? Überhaupt, für so was bin i net da und da hat er Zeit nach der Firmung!» Aber dabei mußte sie das Lachen verbeißen und drehte ihren geilen Hintern und hatte die Hand unterm Rock. Man sah es ihr an, daß sie ihrem jüngsten Angestellten gern einmal auch diese Arbeit übertragen wollte. Der Wambacher sagte: «Aber Reserl, einmal is keinmal und der Bub soll auch wissen, daß heut Sonntag is!» Die Resl kicherte noch immer, aber die Männer rissen ihr die Schürze, das leichte Kitterl und das Hemd herunter. So was hab ich selten gesehen. Die Resl war vielleicht ein Trampel, aber ein fescher. Sehr groß war sie, ganz weiß am Körper, und mit ihrem riesigen Hintern und den ungeheuren Brüsten sah sie aus wie eine Riesenfigur auf einem Denkmal. Die Wetti war derweil bei dem Piccolo niedergekniet und zog seine kleine Nudel heraus, die aber einstweilen noch ganz schlaff war. Der Bub hatte Angst. Die Steffi half ihr und kitzelte dem Buben die Hoden, während die Wetti seine Eichel in den Mund nahm. Die Resl war schon ungeduldig, aber endlich stand der Schwanz des kleinen Kellners. Er war nicht sehr lang, aber gut zu gebrauchen. Bloß traute sich der Bub mit seinem kleinen, steifen Stemmeisen nicht. Xandl hatte eine Glanzidee: «Sie is ihm ja zu hoch, seine Frau Chefin. Da langt er net nauf, der Schani!» Und er holte ein Fußbankerl, stellte es hinter der Resl ihrem Rücken auf, packte Schani am Kragen und hob ihn mit einem Ruck hinauf. «So jetzt machst deine Kellermeisterprüfung.» Die Resl, der das Ganze einen Riesenspaß machte, griff zwischen ihren Mordsschenkeln nach dem Glied des kleinen Fickers und führte ihn gutmütig zum Kellereingang. Da aber packte es den Buben, er stieß wie ein Großer, nur konnte er den riesigen Hintern der gnädigen Frau kaum umspannen. «Marandanna, er derstickt uns ja», sagte der Birnecker, ergriff eine Serviette und fächelte dem vögelnden Piccolo Luft zu. Die Resl kicherte, wimmerte und miaute: «Er versteht's schon . . . ah, wie gut . . . so was Junges ist a net schlecht . . . recht hart für so ein junges Schweiferl . . . a Eichel hat er wie eine Haselnuß, aber er lernt's schon noch . . . schön neinspritzen, Schanerl, nix daneben . . . bist ja sonst a ganz g'scheit . . . uuui, wie er umwerkelt . . . aaaaah . . . paßt auf, daß er net stecken bleibt . . . jetzt kommt's ihm, jetzt . . . alls in die Fummel, Schani . . . alls . . .» Dann klapperte sie mit den Zähnen und war fertig. Xandl hob den Buben, der ganz verschwitzt war und taumelte, wieder herunter. «Brav warst. Wirst no a guter Kellermeister.» Dann bekam Schanerl noch einen Gulden «fürs Maulhalten» und schlich ganz erschöpft hinaus. Wir aber machten uns daran, für die «Schluß- und Ehrennummer» die engste Fut zu suchen. Dazu mußten wir Frauen uns nach rückwärts über den Tisch legen und der Birnecker steckte jeder schön langsam eine Salamiwurst in die Spalte, die fast so dick war wie ein Kinderarm. Die Resl nahm die halbe Wurst ganz mühelos auf, ihre Fut schnappte nur so und sie schämte sich ein wenig. «No ja, das macht halt der große Betrieb», tröstete man sie. Dann kam die Steffi dran, bei der sie aber nur ein kleines Stückerl hineinging. Dafür brachte man in der Spalte der schwarzen Wetti fast wieder die halbe Salami unter und endlich kam ich an die Reihe. Als sie den Zipfel der Wurst mir hineindrehten, war mir das erst ganz angenehm, aber plötzlich tat es mir weh, ich drückte die Beine zusammen, daß die Wurst ein ganzes Stück weit wegsprang. «Tauglich!» sagten die Herren. Der Xandl wurde dazu ausersehen, es mir zu machen, damit, wie er sagte: «Ich nicht eifersüchtig werden möcht.» Der Birnekker und der Wambacher faßten mich unter den Achseln und hoben mich hoch, während mir der Xandl den Rock bis zum Bauch hinaufschlug und mir von unten sein Glied hineinsteckte. Dann schloß ich die Beine um seinen großen Hintern und die zwei ließen mich so weit nach rückwärts sinken, daß ich nah über dem Boden hing. Die andern stellten sich herum und sahen zu. Die Frauen mit gespreizten Beinen, und von hinten kamen zur Wetti der Klarinettbläser, zur Steffi der Harmonikaspieler und zu der unermüdlichen Resl der Geiger. Die Schwänze wurden untergebracht und nun hatten wir wieder vier remmelnde Paare. «Halt», rief da der Lechner Toni, «auf mi habts ihr ganz vergessen? Da gib her, die Gitarr is ja a ein Weiberl!» Und er nahm die große Kontragitarre mit den zwei Hälsen, stellte sie auf einen Sessel und sich mit gespreizten Beinen davor. Dann hielt er sich an den beiden Hälsen des Instruments fest und steckte seinen Schwanz in das Schalloch der Gitarre, zwischen den Saiten durch! «Daß du ihr ka Kind machst, Toni! Das wär a Mandolin! Dös könnten mir net brauchen!» Dann begannen die drei Paare zu ficken und der Birnecker und der Wambacher schwenkten mich langsam hin und her, immer zum Xandl hin, dessen Glied mir dabei von selbst immer in der Ritze hin und her rutschte. Xandl stand mit gespreizten Beinen, ließ es sich schön kommen und brauchte gar nichts zu machen. Der Birnecker und der Wambacher sangen dazu: «Eins zwei, die Peperl kummt, eins zwei, das Fummerl brummt, eins zwei, Spritzerei, eins zwei, is nix dabei . . .» Damit die zwei braven Herren nicht leer ausgehen sollten, hatte ich rechtzeitig ihre Nudeln herausgenommen und zog sie gegeneinander, so daß die zwei Eicheln grade über meinem Mund sich berührten! «Aber net zusammenstößen, mir san ja kane Warmen!» mahnte der Birnecker. Ich rieb fleißig und ließ mich schwenken und grade, als der Xandl seinen warmen Brunnen in mich spritzte, tropfte es auch von oben in doppelter Portion in meinen Mund. Dann sahen wir alle dem Lechner zu, wie er die Gitarre vögelte. «Schrumm, schrumm . . . a bisserl hart geht's halt . . . die zwickt mir ihn ja ab . . . pleng, pleng . . . gelt ja, das hast no net derlebt . . . aber a schöns großes Loch hat's halt . . . hoppauf . . . hoppauf . . . schrumm, schrumm . . . uiiii . . . aaaaah . . . No alsdann, so geht's auch . . .» Richtig spritzte der Toni in die Gitarre hinein. Dann gab der Xandl der feschen Resl einen Hunderter. Das war ein Vielfaches der Zeche und es blieb noch sehr viel für Trinkgelder übrig. Die Wetti bekam einen Zwanziger, den ihr der Lechner zwischen die Tutteln steckte. Als er dort wieder herausfiel, steckte ihn der Lechner zusammengefaltet in die Feige der Wetti und sagte: «So, da bleibt er aber picken.» Dem Gitarrespieler gab Xandl noch extra einen Hunderter «als Alimente für die Klampfen». Auf der Heimfahrt saßen wir wieder «Bischgoderl». Der Fiaker blinzelte mir zu, aber ich machte mich nichts wissen. Wir waren alle todmüde, ich saß zwischen dem Lechner und dem Wambacher. Der Wambacher schlief, der Lechner wollte mich unter der Wagendecke ein wenig filzen, aber er bekam eine über die Hand, ich war ehrlich müd. Dafür ging es im zweiten Wagen hinten lustig zu, dort saß Xandl mit dem Birnecker und Steffi. Die Gassen waren schon hübsch dunkel, und als ich einmal zurücksah, sah ich die Steffi deutlich auf und ab hopsen. Wahrscheinlich hatte sie wieder einen Laternenpfahl drin und riskierte auf der Heimfahrt noch eine kleine Reiterei. Beim Einschlafen mußte ich noch an die fesche Resl denken. Man kann neben Heurigem auch noch was andres ausschenken und sich ganz wohl dabei fühlen. Sicher stammt die Resl, so wie ich, von ganz kleinen Leuten und heute war sie die vielumworbene, angesehene, reiche Hauerwirtin und hatte die feinsten Leute zu Kunden. Wenn man's geschickt macht, darf einem keiner «Hur» sagen. Aber sie verstand ihr Geschäft und einen Witz und wenn man das kann, ist man schon wer. Ich hatte Respekt vor der Resl und hätte auch gern so einen Heurigenschank gehabt.

3. Kapitel

«Hupferl», «Putzi» und der Gymnasiast

Am nächsten Tag nach dieser ereignisreichen Heurigenpartie war ich doch ein bissel zerschlagen und müd, Xandl und seine Freunde verstanden es wirklich zu gut. Zum Glück war ein wunderschöner Sonntag, ich blieb bis zwölf im Bett und faulenzte mich recht aus. Ich ließ die Bilder der vergangenen Nacht durchpassieren, mußte oft noch in der Erinnerung lachen und besonders oft an die fesche Resl denken. Ich nahm mir vor, einmal allein zur Resl hinauszufahren, um mich näher mit ihr anzufreunden und sie ein bissel auszufragen, denn sie verstand sich sicher auf allerhand, was sogar ich noch nicht wußte. Ich hatte ja meiner Seel auch schon eine ordentliche Erfahrung mit Männern, aber die fesche Heurigenwirtin schien sich besonders auf ältere Herren zu verstehen und die haben sicher allerhand Kleinigkeiten gern, die man erst nach und nach begreift und gerade bei älteren, gesetzten Männern hat man's am schönsten, die haben mehr Geld als ein Junger und sind bequem dabei. Und froh, wenn sie eine Fesche haben, die eine gute Fut hat und sich ein bissel bitten läßt. Gegen zwölf läutete es und Xandl kam, unerhört aufgeputzt und herrlich aufgelegt, sein Zylinder glänzte wie die Sonne. «Servus, Herzerl! No, tadellos war's gestern! Was? No, brennt's dir no a bisserl? Mach dir nix draus, das kann sogar einer Jungfer passieren!» Und lachend setzte er sich auf den Bettrand, fuhr unter die Steppdecke und tätschelte meine Knie. Er zwickte mich leicht in die Schenkel, kitzelte mich immer weiter hinauf und sagte, er wolle nur ein wenig «Klavier spielen». Ich aber tat gschamig und hielt mein Klavier geschlossen. Xandl setzte eine komisch-ernste Miene auf: «Alsdann, Peperl, was gestern war, darüber reden mir nix. Brav warst. Einmal is ja keinmal, aber i darf's mir net nachsagen lassen, daß der reiche Feringer sein fesches Gschpusi ausborgt wie a Peitscherlbua. I hab dich recht gern und glaub a, i laß dir soweit nix abgehen, aber wann i dich amal mit dem Toni oder an andern erwisch, dann is aus und g'schehn. Daß du es weißt!» Ich beeilte mich natürlich, meinem eifersüchtigen Xandl um den Hals zu fallen und ihm unter tausend Busserln zu beteuern, daß ich keinen andern anschau, daß er mir vollkommen genug sei und ich recht gut wisse, was ich an ihm hab. Das schien ihm eine Mordsfreude zu machen. «Ja, richtig, Herzerl, daß i nit vergiß! A kleins Andenken an gestern, weil du dich gar so brav g'halten hast! Aus Dankbarkeit!» Er zog ein Etui heraus, darin war ein wunderschönes, zartes Goldketterl, daran ein Medaillon, eine kleine, runde Goldplatte mit Rubinen rundherum. Vorne waren die Namen vom Xandl, Lechner, Birnecker und Wambacher eingraviert, und rückwärts stand: «Zur Erinnerung an einen feschen Heurigen. Der Verein: Allweil aus Eisen.» Ich fiel vor lauter Lachen in die Polster zurück, der Name war wirklich schön ausgedacht. Der Xandl erklärte mir nun, daß ich jetzt ein wirkliches Mitglied dieser Tafelrunde sei und auf jeden einzelnen rechnen könne, wenn es mir einmal nicht zusammenginge. Dann legte er mir das pickfeine Ketterl selbst um den Hals. Die Rubine paßten wunderschön zu meiner weißen Haut. Ich kniete am Bett und der Xandl legte mir das Kettchen von rückwärts um den Hals. Ich hatte ein weitausgeschnittenes Spitzenhemd an und der Xandl sah mir tief hinein und fluchte, weil die Schließe nicht zugehen wollte. Aber seine Finger wurden ganz zittrig, denn meine runden Laberln waren an diesem Morgen trotz der Strapaz von gestern besonders schön und frisch. Kaum war die Schließe endlich zu, da fiel er wie ein Wilder über mich her, küßte mich schmatzend auf den Nacken und packte meine verlockenden Tutterln, daß ich alle Engel singen hörte. Am liebsten hätte er sich wie er war, mit Gehrock und Lackschuhen, zu mir ins Bett gelegt, um eine Sonntags-Ehrennummer zu machen. «Net, Xandl, wann die Lini hereinkommt!» – «No, wär a nix dabei, die weiß eh, wie man's macht!» Das wollte ich aber gar nicht, die Lini war so ein freches Mensch und bei seinen Dienstboten soll man in Respekt bleiben. «Wart an Augenblick, Xandl, sollst um nix kommen! Nur a Momenterl auslassen, gleich zeig ich dir was, das is grad so schön.» Der Xandl stand schnaufend vor dem Bett, schon ganz ungeduldig. Ich schlüpfte aus den Decken heraus und setzte mich bequem an den Bettrand. Die Knie drückte ich zusammen, und er stellte sich ganz dicht vor mich mit gespreizten Beinen und zwickte meine Knie zwischen seine riesigen Schenkel. Und während mir der Xandl ganz langsam die zwei großen blauen Maschen aufmachen durfte, die mein Hemd festhielten, öffnete ich langsam, ganz langsam und mit Genuß sein schön geschwollenes Hosentürl, Knopf für Knopf. Wie alles offen war steckte ich zuerst den kleinen Finger in seine Kaserne und kitzelte ihn an den Haaren. Er brummte und schmatzte, und wie ich jetzt endlich sein Instrument herausließ, stand der Zipfel wie noch nie. Xandl sagte: «Wie der Stefansturm.» Nur hatte dieser Stefansturm einen leuchtenden roten Kopf, fast so schön wie meine Rubine. Jetzt drückte Xandl meine eine Brust und ich die andere, so daß ein schönes weißes, weiches Platzerl für den Ungeduldigen frei wurde, und Xandl stieß mir seinen heißen Rasierpinsel zwischen die Brüste. Ich fühlte ihn auf meiner glatten Haut so recht schön mit vollen Adern pulsieren und auch das wilde Schweiferl schien sich trotz seiner Eingesperrtheit sehr wohl zu fühlen. Mit der freien Hand kitzelte ich ganz zart seinen Hodensack und er preßte mit der freien Hand meinen Kopf an seinen Bauch. Das war ein bisserl unangenehm, denn Xandl trug heute seine extragroße Uhrkette mit tausend Anhängseln. Aber es hatte doch auch ein Gutes, denn wie mein Selcher jetzt mit

Genuß langsam zu stoßen anfing, war es sehr hübsch, wie mir sein Schwanz immer von unten zwischen den Tutteln durch ins Gesicht sprang, wie gereizt. Ich war auch nicht dumm und jedesmal, wenn mir die glühende, gespaltene Eichel entgegenfuhr, leckte ich schön mit breiter, nasser Zunge darüber, was sie aber nicht kühler machte. Aber durch das fleißige Lecken und durch einzelne «Bonjourtröpferln», die dem Xandl kamen, wurde es in meinem Tutteltal recht hübsch glitschig und das Wetzen ging immer schöner. Xandl ließ sich Zeit, quetschte mir die Achseln und die Brüste und stöhnte abgerissen: «So . . . is . . . so is . . . schön . . . du Hex du, nur das Go . . . scherl . . . net müßig gehen lassen . . . net lassen . . . net lassen . . . net . . . net . . . net!» Plötzlich hatte ich eine solche Menge warmen Samen im Gesicht, daß ich für den Augenblick gar nicht aus den Augen sehen konnte. Das war weiter kein Unglück, aber Xandls Zepter war so lang, daß, als er unwillkürlich zurückfuhr, noch ein Paar Tropfen vom Segen auf seine pralle Weste spritzten. Er putzte sie mit feinem Kölnischwasser, das jetzt immer auf meinem Nachtkastl stand, weg, holte dann Watte, machte sie auch mit Kölnischwasser feucht und wusch mein Fummerl, das auch naß geworden war. Das tat er besonders gern und machte es auch sehr schön. Ich ließ mich recht behaglich ins Bett zurückfallen und schloß die Augen. Xandl hatte Finger wie Salamiwürste, aber bei solchen Liebesdiensten war er geschickter und zarter als die beste Hebamme. Als mir ein wenig zuviel von dem scharfen Kölnischwasser auf mein fleißiges Löcherl kam und ich ein bissel brummte, leckte Xandl mit einem einzigen Zungenschlag das Überflüssige wieder weg. «Herrschaft, heut is scharf!» sagte er gutmütig. Dann mußte er sich umdrehen, während ich mich badete und anzog. Im Zimmer bleiben durfte er, aber sich nicht umdrehen. Ich wollte es einmal so machen wie die feinen Damen. Der Schlankel aber hatte sich so gestellt, daß er direkt in den großen Spiegel sehen konnte, vor dem ich mich wusch. Und während ich im Wasser herumplanschte, hörte ich ein eigentümliches Geräusch: «Rum . . . rum . . . rum . . . trr . . . trr . . .» Nur ganz leise, aber regelmäßig, dann seufzte der Xandl einmal behaglich auf und ich hörte etwas auf den Teppich klatschen, zwei-, dreimal. Der Xandl hatte sich durch meinen netten Anblick wieder aufgegeilt, selbständig gemacht und sein Bajonett am Sonntag ein wenig geputzt. Noch einmal drüber ließ ich ihn nicht, denn am Sonntag sollte er sich auch ein bissel schonen. Dann fuhren wir in den *Riedhof* essen und nachher in der Hauptallee spazieren.

Ein paar Tage später mußte Xandl für einige Zeit geschäftlich nach Linz und Graz, und um mich für meine Strohwitwenzeit zu trösten, schenkte er mir zwei wunderbare Seidenpinscherl, ein Manderl und ein Weiberl. Ich war ganz verrückt vor Freude, hatte Tiere immer gern gehabt und als kleines Mädel immer die Kanarienvögel von der feschen

Frau Reinthaler gefüttert. Jetzt hatte ich gar auf einmal zwei Hunderln, und so besonders liebe und artige, zimmerrein waren sie auch schon. Sie waren beide schneeweiß und hatten so dichte Zotteln, daß man ihnen die Haare zurückstreichen mußte, wenn man ihre Augen sehen wollte, die wie zwei schwarze Knöpfe waren. Sie waren auch sehr lustig und lebhaft und mußten schweres Geld gekostet haben. Der Lechner, der ja immer den Kopf voller Dummheiten hatte, hatte das Weiberl «Putzi», das Manderl «Hupferl» genannt. Das war wirklich schön, mit den zwei Hunderln an der Leine – jedes hatte ein wunderschönes Geschirr mit kleinen Glockerln – im Stadtpark zu sitzen oder auf dem Ring spazieren zu gehen. Viele Herren beugten sich mit tausend Schmeichelworten zu den Hunderln hinunter und fragten tausend Sachen, aber ich war recht kühl, denn ich bin ja keine Halbseidene, die sich so einen Pinsch hält, damit man sie anspricht. Als der Xandl schon vier Tage weg war, brachte in der Früh ein dicker Dienstmann einen wunderbaren, riesigen Strauß aus roten Rosen. Die Lini war gerade nicht da und ich lief hinaus, um aufzumachen. Dabei hatte ich, weil ich grade bei der Toilette war, nur einen leichten Schlafrock über dem Nachthemd an, und als ich aufmachte, war ich über die Blumem so entzückt, daß ich im ersten Augenblick gar nicht sah, wie der arme Dienstmann glänzige, kugelrunde Augen bekam. Dann aber bemerkte ich es schon. «Von wem sind denn die Blumen?» Und der Dienstmann antwortete mit ganz heiserer, stockender Stimme: «A schöne Empfehlung und tausend Handküsse vom Herrn von Lechner und wie gnä Frau Ihnen befinden?» Ich befand mich gut und war in bester Laune und übermütig. Es war ja eigentlich recht blöd und auch nicht recht gegen den Xandl, aber ich wollte dem Dienstmann ein lustiges und angenehmes Trinkgeld geben. Jung und hungrig war ich auch und wir waren allein in der Wohnung und ich hatte grade einen Gusto auf einen Dienstmännerschwanz. Aber recht unauffällig mußte es zugehen, der Dienstmann sollte glauben, daß ich rein aus Vergeßlichkeit vögle. Ich trat ganz dicht an ihn heran, so daß der riesige Blumenbuschen zwischen uns war, den er krampfhaft festhielt. Jetzt öffnete ich unten mit ein paar schnellen Griffen – Übung hatte ich ja Gott sei Dank – seine Hose, und während ich die Nase in die Blumen steckte, steckte ich mir unten einen andern Buschen hinein. Dann roch ich bald da, bald dort an den Rosen herum und bewegte mich dabei so, daß mir ganz von selbst der brave Schwanz innen herumfuhr. Der Dienstmann schwitzte, daß ihm das Wasser unter seinem roten Kappel hervorlief, hatte das Maul offen und hielt den Strauß noch immer fest. Ich hielt ihn an den Aufschlägen seines Überziehers und wetzte, wie es mir paßte, er selber rührte sich nicht, so verblüfft und entzückt war er, wiederholte nur immer wieder: «Ein schönen Handkuß . . . ein Handkuß . . . ein Handkuß . . .» Dann spürte ich sein Warmes, nahm ihm den Strauß ab, er taumelte zur Tür hinaus wie ein Betrunkener, und ich schloß, während ich die Tür hinter ihm zumachte, meinen Schlafrock. Das Ganze hatte kaum eine Minute gedauert und das war sicher das schönste Trinkgeld, das der Dienstmann je bekommen hatte. Aber ein bissel Vorwürfe machte ich mir nachher doch, so leichtsinnig durfte man nicht sein. Einmal ist keinmal, aber wenn der Dienstmann nicht den Mund halten konnte, konnten das leicht der Lechner und der Xandl erfahren und dann war ich schön drin. Der Lechner hätte mir's natürlich auch gern gemacht, für nichts und wieder nichts schickt man keine so feinen Blumen. Aber mit Xandls bestem Freund, das wär schön blöd gewesen. Trotzdem hatte ich was nötig, das spürte ich auch, als ich am Nachmittag auf dem Sofa lag und eine Zigarette rauchte. Das tat ich nur, wenn mir fad war, sonst schmeckte mir das Rauchen gar nicht so besonders. Der Tag war heiß, aber die Jalousien waren unten und in meinem Zimmer war es angenehm kühl und halbdunkel. Der Hupferl, der zu meinen Füßen schlief, wachte auf, nieste und begann mit meinen leichten Pantofferln und den Puffen daran zu spielen. Ich kitzelte ihn mit der Fußspitze am Bauch, und er machte einen Buckel wie eine Katz und blinzelte, so wohl war ihm. Wahrscheinlich spürte er auch allerhand. Da kam mir ein Gedanke, ich schob Schlafrock und Hemd hinauf, spreizte die Beine und wartete, was da kommen würde. In der Not frißt der Teufel Fliegen. Hupferl schnupperte vorsichtig an meinen langen Seidenstrümpfen und nieste, weil sie parfümiert waren. «No, such schön das Mauserl! Wo is das Mauserl?» Der Hupferl schnupperte sich zu meinen Strumpfbändern hinauf, begann zu wedeln und kam dann auf die nackte Haut. Seine kleine, kalte Nase war sehr angenehm, das kitzelte so. Langsam ging er zwischen meine offenen Beine und auf einmal begann es ihn zu interessieren. «Wo is Mauserl? Suchs Mauserl!» Da wollte er mit seiner kleinen Pfote das «Mauserl» angreifen, die dunklen Haare rochen recht gut, aber ich nahm seinen Kopf und drückte ihn recht fest gegen meine Spalte, und jetzt endlich leckte er mit seiner kleinen, rosigen Zunge leicht darüber. Das war so angenehm, daß ich beim erstenmal gleich mit dem Popo in die Höhe ging. Dann aber lag ich sofort wieder still, um den scheuen Liebhaber nicht zu verjagen, und das war das richtige, denn wie wenn er gewußt hätte, was mir abging, begann das brave Hupferl jetzt so fleißig und geschickt zu lecken, daß ich vor Geilheit mit den Zähnen knirschte. Das war so ein feines Kitzeln, ein Schoßhunderl hat zwar eine viel kleinere, aber viel geschicktere Zunge als jedes Mannsbild und der Hupferl war der Richtige für eine arme Strohwitwe wie mich. Fast war ich schon soweit, als ich bemerkte, daß der Hupferl so einen komischen Buckel machte und mit dem Hintern auf und ab sprang. Seine kleine rote, spitze Nudel stand ihm auch und mit einem leisen Beller sprang er vom Sofa. Die Putzi war wach geworden – sie hatte auf dem Teppich zusammengerollt geschlafen – und stützte mit einem verwunderten Gesicht die Vorderpfoten ganz eifersüchtig auf das Sofa. Im Augenblick waren die zwei Hunde übereinander, die Putzi kniff die Augen zu und ließ die Zunge heraushängen, so wohl tat es ihr, und dem Hupferl sprangen fast die Augen aus dem Kopf, so stark remmelte er sein Weiberl. Ich mußte lachen, und während ich es mir selbst mit der Hand fertigmachte, sah ich den Hunden zu. Dann ließ ich mir die Finger von meinen braven Pintscherl abschlecken, was ihnen zu schmecken schien. Jetzt hatte ich auf einmal Zeitvertreib genug. Am Abend kam die Steffi mich besuchen, sehr fein herausgemacht, und lustig erzählte sie mir von ihrem neuen Verehrer, einem alten, spinnigen Hofrat, den sie in der Stadt kennengelernt hatte. Er hatte Geld und war nicht schmutzig. Ich machte einen Tee, die Steffi hatte eine Unmenge Naschereien mitgebracht, wir aßen und plauschten und kicherten wie zwei Backfischerln. Es war so komisch, was die Steffi von ihrem Alten erzählte. Ich: Kommt's ihm denn oft? Steffi: Aber woher. Wann er einmal in der Wochen eine halbe Nummer hinlegt, ist er stolz. Ich: Mußt dich sehr plagen? Steffi: Ich schwitz wie ein Pflasterer. Weißt, eingebildet is ja der Alte wie wann . . . dabei langt's nimmer zum Hineinstecken! Ich: Mußt ihn lang wichsen? Steffi: Aber a halbe Stund und no länger, bis ich überhaupt ein Tröpfchen herausbring. Seine Nudel is dir verrunzelt wie eine getrocknete Zwetschgen. Und wann er ihm endlich ein bisserl steht, weißt, nur so ein bissel, da muß ich mir schnell die Kitteln in die Höh tun, bevor er wiederum runterfallt. Dann spritzt er mir das Tröpferl in die Haar, wird ganz rot und sagt «Pardon». Ich: Ja mußt denn da net lachen? Steffi: I zerspring oft, aber was kannst machen. Nachher waren wir beide recht in Stimmung und hätten fürs Leben gern einmal aus Freud gevögelt. Ich war stolz und erzählte der Steffi von meinem «Mauserlspiel». Steffi war ein bissel mißtrauisch und fragte: «Das Verreckerl? Der Hupferl? Der verlauft si ja da drinnen!» – «Geh hörst, wie redst denn du von meinem Liebhaber? Probiers selber, wirst schon sehen!» Die Steffi war aber doch schon geil und hatte die Hand unterm Rock, als sie sagte: «No, soviel wie mein Hofrat wird der Pinsch a no zammbringen!» – «Das glaub ich. Also, da leg dich schön aufs Sofa. I bring dir den Hupferl, kannst kosten. Hupferl, da geh her, Mauserl suchen! Mach mir ka Schand!» Die Steffi atmete schwer, der seidene Unterrock war schon am Bauch oben und der Hupferl wedelte. Er war auf den Geschmack gekommen und Steffis Fut schien ihm grad so zu schmecken wie meine. Ich setzte mich in ein Fauteuil am Kopfende des Sofas, öffnete Steffis Bluse und saugte an ihren Warzerln, die groß und hart und ganz dunkelbraun waren, denn die Steffi war eine Schwarze. Aber ich wollte auch was haben, rief das Pinscherweiberl, die Putzi, und schob meinen Schlafrock auseinander. Aber wie ich lockte und schnalzte und die Beine auseinandertat, die Putzi wollte nicht, und schon wollte ich mir wieder mit dem Finger helfen, als die Steffi, die keuchte und gurgelte, so zwischen den Zähnen hervorstieß: «Schmier . . . dir . . . an Honig hin! Kchchch! A so schmeckt's ihr nicht!» Das war ein guter Gedanke, rasch strich ich mir ein Löfferl Honig in meinen Blumengarten und das schmeckte der Putzi schon eher. Sie leckte erst langsam, dann schneller und lange Zeit hörte man nur: «Schlipp . . . schlapp . . . schlippschlapp, schlippschlapp mhm . . . mmmmmhm . . . mmmmm . . . aah!» Steffi und ich wurden wunderbar fertig, beide fast zu gleicher Zeit. Der Steffi kam es so stark, daß es klang, als leckte der Hupferl aus einem Wasserschüsserl. Dann kriegten die Hunde jedes ein Krapferl zur Belohnung, und dann nahm ich meinen alten Verehrer Hupferl und die gelehrige Putzi beglückte die Steffi. Diesmal legten wir uns nebeneinander auf das breite Sofa, Steffi legte ihren einen Schenkel über meine Knie und die Hunderln taten ihr Bestes. Nachher lagen sie auf dem Teppich, der Hupferl hatte auch seine ehelichen Pflichten bei der Putzi erfüllt und die Steffi und ich spielten an unseren Buketterln. Ganz verträumt sagte die Steffi: «Eigentlich is das das Schönste, so was Kleines, Junges abzurichten . . .» – «Dir brennt's in einer Tour. Weißt denn wen zum Abrichten?» – «Ich wüßt schon wen. Hansl heißt er. So ein lieber Kerl.» Und sie erzählte mir von ihrer Bekanntschaft mit einem ganz jungen Gymnasiasten, vielleicht sechzehn oder siebzehn war er, der sie angesprochen hatte, als sie ihren alten Thaddädl abholen ging. Ein großer, fescher blonder Bub, sehr hübsch und sehr reif für sein Alter. Sicher auch ein Bub aus gutem Haus und so nett angezogen. «Siehst, mit dem wär's keine Sünd. In dem Alter is er schon, ich hab g'sehn, wie er sich ihm aufgestellt hat, dabei is er nur neben mir gegangen, im Stadtpark. Amal hat er mich am Nachmittag abholen dürfen und wir waren in Neuwaldegg. Filzen hat er dürfen, aber nicht einmal in die Hand genommen hab ich ihn. Der Bub soll erst ganz ‹winig› wern. Der hat ihn no nie wo drin g'habt, dafür leg i die Hand ins Feuer . . . Weißt was? I bring ihn morgen mit, den Hansl. Muß mi eh revanchieren, wegen dem Hupferl!» Ich mußte unwillkürlich lachen, aber traute mich doch nicht recht. «Ausgeschlossen! Wo die Lini, das Flitscherl, eh umananderspioniert. Und wann's der Xandl erfahrt, der reißt uns den Schädel runter!» – «Aber Tschapperl, was soll denn g'schehn? A Hetz wird's! Der Lini gibst morgen Ausgang und um viere bin i da mit dem Hansl.» Sie mußte mir lange Zeit zureden, die Steffi, aber im Grunde war ich auch schon scharf auf den feschen Hansl. Als kleiner Fratz und als halbwüchsiges Mädel hatte ich natürlich auch mit so jungen Burschen gevögelt, aber wenn man eine reife Frau ist und sich schon auskennt dabei, so ist es noch viel schöner. «Also, morgen um viere. Und richt a gute Jausen!» Richtig, am andern Tag waren beide auf die Minute da. Der Hansl riß nur so die Kappe herunter und schlug die Absätze zusammen wie ein Offizier. Er benahm sich wie ein Großer, küßte uns die Hand und Steffi und ich taten riesig fein. Sie hatte ihm erzählt, ich wäre ihre Cousine und geschieden. Als wir bei der Jause saßen, fragte die Steffi: «No, was haben S' denn heute Schönes g'lernt im Gymnasium, Herr Hans?» Der Bub wurde ganz rot und verlegen und ich sagte schnell: «Aber red net so dumm, der Herr Hans is schon ein richtiger Student, das hab ich ihm glei angesehn. Nicht wahr, Herr Hans, Sie wollen ein Dokter wern?» Da platzte die Steffi wieder hinein: «No was denn, Frauenarzt!» Wir lachten alle drei und man sah es dem Hansl an, wie er sich freute, daß man ihn für älter hielt. Diese Freude muß man einem ganz jungen Buben machen, sonst ärgert und kränkt er sich und verliert die Lust und er steht ihm nimmer. Nach der Jause bot ich dem Hansl Zigaretten an, und er rauchte wie ein Großer, sehr geschickt und gar nicht wie so ein Bub. Der hatte Talent, der ist sicher noch einmal so ein großer Hallodri geworden, dem die Weiber nachlaufen. Und das sagte ich ihm auch. Vor lauter Freud und Stolz ließ er den Rauch durch die Nase gehen und verkutzte sich. Die Steffi, die es schon nimmer erwarten konnte, stieß mich unterm Tisch und fragte ganz scheinheilig: «Haben S' überhaupt schon ang'fangen, Herr von Hans?» Er schaut wie der Ochs vorm neuen Tor. «No, ich mein halt so mit die Damen. Haben S' schon was fürs Herz, so was Liebes, ein Mäderl halt? Hat der Hans so was schon g'sehn?» Und mit einemmal hob die Steffi, ein Luder war sie ja immer, den leichten Rocksaum bis übers Knie und zeigte dem Hansl, der ganz komisch schluckte, ihr festes, rundes Bein bis weit übers Knie, den langen blauen Strumpf, die neuen samtenen Strumpfbänder, ein Stückerl von der Spitzenhose und ein Streiferl nacktes Fleisch. Dabei jammerte sie: «Uj je, uj je, jetzen is mir das Strumpfbandel g'rissen! Net herschauen, Herr Hans! Sonst werden S' blind! Geh, Peperl, sei so lieb und richt mirs!» Der Hans wußte gar nicht, wohin er schauen sollte, so verlegen war er und so gierig. Ich griff unter Steffis Rock, tat, als richte ich ihr was und kitzelte sie an ihrer hungrigen Kleinen, die schon ganz feucht war. Jetzt saßen wir zwei auf dem Sofa. Der Hans sprang so heftig auf, daß er seine Teetasse umstieß, Steffi aber packte ihn am Handgelenk und zog ihn ganz dicht zum Sofa. Und bevor er «Muh» sagen konnte, hatten wir schon alles in Ordnung gebracht, sein kräftiger kurzer schneeweißer Schwanz tanzte nur vor unsern Lippen. Wie hielten unsern jungen Freund, jede bei einer Popohälfte, er bog sich weit zurück und machte die Augen zu, seine zitternden Hände lagen auf unsern Köpfen. Seine Finger krampften sich und einmal raunzte die Steffi, weil er ihr ein ganzes Schüppel Haare ausriß, in der Aufregung. Das war aber gleich wieder vergessen, denn Steffi und ich hatten anderes zu tun. Das war eine süße Schleckerei. So zwei feine Zungerln hat nicht jeder gleich beim erstenmal. Wir schleckten um die Wette, Steffi nahm die Nudel, ich die Hoden in die Arbeit, kein Platzerl war unten am Hans, wo unsere freundlichen

Zungerln nicht hinkamen. Als die nette Nudel zu pulsieren und verdächtig zu zucken anfing, warf sich die Steffi aufs Sofa, so lang sie war. So geschickt war sie, daß ihr Rock dabei von selbst hinaufflog. Sie hatte die Hand über die Augen gelegt und atmete schwer. Ich zog Hans sein Lineal noch ein-, zweimal sanft durch den Mund, daß es recht schön glitschig wurde und gab ihm dann einen Stoß, daß er stolperte und ganz von selbst auf Steffi draufflog. Die rückte nur ein bissel den Popo höher und der junge Hansl stak bis ans Heft drin.

Zuschauen hab ich nie können und grad damals hatte ich ein paar Tage lang nichts gehabt. Ich warf mich auf das Stückerl Sofa, das die zwei bei ihrer Preisstemmerei freiließen, und zwar so, daß ich auf der Seite lag. Dann schob ich meinen Arm unter den Hintern der Steffi, die wie eine Wilde hupfte und stieß, mit der andern Hand packte ich den Hansl am Hosenboden und drückte die zwei aneinander. Meinen Kopf preßte ich an Steffis Hüfte und leckte, so fest ich konnte, die Hoden vom Hans und so viel von seinem Schweif, als eben nicht grad in der Steffi steckte. Die beiden brüllten vor Freude, so geschickt unterstützte meine Zunge ihre Remmelei, und auch ich sah und hörte nichts, schmeckte nur den Saft der beiden und konnte kaum atmen. Wir waren fast ohnmächtig, sahen und hörten nichts . . . Da war auf einmal ein furchtbarer Klatscher, der Hansl flog von da oben herunter wie nichts. Ich sah ganz benommen auf und sah grade, wie der Hansl auf dem Boden kugelte. Vor dem Sofa stand Xandl! Er war unvermutet früher zurückgekommen und sein erster Weg war natürlich zu mir gewesen. Er war blau im Gesicht vor Wut, die Adern an der Stirn waren dick geschwollen und sein großer Schnauzbart zitterte. Ordentlich zum Fürchten schaute er aus. Der Hans war weg. Der arme Bub muß von der Riesenwatschen ganz betäubt gewesen sein. Seine Kappe hatte er vergessen und seinen armen, tropfenden Schwanz hat er wahrscheinlich auch erst draußen einstecken können. Der Xandl hatte die Fäuste geballt und sagte noch immer nichts. Die Steffi, der die Tränen in den Augen standen, aber nicht vor Angst, sondern vor Vergnügen, wurde ganz ernst, zog sich die Röcke herunter und sah den Xandl fest in die Augen. Courage hat sie immer gehabt und hat geredet, wie ihr der Schnabel gewachsen war. Auch jetzt sagte sie, so grob sie nur konnte und ganz ruhig zum Xandl: «Herr von Feringer, einmal ist keinmal, wie Sö ja unlängst selber der Pepi so schön g'sagt ham! A alter Kracher wia Sö sollt froh sein, wann er für sei Geld a resche Fut kriegt und an armen Buam a was vergunnen! Net wahr, wia Sö mi und die Pepi unlängst beim Heurigen von Ihre Freund ham pudern lassen, daß uns der Hintern kracht hat, da war nix dabei! Aber unsereiner dürfet an andern gar net anschauen! Peperl, wannst was brauchst, so wast, wo die Steffi wohnt! Wirst es bald nötig ham, glaub i! Serwas, Selchermaster!» Draußen war sie, und der Xandl stand da wie begossen. Ich war aber noch immer so verdattert, daß ich nur auf dem Rand vom Sofa hockte und dachte, daß jetzt alles gar wär. Der Xandl sagte anscheinend ruhig, aber man sah, wie es in ihm kochte: «Alsdann, jetzten packst dein Glumpert z'samm und hutschst di außer! Was i dir g'schenkt hab, kannst b'halten! Aber in einer Viertelstund bist draußt!» Die Wohnung, die Möbel, alles gehörte dem Xandl. Während ich ohne ein Wort mein Kleid anzog, stand der Xandl mit dem Rücken zu mir und sagte: «A paar Tetschen g'höreten dir schon, aber an Frauenzimmer tu i nix. Wirst no Tetschen gnua kriegen!» Ja, damit hat er recht behalten! Ich war wütend, haute dem Xandl das Ketterl mit dem Medaillon vor die Füße, nahm meinen Spitzenschirm und meinen Florentinerhut und ging zur Tür. Den Xandl riß es doch ein bissel, aber er stand beim Fenster, kehrte mir seinen breiten Buckel zu und sagte kein Wort. Da ging ich einfach hinaus. In meinem Tascherl waren noch 10 Gulden. Während ich langsam nach Hernals hinüberging, wo die Steffi wohnte, schluckte ich ein paar Tränen hinunter, aber nur aus Trotz. Ich war jung und fesch und würde mich schon durchschlagen! Es gibt genug Selcher auf der Welt und andere Männer auch. Aber nobel war es vom Xandl doch gewesen, daß er mir vor der Steffi keinen Skandal gemacht hatte. Jetzt erst überlegte ich mir so recht alles. Wenn ein älterer Mann sich eine Junge nimmt, so muß er zahlen, ganz egal, ob er jetzt eine Nummer hinlegt oder mehrere. Aber zahlen muß er, und wenn er auch noch Treue verlangt, ist er ein Depp. Denn junge Leute gehören einmal zusammen und gar, wenn eine so heißes Blut hat wie ich, kommt sie mit einem Schwanz nicht aus. Die Natur läßt sich halt nicht unterdrücken und wenn einer noch so viele Hunderter hinlegt. Aber ich hätt vom Xandl keinen Kreuzer mehr genommen, dazu war ich mir zu gut. Die Männer glauben nur immer, sie dürfen allein alles tun und wir müssen warten, bis es dem Herrn gefällig ist! Aber bevor ich das tu . . . soviel Geld hat keiner!

4. Kapitel

Im Prater

Die Zeit, die ich durchmachte, nachdem ich vom Xandl weggegangen war, war eigentlich die ärgste meines Lebens. Zum Glück hat sie nicht gar zu lang gedauert. Als Kind und als ganz Junge hatte ich es ja nie besonders gut gehabt, aber eben gedacht, das sei nicht anders. Aber jetzt war ich schon an ein bissel Wohlleben gewöhnt, wußte, wie schön gute Kleider und ein bissel Parfum sind und wie man sich da gleich ganz anders vorkommt. Wenn man was gehabt hat und nachher ganz herunterkommt, fühlt man das doppelt stark. Aber ich hab mich brav durchgeschlagen und bin zu keinem betteln gegangen. Und zu wem hätt ich gehen sollen? Ich kannte damals schon sehr viele Männer und es waren auch recht «schwere» drunter, aber vor denen wollte ich mich so abgerissen nicht zeigen und nicht bemitleiden lassen, das hab ich nie vertragen. Ich hab viele Jahre meines recht wechselvollen Lebens nichts gehabt als meinen Körper und mir mit dem alles schaffen müssen. Aber gejammert hab ich deswegen doch nie. Auch die Leute aus meinem Haus hatte ich erstens ganz aus den Augen verloren und dann waren das arme Leute, die selber nichts hatten. Meine Geschwister waren in alle Winde zerstreut, ich wußte nicht einmal, ob noch alle in Wien waren. Und sicher waren viele schon verheiratet und brauchten ihre paar Kreuzer selbst recht notwendig. Damals war ich froh, wenn ich ein kleines Gulasch um fünf Uhr nachmittags kriegte, und das war dann mein Frühstück und mein Mittagsmahl zugleich, aber den Kopf hab ich doch nicht hängen lassen. Zu den «Freundinnen» meiner ersten Dirnenzeit wär ich zuletzt gegangen . . . die hätten sich noch mordsmäßig gefreut, daß ich jetzt im «Kanal» war und mich noch ausgespottet! Direkt vom Xandl weg ging ich zur Steffi hinüber, die in Hernals wohnte. Sie empfing mich ganz ruhig und sehr lustig: «Mach dir nix draus, Peperl. So an wie dein alten Blunzenmacher findst no. Wär traurig, wann ane wie du net zehne an jedem Finger hätt.» Und sie tröstete mich und kochte mir Tee und erzählte mir allerhand Lustiges und die Nacht schlief ich bei ihr auf dem Sofa, wo sie oft fickte. In der Früh gingen wir eine Wohnung für mich suchen. Ich hatte nur 10 Gulden und das, was ich am Leibe trug, und mußte recht bescheiden sein. Wir fanden bald ein kleines, bissel düsteres Kabinett bei einer ekelhaften Alten in Hernals. Sie gefiel mir gleich nicht, aber die Miete war recht bescheiden und große Sprünge konnte ich jetzt nicht machen. Ihr erstes Wort war: «Aber Mannsbilder wern mir kane auffibracht! I will net ins Kriminal kommen!» – «Das hat die Stefferl und die Pepi net nötig! Und ins Kriminal kommen S' no amal so auch!» So sagte die freche Steffi, und das Weib traute sich nichts mehr zu sagen. Dann borgte mir die Steffi noch ein bissel Wäsche und ein paar notwendige Gegenstände zur Toilette, und am Nachmittag ging ich in den Prater hinunter, um mein neues oder vielmehr altes Leben anzufangen. Aber weiß Gott, wahrscheinlich standen mir die Sorgen zu sehr auf dem Gesicht, trotzdem ich fein beisammen und gut geschminkt war. Ich machte den ganzen Nachmittag und den ganzen Abend über keine Bekanntschaft, und als es immer später wurde, begann ich mit einigen vorübergehenden Männern zu kokettieren, was ich sonst nie getan hatte. Aber es war wie wenn der Teufel drauf sitzen möcht, keiner, aber schon gar keiner hatte einen Blick für mich, und erst als mich spät um zehn Uhr abends ein Wachmann, der mich schon zweimal hatte vorbeigehen sehen, scharf ansah, entschloß ich mich, ganz traurig, heimzugehen. Die Frau war wütend, weil ich den Schlüssel vergessen hatte und sie mir aufmachen mußte, und als ich in mein Kabinett ging, brummte sie irgend etwas. Ich schlief die Nacht recht schlecht und ließ mich am andern Morgen von der Steffi trösten. «Es wird schon werden, Peperl, wirst sehen. Wannst nimmer außerweißt, a paar Gulden hab i mir scho derspart. Wannst amal wieder oben bist, gibst es mir zruck!» So war sie, die Steffi. Aber auch diesen und die zwei folgenden Tage hatte ich kein, aber schon gar kein Glück. Und meine paar Gulden schwanden dahin, wenn ich mich auch kaum noch satt aß, ich war zu traurig. Und trotz des hübschen Hutes und des netten Kleiderls sprach mich keiner an, der bissel nach was aussah, der Spitzensaum meines Kleides war nach ein paar Tagen schon ganz grau und fleckig und die zarten Schuherln abgewetzt. Das ist das ärgste, wenn einmal noble Sachen anfangen, schäbig zu werden. Ich ging traurig so in der Hauptallee, von weitem hörte ich die Drehorgeln der Ringelspiele, und ich summte zuerst ein wenig mit. Wie es aber immer später und kühl wurde und als endlich langsam eine Laterne nach der andern angezündet wurde, da wurde ich doch recht niedergeschlagen. Die Fußgänger wurden immer seltener, nur hie und da fuhr noch ein verspäteter Fiaker. Plötzlich, gerade unter einem großen, blühenden Kastanienbaum, stand der Wachmann von neulich vor mir. «Da darfst nicht gehen. Die Leut belästigen! Schau, daß du auf den Praterstern kommst! Bissel g'schwind, sonst schreib i di auf!» Er sprach recht grob, und ich ärgerte mich, daß er das sagte und zu mir sprach, wie zu einem ganz armseligen Strichmensch. Aber eigentlich war ich ja nichts Besseres und im Guten richtet man sich alles viel leichter. Ich lächelte recht lustig, wenn mir auch gar nicht so war und sagte: «Aber Herr Wachmann! Sie gehen da ja auch immer auf und ab und wern net aufgeschrieben . . .» Da hätte er beinahe gelacht, besann sich aber, daß er im Dienst war und machte ein strenges Gesicht. Schnell faßte ich einen seiner blinkenden Uniformknöpfe und fragte: «Die Knöpf putzt Ihnen

Mit Lust und Liebe …

Ihre Frau Gemahlin jeden Tag selber? Das muß eine schreckliche Arbeit sein!» Dann ließ ich die Hand fallen, streifte wie zufällig seinen Waffenrock und kam an seinem Hosentürl vorüber. Dort war alles in Ordnung, es faßte sich hart und doch elastisch an.

Nicht umsonst hatte ich schon so viel mit Mannsbildern zu tun gehabt und wußte, wo man sie zu packen hat, denn im Grunde sind sie alle gleich, die Zivilisten und die, die eine Uniform haben. Während ich so Witze machte, war er schwer atmend ganz an den Baumstamm zurückgewichen, und ich trat zu ihm. Rasch sah ich mich nach allen Seiten um, ob niemand kam, aber weit und breit war niemand zu sehen. Ich lehnte mich an den Baum, spreizte die Beine und hob mein Kleid. Im nächsten Augenblick hatte ich einen Wachmannschwanz drin, der schön «Habtacht» stand. Ich vergönnte es ihm gern, hatte mir das Ganze als kleine «Bestechung» ausgedacht, um Ruhe zu haben und mir einen zu sichern, der zu mir hielt. Aber meine Kleine hatte schon ein paar Tage nichts bekommen, und trotzdem ich hungrig und müd war, machte mir sogar das Remmeln jetzt Spaß. Er drückte mich leicht an den Stamm, hielt mich mit der Rechten an der Hüfte und hielt mit der linken Hand seinen Säbel, damit der nicht scheppern könne. Er titschkerlte mich in kurzen, leichten Stößen, mit fest aufeinandergebissenen Zähnen und funkelnden Augen. Man sah, wie es ihm Spaß machte, aber auch, daß er nur schnell fertig werden wollte, denn er hatte viel mehr Angst noch als ich. Bald spürte ich seinen festen Schwanz zucken, dann stieg es ihm hoch und in mehreren Portionen ergoß er sich in mich. Ich küßte ihn leicht auf die Wange, die kitzelte, streifte mein Kleid zurecht und frozzelte ihn ein bissel: «Das müssen S' heut beim Rapport melden!» Er wurde ganz rot, ließ seinen Schwanz draußen abtropfen, nahm die schwere Pickelhaube ab und wischte sich den Schweiß ab. Ganz verlegen sagte er: «. . . Heiß is heut abends.» – «Sie dürfen Ihnen halt net so plagen, Herr Wachmann!», sagte ich ganz keck. Ich hatte meine ganze gute Laune wieder. Da sah man, daß er ein guter Kerl war: «Wannsd Kundschaften finden willst, mußt weiter nunter gehen, zum Lusthaus zu. Da beim Licht trauen sie sich net, die Brüder. No, reich wirst net werden. Aber g'scheit sein und aufpassen, sonst muß i dich do no amal mitnehmen.» Jetzt waren wir gute Freunde, ich gab ihm die Hand und winkte noch einmal zurück, als ich weiterging. Er lachte und salutierte. Diesen Wachmann hab ich noch oft wiedergetroffen, wenn er grade Zeit hatte und es dunkel war, hat er ein bissel bei mir seinen Schweif hineingehängt und geplauscht haben wir oft. Er war immer lieb zu mir, und wenn er mir nicht salutieren konnte, hat er mir zugeblinzelt. Er war ein junger, abgebrannter, fescher Kerl mit einem kleinen Schnurrbart und blauen Augen. Am selben Abend machte ich die Bekanntschaft meiner neuen «Kunden». Wie der junge Wachmann mir geraten hatte, ging ich langsam durch die fast leere

Hauptallee zum Lusthaus zu, tief in den Prater hinein. Auf einmal hörte ich hinter mir ganz leise «Pst» rufen. Ich blieb stehen, aber niemand kam mir nach und es war ganz still. Aber schon nach ein paar Schritten rief es wieder, ich drehte mich um, aber nur die Büsche raschelten und niemand war zu sehen. Auf einmal tauchte ein winzig kleines Manderl aus dem Gebüsch auf. Er war recht schäbig beinander, hatte ein bleiches Kindergesicht voller Wimmerln, unter seinem speckigen Hut kamen dünne Haarsträhnen hervor. Er war furchtbar ängstlich, drückte sich ins Gebüsch, Augen hatte er ganz wäßrige und blöde, wie so ein kleiner Bub, der sich vor Prügeln fürchtet. Er sah ganz komisch und doch wieder mitleiderregend aus, halb Kind, halb älterer Mann. Er winkte, blinzelte, schnitt Grimassen, riß den Mund weit auf, legte gleich wieder den Finger an die Lippen und plötzlich schlug er seinen weiten langen Überzieher auseinander. Er hatte Kragen, Krawatte, auch ein Gilet und ein kurzes Hemd an, aber keine Hose, bloß Schuhe und lange Strümpfe. Das konnte man aber unter dem langen Mantel nicht sehen. Er hatte einen dicken, unförmigen Bauch wie ein kleines Kind und einen winzigen Schweif, der kaum stand und ganz komisch verbogen war. Der kleine Kerl beugte sich nach rückwärts, spreizte die dünnen Schenkel, schnappte, klapperte mit den Zähnen, nahm sein kleines Glied zwischen die Finger und wedelte mir damit zu. Er machte tausend komische Verrenkungen, war aber doch nicht zum Lachen, wie ein Verrückter war er. Aber ich war schon lang nicht mehr stolz, nickte ihm zu, um ihm Mut zu machen und rieb den Stiel von meinem Sonnenschirm, wie wenn es ein Schwanz wär. Er nickte so eifrig «Ja», daß ihm sein zu großer Hut fast über die Stirn rutschte. Aber als ich einen Schritt zu ihm machte, erschrak er und wollte gleich wieder weg, zurück ins Gebüsch. Ganz langsam mußte ich mich ihm nähern und schnippte mit den Fingern, wie wenn ich ein Hunderl locken möchte. Er stöhnte bloß leise auf, als ich seinen kleinen, kalten und weichen Schwanz in die Hand nahm. Nun begann ich zu reiben, aber so plagen habe ich mich noch nie müssen. Er hielt keinen Augenblick still, wetzte und warf sich hin und her, schwenkte den Bauch und den Hintern und stöhnte. Ich packte sein kleines Glied so fest, daß es ihm bestimmt weh tun mußte, preßte und zwickte die Eichel und nahm schließlich seine ganzen Sachen in die Hand, was ganz leicht war. Vielleicht zehn Minuten hab ich ihn so massieren müssen, mir tat die Hand schon ganz weh. Aber der Schwanz wollte und wollte nicht stehen, vielleicht war der Kleine dazu gar nicht imstande. Aber endlich begann er mit ganz hoher, dummer Stimme zu plappern: «So is recht, guts Fräul'n, so is recht . . . is recht, mit der Hand vögeln, ah das tut gut . . . Handvögeln . . . das is schön . . . das tut gut, gut, gut, einen abireißen, noch einen abireißen . . . das tut ihm gut, guts Fräul'n, schnell, schnell, kommt schon, kommt schon, kokokommt achooooh . . .» Ich spürte zwar keine Tropfen, aber er mußte doch befriedigt sein, ich ließ also endlich los, nachdem ich seinen kleinen Faden noch einmal zusammengedreht hatte, wie wenn ich Wäsche auswinden möcht. Schnell schloß er seinen Havelock und leckte mir die Hand wie ein Hunderl. Mir grauste doch ein bissel vor ihm und leid tat er mir doch auch. «Bist brav, brav bist . . . kokokommst in Himmel!» Und weg war er, mit einem Sprung ins Gebüsch zurück. Ich war wütend, daß mich der kleine Schäbian auch noch «geblitzt» hatte, aber da kam aus dem Blätterwerk etwas Glänziges geflogen. Es war eine Krone, die ich zufrieden aufklaubte. Ich wunderte mich doch. Der arme kleine Mann, der wie ein Verrückter war oder ein Trottel und sicher auch kein richtiges Mannsbild, der hatte mir seine letzte und sicher einzige Krone gegeben! Wie ausgehungert nach einem Weib mußte der sein. Wahrscheinlich konnte er gar nicht richtig verkehren. Er war der erste von den vielen, denen ich im Prater «einen heruntergerissen» hab. Damit hab ich mir viele Wochen lang mein Brot recht und schlecht verdient. Selten, daß einer mehr verlangte, aber auch selten, daß ich mehr bekam. Es waren meist arme Teufel, viele dreckig und verkommen, aber selten war einer roh zu mir, wenn auch viele angetrunken waren. Sie spürten, daß ich grad so arm oder noch ärmer war wie sie und waren gut zu mir, so gut halt ein Mannsbild, wenn es geil ist, zu einer armen Dirne ist. Mit vielen «Pülchern», mit «Strottern», mit Obdachlosen und gemeinen Soldaten hab ich damals in den Praterauen verkehrt und ihre Schwänze traktiert. Oft hat einer nicht einmal eine Krone gehabt, sondern nur ein paar Zehn-Heller-Stücke, aber die hab ich halt auch nehmen müssen, denn vorher zahlen die nicht. Da ist mir schon eher einer öfter durchgegangen. Meine erste, schwerverdiente Krone hab ich am selben Abend gar nicht mehr gebraucht, denn als ich jetzt – es war vielleicht schon elf – durch den Prater nach Haus ging, machte ich einen kleinen Umweg durch den Wurstelprater, ob vielleicht dort noch etwas offen sei. Eine Kleinigkeit mußte ich doch nachtmahlen. Aber es war da schon alles zu, nur in einem kleinen Gasthaus, das ein bissel abseits neben einer Würstelbude stand, war noch Licht. Aber kein Gast war mehr da, nur der Schankbursch lehnte mit aufgekrempelten Hemdärmeln in der Tür und schnappte noch ein wenig Luft. Als ich kleinlaut fragte, ob ich noch was Warmes haben könnt, lachte er und zwickte mich in den Arm: «Was Warms? Bei mir immer!» Und er führte mich zu einem kleinen Tischerl, wo ich mich ein paar Minuten verschnaufte, während er in der Küche rumorte. Erst jetzt spürte ich, wie weh mir die Füße taten. Bald kam er gutmütig grinsend zurück und brachte mir einen tiefen Suppenteller voller Gulasch, ein übervoll schäumendes Bierkrügel, ein Riesen-«Scherzel» Hausbrot und ein paar billige Zigaretten. Er saß neben mir und schmunzelte, weil ich einhaute wie ein Drescher, ohne mir Gedanken darüber zu machen, daß ich das alles ja nicht zahlen konnte, mit meiner Krone. Als ich im Handumdrehen fertig war und zahlen wollte, wies er es zurück und sagte gutmütig: «Scho gut, Weiberl, war dir vergunnt. Du hast's a net leicht. Wannst wieder was brauchst, die Nummero weißt ja, so oft i da bin, kriegst immer was. Jetzt, schau, daß z'Haus kommst, Sperrstund is!» Mich überkam der Übermut, ich hatte gut gegessen, war satt wie schon lang nicht und von dem rasch hinuntergegossenen Krügel bissel wirblig im Schädel. Auch gefiel mir der junge, kräftige Kerl mit seinen braunen, sehnigen Armen. Um das Handgelenk hatte er mit blauer Farbe ein Armband tätowiert, wahrscheinlich war er ein Ringer oder so was und ich dachte mir, der müßte auch eine schöne Nummer wetzen können. Ich wollte nach diesem kleinen Zwetschgenkrampus vorhin, dem ich mit Müh und Not einer heruntergewichst hatte, wieder ein ordentliches Mannsbild zwischen den Beinen haben. Meine kleine Fut hatte ich heut ziemlich geschont und vergönnte ihr auch ein warmes Nachtmahl. Als er jetzt mit der Sperrstund anfing, sagte ich ganz keck: «Aber i hab no ka Sperrstund!» Und plötzlich saß ich mit offenen Schenkeln und hinaufgeschobenen Röcken da und ließ ihn das hübsche Haarbüschel bewundern, das dort wuchs. Er stand lustig auf und meinte: «No ja, Dankbarkeit is a schöne Eigenschaft. Hauen laß i mi net, bevor i dir's mach. Aber da heißt's nix, kumm lieber mit!» Er führte mich in einen kleinen Vorraum, wo leere Sodawasserflaschen, leere Fässer und allerhand Gerümpel lagen. Dort bog er mich über ein großes, leeres Bierfaß, ich packte ihn mit den Beinen um die Mitte und er stieß mir seinen Zapfen ins Spundloch, das schon halb offen stand. Jetzt packte er mich bei den Popobacken, und indem er mich immer ein Stück zu sich herrollte und dann wieder wegschubste, fuhr mir sein Schwanz ganz von selber drinnen hin und her. Ich hielt mich an seinen breiten Schultern fest und quietschte leise vor Vergnügen. Er erinnerte mich an den Bierversilberer, der mich als Kind im Keller gevögelt hatte und jung und sauber war er auch. Langsam ließ er es sich kommen und sagte langsam, während das Faß rollte und dröhnte: «Siehst . . . halts höher, das Votzerl, das süße, so is viel schö . . . ner als über die Tischkanten . . . a bissel . . . Bewegung muß ma auch . . . beim Vögeln machen . . . so a Faßl is zu allerhand gut . . . a . . . wenns . . . scho leer . . . is . . . Schön eng is das Fummerl . . . gelt, bist . . . no net lang dabei . . . Jetzten wern mir dem Votzerl an Spritzer Syphon geben . . . soll i . . . soll i . . . jaaa . . . als . . . dann . . . kchch, kschkschsch!» Er machte eine Sodawasserflasche nach und sein Schwanz tat unten dasselbe. Auch ich war wunderschön fertig geworden und biß ihn, als er mich von dem Faß herunterhob, ein wenig in die Schultern. «Wie heißt denn du?» – «Rudolf, der schöne Rudi!» – «I heiß Pepi.» – «Schöner Nam und a schöns Löcherl. Kumm recht bald wieder. Warme und kalte Sachen und an ordentlichen Schwaf zu jeder Tageszeit!» Unter der Tür nahm er mich um und gab mir ein festes Busserl und das freute mich doppelt, denn das taten sonst die Männer nachher nie. Lachend gingen wir auseinander, und ich hatte mir an diesem Abend zwei Freunde ervögelt. Den Wachmann und den Rudi. Mit dem Rudi hab ich's lang gehalten. Immer wenn ich ein recht armseliges Mannsbild grad geschustert oder gerieben hatte und wieder Appetit nach etwas Ordentlichem bekam, ging ich zum Rudi, der oft allein war. Wir haben oft noch miteinander «Faßlrutschen» gespielt und hungern hat er mich auch nicht lassen. Aber am nächsten Tag schon hab ich es anders angefangen. Feines Kleiderl und Putz waren nichts für mein jetziges Leben, da trauten sich die armen Schlucker nicht. Die Steffi lieh mir willig ein einfaches blaues Tuchkleid. Hut setzte ich auch keinen mehr auf und bevorzugte die stillen Seitenwege im Prater und kam oft in ganz entlegene Auen. Auch ging ich in den späten Abendstunden, wenn die Buden und Gasthäuser gesperrt wurden, in den Wurstelprater und suchte mir Männer aus, die aus Gasthäusern kamen. Noble Herren waren keine darunter, lauter Arbeiter, Soldaten, kleine Geschäftsleute. Viele waren recht lustige, umgängliche Kampeln, die mich nachher ins Wirtshaus mitnahmen. Aber nur für ein Nachtmahl und ein kleines Bier ließ ich mich nicht durchziehen. Ich verlangte ein oder zwei Kronen, bekam allerdings oft nur ein paar «Sechserln», aber auf drei bis fünf Kronen kam ich immer und das genügte für mein damaliges, bescheidenes Leben. Die Zeiten der hübschen Kleiderln und des feinen Lebens würden schon wieder kommen, so tröstete ich mich. In der Hauptsache verkehrte ich mit meinen Männern, indem ich ihnen einen «abiriß». Das ging schnell, machte mir nicht viel Mühe und er kam doch auf seine Rechnung. Oft machte ich mich an die Männer heran, die hinter einem Baum ihr Wasser abschlugen. Ich stellte mich dicht zu ihnen, wartete, bis der Strahl immer dünner wurde und nahm dann das erleichterte Glied, um den zweiten Springbrunnen fließen zu lassen. Dabei hatten sie mich um die Taille, küßten mich und leckten mir im Mund herum. Manche filzten mich auch ein bissel, denn sie waren froh, daß sie was zum «anhalten» hatten, denn meine Kundschaften waren oft nicht ganz fest auf den Beinen. Wieviel Schwänze hab ich damals in der Hand gehabt! Mit der Steffi hab ich mich oft hingesetzt und Schwänze aufgezeichnet, wenn wir gut aufgelegt waren. Im allgemeinen spricht ja unsereiner nicht von den Männern, weil man eh genug davon hat, aber die Steffi und ich waren oft imstande, aus Freude zu pudern, und so nannten wir unsere neue Wissenschaft «Schwanzologie» und lachten uns über die von uns gezeichneten Schweife den Buckel voll. Da gab es lange, mittellange und kurze, dicke und dünne, grade und krumme und gebogene, blaße, gelbliche, braune und braunrote und solche wie ein gekochter Krebs. Und solche mit einer ganz breiten, flachen Eichel, solche mit winzig kleinen Hoden und dann wieder hing der Hodensack ganz weit hinunter. Oft wollten die Schwänze nicht gleich stehen, weil die Besitzer einen «Affen» hatten und gar nicht ans Vögeln dachten. Aber ich hatte die Kunstgriffe bald erlernt und machte den Schwanz zutraulich, wenn das Mannsbild dazu auch nimmer wußte, wo ihm der Schädel stand. Innerlich beutelte ich mich oft vor Lachen, was sie so im Rausch alles daherredeten. Während ich unten geschickt und schnell ihren Schwanz tanzen ließ, schütteten sie mir oben ihr Herz aus und nie werd ich den dicken Frachtkutscher vergessen, der mir alles mögliche derweil erzählte: «Bist ein braves Mädi . . . hupp . . . halt ihn nur fest, sonst rennt er mir davon . . . wo hast ihn denn . . . ah da unt . . . so was g'hört a dazu . . . Sonntag is nur amal und Arbeit alle Tag . . . i scheiß drauf . . . a Roß hat mi g'schlagen . . . das Luder, das miserablige . . . was sagst du . . . da dazu . . . seit acht Tagen bin i jetzt im Krankenstand . . . ausg'haut hats . . . Maderl, gelt du möchst net aushauen auf mi, wann du a Roß wärst . . . du net . . . bist brav . . . so schön . . . jetzten stellt er si a bisserl auf . . . geh, schau nach . . . no als dann . . . der hat scho nix mehr kriegt . . . mei Alte . . . dös Rabenfutter . . . di laßt mi nur zu die hohen Feiertag drüber . . . pfui Teufel . . . bin eh froh . . . di hat a Fetten auf ihrer . . . da kummst gar net eini . . . bei dir wars anders . . . gelt . . . gern möcht i di bügeln . . . aber's geht net . . . na . . . i hab an Rausch . . . i bleibet liegen auf deiner und derdrucket di . . . war schad . . . aaaah . . . spürst es schon, wie's aufikommt . . . schad wärs . . . ah na, gut wärs . . . gut is . . . ah, guuuut . . .» Er entlud sich und keuchte und fauchte wie eine Eisenbahn. Dann gab er mir drei Kronen und eine Masse Kreuzer und rülpste: «I gebet dir gern mehr, aber i hab schon alls versoffen!» Auch viele Soldaten hatte ich damals. Ich hatte mich als junges Flitscherl nicht viel um Soldaten gekümmert, aber jetzt lernte ich alle kennen, Deutschmeister, Bosniaken, Ulanen, Dragoner und Husaren, Gefreite und Gemeine. Sie hatten meist nicht viel Geld, mußten zeitlich in der Kaserne sein, vögelten aber gern, nur ein bissel wild und jeder Platz war ihnen recht. Sie waren oft zu zweit oder zu dritt, legten ihre paar Kreuzer zusammen und gingen mit mir hinter Büsche, unter Viadukte, hinter einen Plankenzaun, und heiklich durfte man da nicht sein. Und schnell mußte es gehen und kein Wachmann durfte in der Nähe sein. Das hab ich bald gelernt, und einmal hab ich vier Soldaten auf einmal bedient, die mich bei einem Ringelspiel ansprachen. Wir gingen auf meinen Stammvögelplatz, hinter dem Hausgarten einer kleinen Praterwirtschaft, wo hinterm Zaun gleich die wilde Au war und kein Mensch hinkam. Die Soldaten nahmen mich in die Mitte, zwei hängten sich in mich ein und den ganzen Weg schubsten und drängten sie sich, wer sich jetzt in mich einhängen dürfe, denn die zwei, die mir am nächsten gingen, filzten mich rechts und links unterwegs, während die zwei, die außen gingen, immerfort den Finger am Hosentürl hatten und sich aufgeilten. Als wir ankamen, konnten sie es schon gar nicht mehr erwarten. Sie stellten sich um mich, der große Poldi, so nannten sie ihn, stieß mir seinen mordslangen Schwanz gleich hinein, daß ich ihn bis zum Magen hinauf spürte. Der zweite riß mir hinten die Kittel hoch, während der Poldi sich zurückwarf und mich an seine Brust drückte. So hielt er mich, auf sein Bajonett aufgespießt, solange hoch, bis der andere in meinem hintern Löcherl untergebracht war. Ruckweise zwängte er mir sein Glied hinein, das wie Feuer brannte und mir erst sehr weh tat. Sie drängten und stießen gegeneinander, nur daß ich dazwischen war. Nun war endlich auch das zweite Gewehr in mir untergebracht, und wie weh mir das auch tat, ich zuckte vor Geilheit, als ich die zwei schönen jungen Schwänze in meinem Innern spürte. Die zwei letzten Soldaten hatten derweil auch ihre Bajonette aufgepflanzt und die bekam ich nun rechts und links in die Hand gedrückt. Nun legten sich die Soldaten, je eine Hand um die Schultern, damit «keiner abreißt», und begannen ein zwar sehr schmerzhaftes, aber wunderbares Vögeln. Ich war ganz eingequetscht zwischen die vier Männer, die mich fast erstickten und erdrückten, wir schoben, auf einen Haufen zusammengeballt, hin und her, torkelten und schwankten. Poldi, der mich vorne behandelte, stieß so fest, daß er mich immer ein wenig hob, und dann fluchte der, der mich im Popo fickte, er hätte es ohnehin schwer und würde noch aus meinem hintern Löcherl herausrutschen. Poldi hatte ein Einsehen und hielt mir mit der einen Hand die Arschbacken auseinander. Der andere, der in meinem Popo so leichter herumfahren konnte, küßte und leckte mir den Hals, die zwei Soldaten, deren Schweife ich putzte, filzten mich an den Tutterln und zwickten mich in die nackten Schenkel. Ich war halb betäubt vor Hitze und Geilheit, konnte aber nur leise stöhnen, denn der fesche Poldi hatte die Zunge in meinem Mund und biß mich in die Lippen. Dabei flüsterten und keuchten die Männer ununterbrochen, gaben sich Anweisungen und machten Witze: «Ho-ruck . . . hoooo-ruckchch . . . pffff . . . der Podl taucht uns no alle weg . . . aber die halt was aus . . . A Orscherl wie aus Eisen . . . und Tutteln als wie Kalbfleisch . . . Das Futerl is a net schlecht . . . ja mein Lieber, das is gut g'schmiert . . . net so fest, sie derstickt uns ja . . . no a Stösserl, is ja ka Sünd . . . ööh . . . kch kch . . . chhhh . . . hoppauf hoppauf . . . nix daneben gehn lassen . . . schad um jedes Tröpferl . . . jessas, mei Extrahosen . . . aaaah . . . a Wei . . . berl . . . als wie Butter . . .» Vielleicht fünf Minuten dauerte diese anstrengende Petschiererei, denn wer fertig war, zog seinen Schwanz nicht heraus. Als letztem kam es dem, der hinter mir stand, ich preßte die Popokugeln zusammen, als ich sein warmes Klistier in meinen Gedärmen fühlte. Dadurch fiel Poldls Schwanz, der schon wieder weich geworden war, aus meiner Spalte und auch die beiden tropfenden Schwänze der andern ließ ich los. Dann aber legte ich mich ins

Gras und lag ein paar Minuten still mit geschlossenen Augen, denn aus Eisen war ich auch nicht. Die braven Soldaten aber kratzten derweil ihr letztes Geld zusammen. Überhaupt haben damals nicht viele Männer versucht, mich zu «blitzen». Tat es einer doch und lief mit noch halbsteifem Schwanz davon, so dachte ich mir mein Teil, schimpfte und keifte ihm aber nicht nach, wie es die andern Mädeln machten. Mit den Pratermädeln wollte ich überhaupt nichts zu tun haben. Es waren schon auch einige bessere darunter, aber die meisten waren verkommen, frech, neidig, boshaft und streitsüchtig und stahlen oft den Männern, die im Gras oder sonstwo auf ihnen lagen, den letzten Kreuzer aus dem Hosensack. Ich schlief und aß viel, so hielt ich mich und fiel nicht vom Fleisch, denn ich wollte unbedingt aus dem ganzen Dreck wieder herauskommen. Einmal hab ich dort auch einen wirklich feinen und besseren Menschen kennengelernt. Er war groß und blaß und immer glattrasiert wie ein Schauspieler. Er sprach mich mit leiser Stimme höflich an und fragte, ob er mich begleiten dürfe. Wir spazierten durch stille Alleen, und er sprach sehr nett und gar nicht zudringlich über alles mögliche. Wir waren vielleicht schon eine Stunde miteinander gegangen, und er hatte noch immer nichts verlangt und nicht ein bissel was getan. Um ihm ein bissel Mut zu machen, drückte ich seine Hand gegen meine volle Brust, das wirkte bei allen, denn ich trug fast nie ein Hemd unter der Bluse. Da führte er meine Hand langsam hinunter und steckte sie sich in die Hosentasche. Er hatte kein Futter in der Tasche und auch keine Unterhose an, so daß ich direkt an seinen steifen Zumpf kam. Er war ganz schlau, mein neuer Bekannter, und langsam, im Weitergehen begann ich ihn zu reiben und aufzugeilen. Er tat, wie wenn er nichts spüren möcht, erzählte immer weiter, aber leise und stockend und nur, wenn es ihm grade kam, preßte er einen Augenblick lang die Lippen aufeinander. Aber sein Schwanz war nicht umzubringen, dreimal ließ ich es ihm kommen und unter dem Streicheln meiner Hand stand er doch immer wieder. Seine Hose tropfte und klebte inwendig schon ganz, da zog er endlich selbst meine Hand heraus und wischte sie mit seinem parfümierten Taschentuch. Es war schon spät geworden, und da wir grad unter einem Baum standen, bat er mich, ihm noch eine große Freude zu machen, «ich würde es nicht bereuen». «Hock dich hier nieder und geh auf die kleine Seite! Ich will dir zuschauen, das regt mich so auf.» Ich wollte zuerst nicht, wiewohl ich ganz gerne «wischerln» gegangen wäre, denn so gerne ich mein Haarbüscherl und meine Spalte zeigte und herborgte, wollte ich doch nicht recht vor ihm abmachen, wozu man sonst auf den Abort geht. Er aber küßte mir die Hand und hob mir dabei selbst den Rock hoch, drückte mich sanft nieder und so ließ ich denn endlich meine Wasserleitung laufen. Er stand starr dabei, wie aus Stein, schloß bald die Augen, dann sah er wieder auf die Feuchtigkeit, die sich immer mehr ausbreitete.

Als ich fertig war, wischte er mit seinem seidenen Taschentuch über meine Spalte, so wie die Mutter das Kind abwischt, roch andächtig an den paar Urintropfen und steckte es in die Brusttasche. Er gab mir 5 Gulden, und ich kam noch öfter mit ihm zusammen. Er war ein «Spießer» oder «Spitzer», wie wir Mädeln das nannten, das sind solche, die andern beim Verkehr zuschauen und so ihr Vergnügen finden. Manche putzen sich ihn auch dabei. Und mein großer Herr gab mir öfter einen oder zwei Gulden, wenn ich mit Männern grade hinter einem Strauch oder bei einer Planke schusterte, wo er in der Nähe zuschauen konnte, ohne daß man ihn sah. Ein paarmal hab ich mir so doppelt was verdient, einmal hätt mein «Spitzer» fast eine Watschen bekommen, weil der Mann, der mich gerade anbohrte, ihn bemerkte. Der war ein grober Kerl, ein Schiffsverlader von der Donau und jagte meinen «Spitzer» weg, wobei er brüllte: «Kannst es nimmer selber, Fallott! Hast schon recht, wanns zuschaust, kannst was lernen! Aber eher reiß i dirs Gnack ab!»

Ein paar Tage später hatte ich aber ein Erlebnis, das mir noch lange in den Knochen lag. Zum Glück ist mir das nur einmal passiert, meinem größten Feind möcht ich das nicht wünschen. Es sprach mich ein älterer, dicker Mensch an und sagte, er wolle nur mit mir eine kleine «Stehpartie» machen, mich im «Stehen» vögeln. Bereitwillig ließ ich mich zu einer Bretterwand führen, wo vor kurzem ein Zirkuszelt gewesen war. Als ich mich schon aufhob, sagte er und lachte ganz ekelhaft, so fett und meckernd: «Wart ein bissel. Fehlt noch was.» Er holte etwas aus der Tasche, das er in der Hand verbarg. Dann verschränkte er die Hände hinter meinem Rücken und brachte mit einem einzigen Stoß sein Glied in mir unter. Ich war mißtrauisch geworden und fragte ängstlich: «Was haben S' denn da? Was is denn?» Er aber sagte schmatzend und heimtükkisch: «Wirst es schon sehn . . .» Dann stieß er mich mit dem Unterleib gegen die Planken, und ich schrie auf vor Schmerz, denn etwas Spitzes, schrecklich Kaltes drang mir gerade zwischen die Schultern! Wie durch einen Nebel sah ich sein fettes, glänzendes Gesicht vor mir, winzige, wäßrige Augen, breite, flache Nase, gar keine Augenbrauen hatte er und sah aus wie ein Schwein. Und er kicherte und meckerte ganz hoch und leise: «Bissel kitzeln dabei . . . nur bissel kitzikitz . . . muß dabei sein . . . spürst es . . . blutet's schon . . . kitz . . . kitz . . . hihihiiii kitzkitz . . .» Ich war ganz verrückt vor Schmerz und Angst, stieß und wand mich, aber immer mehr drang mir das Spitze in den Rücken, wie sehr ich ihm auch das fette, böse Gesicht zerkratzte und ihm auch in die Augen fahren wollte. Er schien gar nichts zu spüren und pfiff und fletschte und grinste. Dann wurde mir schwarz vor den Augen. Ich muß ein paar Augenblicke ohnmächtig gewesen sein, und als ich wieder zu mir kam, hob mich ein junger Bursch mit einem gestreiften Ruderleiberl auf und legte mir sanft den Arm um die Mitte. Der Mann mit dem Schweinsgesicht lag da und blutete aus dem Mund und röchelte. «Der steht derweil net auf!» sagte der Bursch grimmig und führte mich so zart wie möglich einige Schritte weiter zu einer Brettertür, die er aufstieß. Dann setzte er mich auf etwas Weiches und sagte: «Wart einen Augenblick, i mach Licht. Ruh di derweil aus.» Er machte Licht, und mit Erstaunen sah ich, daß wir uns in einem Ringelspiel befanden. Das war jetzt in der Nacht rundherum mit Brettern verschalt und die hölzernen, bunten Pferde sahen ganz eigentümlich aus, jetzt, wo sie sich nicht bewegten. Ich saß auf einem verschlissenen Samtsitz in einem Muschelwagen, der auch zum Ringelspiel gehörte. Ich sah das alles erst wie durch einen Nebel, denn mein armer Rücken tat mir weh und mir war schlecht vor Schreck und Ekel. Aber der Mann mit dem gestreiften Leiberl hielt mir ein Bierglas vor, und ich trank und mir wurde wieder besser. Er hatte auch ein großes Blechlavoir und ein Fetzerl reine Leinwand vorbereitet, ich zog meine Bluse aus, und er wusch vorsichtig die kleine Wunde auf meinem Rücken, legte ein wenig Watte drauf und verpickte sie mit Heftpflaster. Auf einmal knirschte er so zwischen den Zähnen: «Saukerl, dreckiger, verfluchter noch einmal! Da schau her!» Er hielt mir etwas Glänzendes vor die Augen. Es war ein Stückerl von einem Metallkamm, nur drei oder vier Zähne, aber ganz scharf zugefeilt und mußte höllisch weh tun. Das hatte mir der unheimliche Kerl vorhin in den Rücken gebohrt, und als ihn mein Beschützer niederhaute, war das Dings in meine Bluse gerutscht. «Wie heißt denn du?» – «Pepi . . .» – «Freut mich. Ich heiß Poldl. Ringelspielbesitzer und Pferdezüchter. Das san alles echte Jucker und Lippizaner! Tadellos dressiert und Habern brauchen sie auch keinen!» Er tätschelte einem Holzpferd die Nase. «Alsdann, Fräul'n Pepi, gestatte ich mir, Sie zu einem kleinen Souper einzuladen!» Er brachte frische Pariserwurst und eine Flasche Bier und setzte sich zu mir in den Muschelwagen, und wir aßen und tranken und mir war so wohl wie schon lang nicht. Ich fühlte mich so gut bei ihm aufgehoben, er war so ein lieber Kerl und hatte den Kopf voller Witze und Dummheiten. Als ich mich zurücklehnte und meine Wunde wieder zu schmerzen begann, sagte er: «Ah, gestatten, ich werd der Gnädigsten ein Sofa machen!» Und er schob mir den Arm unter, und ich legte meinen Kopf an seine Schulter. Es war wirklich fein, und ich erzählte ihm alles von mir. «Siehst, jetzt machen wir unsere Hochzeitsreise! Wohin willst fahren, in dem schön Wagen? Nach Venedig? Aber dort is ja zuviel Wasser! Lieber nach Peking! Zu die Chinesen, magst?» Und ich lachte und freute mich und sagte zu allem ja. Zum Poldl bin ich noch öfter gekommen, wenn ich nach Haus gehen und noch ein bissel plaudern wollte. Er schlief in einem kleinen Verschlag beim Ringelspiel und freute sich immer, wenn ich kam. Manche Nacht sind wir dort gesessen, haben Unsinn getrieben und uns eingeredet, der Muschelwagen könnt uns überall hinbringen. Als er aber mich einmal angreifen wollte, stand ich auf und lief fort. So schnell, daß ich weg war, bevor er mir etwas sagen konnte. Und dann war ich ein bissel traurig, ein paar Tage lang. Den hab ich wirklich gern gehabt wie einen Bruder. Aber vögeln hätt ich mich von ihm nicht lassen, ich weiß selbst nicht warum . . .

5. Kapitel

Café und Separée

In der ganzen Zeit, die ich im Prater am Strich ging, hab ich nur eine Enttäuschung gehabt. Die mit dem jungen Burschen vom Ringelspiel, der erst so lieb zu mir war und mir damals beigestanden hatte. Vielleicht hab ich ihn wirklich gern gehabt, so wie einen Bruder. Aber als er mich vögeln wollte, wie die vielen andern, lief ich davon, ich weiß selbst nicht recht, warum. Vielleicht, daß ich auch einmal einen Menschen haben wollte, der in mir was anderes sah als nur eine arme Dirne. Mein Poldi vom Ringelspiel aber war halt wie alle andern Männer und war wahrscheinlich noch beleidigt auch. Ich hatte die ganze Zeit über recht sparsam gelebt, und wenn ich mich auch sehr plagen mußte, mir ungefähr 30 Gulden erspart, und das will bei dem Leben schon was heißen. Leicht war das, meiner Seel, nicht gewesen, denn ich mußte, wenn auch einfach, so doch immer sauber daherkommen, das Essen kostete auch was und meine Wirtin war ein habgieriges, bösartiges, neidiges Luder. Ich zahlte die Miete immer pünktlich, ging auf den Zehenspitzen, wenn ich spät nach Haus kam, sparte nur ja mit dem Petroleum, und doch sah sie mich immer bissig an, grüßte kaum zurück, keifte wegen jedem Schmarrn, räumte nie mein Kabinett auf und wo sie konnte, hängte sie mir was an. Ich wollte sie auch einmal ärgern und dachte mir was Schönes aus. Sie hatte mir streng verboten, Männer mitzubringen, aber das hätt ich auch sonst nicht getan, denn wenigstens in meinem Kabinettl wollte ich meine Ruhe haben. Aber als ich eines Nachts wieder recht spät nach Haus kam, sperrte ich absichtlich die Außentür recht ungeschickt und mit viel Kratzerei am Schlüsselloch auf, wie wenn ich mich nicht auskennen möcht. In der Küche sagte ich halblaut «Pst» und grunzte dann einmal mit tiefer Stimme wie ein angetrunkenes Mannsbild. Dann streifte ich meine Schuhe ab und ließ absichtlich den einen herunterfallen. Ich ging jetzt zu meinem Zimmer, machte immer einen leisen und einen stampfenden Schritt, wie wenn zwei da gehen möchten und stieß zufleiß an die Kohlenkiste. Dabei fluchte ich mit ganz tiefer Stimme «Himmelsakra», und ich hörte schon auch, wie die alte Bestie in ihrem Loch aus dem Bett schlüpfte und an der Tür horchte. Horchen war überhaupt ihre Passion. Jetzt ging ich in mein Zimmer, sagte halblaut: «Mach dirs bequem, Schatzerl!» und streifte mein Gewand ab. Dann klatschte ich mir selber auf die Arme und den Popo, kicherte, wie wenn ich mich wehren möchte, stieß gegen das Bettgestell, das knarrte, und tuschelte dabei ganz aufgeregt: «Aber gleich . . . gleich . . . du Wildling . . . wirst es noch derwarten können . . . aufhören . . . zerreißt mir ja alles . . . obs d' gleich aufhörst . . . pssst . . . so net . . . ich schrei . . . die Frau schmeißt mich ja hinaus . . . gleich, gleich . . . jessas, bist du ungeduldig . . . so . . . so . . . komm schön zu mir . . . daß die arme Seel a Ruh hat . . . du grauslicher Mensch du . . . ah, der is schön . . . aber die Schuh ziehst dir aus . . . machst ja das ganze Bettzeug drekkig . . . ui, der is schön . . . g'hört er mein? . . . so einen möcht ich alle Tag drin haben . . . da steckst ihn her, da hat der Herr Doktor das Loch g'lassen . . . ah . . . so is recht . . . no a Stückerl . . . soll ich a a bisserl stoßen . . . g'fallt's dir . . . was . . . net so rasch . . . net so rasch . . . uuuuuu . . .» Dabei warf ich mich auf dem Bett hin und her, stieß mit dem Popo, daß das Gestell krachte, stöhnte und winselte, wie wenn ich weiß Gott wie stark petschiert werden möcht und grunzte dazwischen so tief wie möglich: «Ah . . . Madel, du versteht es . . . so hab ich's gern . . . da gib i gern no an Gulden drauf . . . da kumm i morgen wieder . . . bei dir is gut und billig . . . heb's a bisserl, dein Mauserl . . . öh . . . ööooh . . . öha . . . jetzt wär er bald außergerutscht . . . so is recht . . . schön kontra geben . . .» Auf einmal trommelte es gegen die Tür, wie wenn es hageln möcht, und die Frau kreischte wie eine Verrückte: «Aufmachen! I hol an Wachmann! Sauschlampen elendiger! Das ginget mir no ab! B'soffene Mannsbilder aufferzahrn, daß i ins Kriminal komm, wegen deiner.» Sie zitterte draußen vor Wut, ich fuhr absichtlich recht laut vom Bett auf und sagte «Pst». Dann fragte ich ganz scheinheilig und mit ängstlicher Stimme: «Was haben S' denn, Frau Wondracek? Gehen S', lassen S' einen doch schlafen!» Sie aber tobte: «Sauschlampen, ausg'schamter! Hurenmensch übereinander! Hast am Tag net Zeit gnua?» Da sprang ich schnell zur Tür hin und sperrte auf. Wie ein Fitschipfeil schoß sie ins Zimmer, riß die Tuchent vom Bett, riß die Kastentür auf, fuhr herum wie eine Wilde, aber kein Mann war da. Sie funkelte mich mit ihren entzündeten Augerln wütend an, ich aber legte mich ruhig aufs Bett und kitzelte meine Kleine, wie wenn ich allein wär. Sie konnte vor Wut kein Wort herausbringen. Ich aber sagte ganz freundlich, ohne einen Augenblick mit der Kitzlerei aufzuhören: «Sehen S' Frau Wondracek, das mach i öfters! I brauch gar kan Mann! I mach's mir selber! So am Abend will ma ja a sein Vergnügen haben! Das tut gut, sag i Ihnen! Das sollten S' a amal probieren, Sö Bisgurn, Sie alte! Wann's Ihnen dort net zu stark stinkt! Alsdann, schlafen S' gut, Frau Wondracek.» Sie fuhr hinaus wie eine Furie, ich lachte mich gründlich aus und schlief so gut wie noch selten. Am nächsten Morgen in aller Herrgottsfrüh aber klopfte sie an meine Tür und sagte freundlich wie eine Katz: «Fräul'n Pepi, der Geldbriefträger is da!» Ich war ganz verschlafen, fuhr aus den Polstern und ging ganz verrauft nur im Schlafrock auf den Gang hinaus, wo der Briefträger mir fünf nagelneue Zehnguldenzettel gab. Ich war ganz paff und riß meine verschlafenen Augen doch weit auf. Ich kriegte Geld! Und gleich so viel! Aber wer schickte es mir? Der Xandl? Auf der Postbegleitadresse stand nichts, und während ich unterschrieb – denn brauchen konnte ich es, meiner Seel –, dachte ich immerfort nach, von wem es sein könnt. Nachher aber fehlten mir die paar Kreuzer, die als Postgebühren zu erlegen waren, und mein bissel Erspartes hatte ich nicht im Haus. Schnell entschlossen zog ich den Briefträger an das Ende vom Gang, wo die Wasserleitung in einem dunklen Winkel war. Ich sah mich schnell einmal um, lehnte mich dann an den Rand der «Bassena» und hielt mich, die Hände hintern Rücken, fest. Mein schäbiger Schlafrock rutschte von selbst auseinander und das Hemd darunter war kurz. Der Briefträger hatte schnell kapiert. Ich fühlte unten etwas Heißes, Festes und Langes und hatte einen wunderschönen «Guten-Morgen-Fick». Dabei war die Sache gar nicht so ungefährlich, denn auf den Korridor mündeten viele Türen, und jetzt, in aller Herrgottsfrüh, kamen die Weiber heraus, um Kübel auszuleeren und so. Zum Glück aber erwischte uns niemand, und nach ein paar Stößen war der brave Briefträger soweit. Es war nicht viel, was er mir hineinspritzte, aber es war ja auch noch recht zeitlich. Vielleicht hatte er in der Nacht seiner Frau das meiste geben müssen. Aber er remmelte schön und leise. Angeschaut hab ich ihn gar nicht recht, ich hielt die Augen halb geschlossen und freute mich über mein Geld, das ich fest in der Hand hielt. Dann spürte ich ein Bussel auf meinem Busen, und der Briefträger rannte mir seiner großen, abgewetzten Ledertasche in den nächsten Stock hinauf. Wahrscheinlich hat er dann die paar Kreuzer für mich selbst bezahlt und kam noch sehr gut dabei weg, viel billiger, als wenn er mich so hätte haben wollen. Man muß sich halt auskennen. Als ich in die Wohnung zurückkam, fragte mich die Wirtin zuckersüß, ob sie mir ein feines «Kaffeetscherl» machen solle. Jetzt, wo das alte Mistvieh Geld spürte, war sie wie Zucker. Ich hatte jetzt mit meinem Ersparten zusammen ungefähr 80 Gulden, ging überglücklich in mein Zimmerl, wusch und zog mich so schnell ich konnte an, schmiß ihr die Miete für einen halben Monat hin und war ohne ein Wort mit meinem Koffer draußen! Das Gesicht werd ich in meinem Leben nie vergessen, das sie machte! Sie rannte mir bis zum Haustor nach, machte tausend Buckerln, entschuldigte sich, jammerte und raunzte, ich solle doch nicht so sein und ihr das nicht antun! Sie hätt mich doch immer gehalten wie «das Kind im Haus» und jetzt wolle ich auf einmal weg! Ich gab ihr zum Abschied noch einen Renner mit dem Ellbogen und hörte nur noch, wie sie zu keifen und zu kreischen anfing und das ganze Haus zusammenlamentierte! Ich stieg schnell auf einen Omnibus, und nachmittags hatte ich ein helles, freundliches Zimmerl in der ruhigen Josefstadt gemietet und für einen Monat vorausbezahlt! Ein neues, hübsches Etaminkleidel mit blauen Tupfen hatte ich auch und ging die Steffi besuchen! Die gute Haut freute sich mit mir, daß ich endlich wieder ein bisserl aus dem «Kanal» draußen war. Und sie lachte sich bucklig über das «Trinkgeld» und die «Postgebühr» für den Briefträger! Aber sie wollte absolut nicht wissen, wer mir das Geld geschickt hatte! Der Xandl war es sicher nicht und von ihr war es auch nicht! Dann sagte sie: «Is ja ganz wurscht, haben tust es, das Geld! Und jetzt probierst es einmal im Café *Oberlechner*! Dort kommen lauter so Kampeln hin, die nach dem G'schäft no net z'haus wollen.»

An den Fenstertischen hinter den großen Spiegelscheiben saßen lauter Mädeln so wie ich. Sie ließen sich von den Männern, die vorbeigingen, bewundern, rauchten und sahen nur selten hinaus. Sie saßen wie in einer Auslage. Das Café *Oberlechner* war ein Rendezvouscafé, und wenn einem Herrn draußen eine besonders gefiel, ging er hinein und setzte sich an einen Nebentisch. Das Mädel tat dann, wie wenn sie nichts bemerken möcht, aber sie kreuzte die Beine und ließ ihre Knöchel und den Spitzenunterrock bewundern. Aber ansprechen und sich dazusetzen gab es nicht. Dann kam gleich der Ober und sagte dem Betreffenden, daß das im Lokal nicht gestattet sei. Im *Oberlechner* machte man das so: Der Mann blinzelte unauffällig der Betreffenden zu, und wenn er ihr soweit auch paßte – denn die Mädeln waren lauter «Bessere», die nicht mit jedem gingen –, dann nickte sie recht unauffällig zurück und ging langsam hinaus. Dann erwartete sie ihn an der nächsten Ecke, und er hatte seine Zeche und die seiner Geliebten zu bezahlen und ging ihr nach und mit ihr in ein Hotel. Es waren zwei Hotels in der Nähe. Viele der Mädeln hatten auch für den Tag ein Zimmer in der Nähe gemietet. Das konnten sie sich leisten, denn billig waren sie gerade nicht, 7 bis 10 Gulden kostete so eine schon, und auch das mit der Zeche bekam der Mann zu spüren, denn manche saß von zwei bis Mitternacht im *Oberlechner* und aß und trank für drei! Ich wollte mich recht großartig einführen und das war dumm, denn als ich zum Ober Franz sagte: «Ich möcht einen Fensterplatz, um meinen Mann zu erwarten!», grinste er nur frech und sagte leise: «Wird si scho einer finden!» Ich ärgerte mich, wie er mich jetzt, anscheinend ganz dienstfertig, zu einem netten Fenstertischerl führte. Ich trank meine Schokolade und blätterte in den Zeitungen. Mit Vergnügen sah ich, daß alle Männer im Lokal verstohlen zu mir herübersahen. Dann richteten sie sich die Krawatte oder leckten sich die Lippen. Von den Mädeln fing ich manchen bösen und neidigen Blick auf, aber die konnten mir den Buckel herunterrutschen, die steckte ich in die Tasche, wie sie da waren, grade weil ich eine «Neue» war! Ich war vielleicht noch keine halbe Stunde im Kaffeehaus, da sah ich, wie der Ober Franz mit einem sehr großen, mageren, älteren Herrn tuschelte und mit dem Kopf zu mir herüberdeutete. Der Herr sah recht mißgelaunt und griesgrämig aus, hatten einen fast kahlen Kopf, einen grünlichen Teint, so wie wenn er es auf dem Magen oder der Galle hätt, und trug einen sehr hohen Stehkragen. Sonst war er sehr elegant und unauffällig angezogen. Jetzt tat der Franz, wie wenn er mir neue Zeitungen bringen wollte und flüsterte mir dabei zu: «Der Herr Hofrat – dort beim Spiegel sitzt er – laßt Ihnen bitten, Sie sollen draußt auf ihn warten. Das mit Ihrer Schokolade is scho in Ordnung.» Ich war neugierig, was der Alte, der ein bissel merkwürdig ausschaute, mit mir machen wollte, stand ohne Hast auf, nahm Hut, Schirm und Tascherl und ging voraus zur Ecke. Ich mußte keine Minute auf ihn warten. Er verbeugte sich steif, gab mir seine knochige, kalte Hand, lüftete aber kaum den Hut. Dann sagte er mit leiser, verlegener Stimme: «Ich suche eine Sekretärin, die wichtige Briefe für mich schreibt!» Ich sagte ganz verwundert, daß ich so was noch nie gemacht habe, er aber schnitt mir kurz und grämlich das Wort ab: «Über Ihre Verwendbarkeit entscheide ich!» Ganz verdattert ging ich, immer einen Schritt hinter ihm, mit ihm in seine nahe Wohnung. Drei Schlösser sperrte er auf, von innen war die Tür auch noch mit Eisenstangen verbarrikadiert, er mußte ein rechter Sonderling sein, der alte Zwetschgenkrampus. Aber Angst hatte ich keine. Er führte mich wortlos in sein Arbeitszimmer, das fast kahl war. Nur ein paar ganz dunkle, wahrscheinlich recht alte Familienbilder hingen an der Wand. Ich mußte meine Schoß, Unterrock und das Hoserl ablegen, aber die Bluse anbehalten. Dann gab er mir ein Paar Schreibärmel aus schwarzem Lüster, und ich mußte mich an einen kleinen Schreibtisch setzen, wo Tinte, Feder und Papier schon auf einem grünen Löschblatt bereitlagen. Der Sessel, auf dem ich saß, war ein einfacher Holzsessel mit Strohgeflecht, das in meinen nackten Popo einschnitt, aber das machte nichts. Dort aber, wo mein Fummerl war, hatte das Sitzgeflecht ein Loch. Der Alte hockte sich neben mich, wobei seine steifen Knie knackten, streckte den Zeigefinger durch das Loch und kitzelte mich in den Futhaaren, ohne aber seinen Finger in meine Muschel hineinzustecken. So spielte er sich vielleicht eine Minute lang, aber plötzlich sagte er mit komischer, ernster Stimme: «Schreiben Sie: ‹Sehr geehrter Herr Ministerialrat!› . . .» – «Bitte schön, schreibt man ‹geehrt› mit einem ‹h› oder mit zwei ‹e›?» Er stand mühsam auf und sah mich streng an, so wie ein Lehrer in der Schule. Ich mußte an meinen dicken Katecheten denken, der mich als ganz kleinen Fratz petschiert hatte. Er sah aus, als ob er mich fressen wollte, ich verbiß das Lachen und sah ganz ängstlich zu ihm auf. Das schien ihn riesig zu freuen, er räusperte sich, zog seinen mageren Schädel fast ganz in den hohen Kragen zurück und sagte streng: «Eine gute Sekretärin hat das zu wissen! Stehen Sie auf, ich muß Sie bestrafen! Wie heißen Sie übrigens?» – «Pepi», stammelte ich, wie ein Schulmäderl. «Stehen Sie auf, Fräulein Josefine!» Ich stand auf, er legte mich mit einem leisen Ächzer über sein Knie, und er haute mich mit einem ganz kleinen Lineal, das er bisher auf dem Rücken versteckt hatte, ganz leicht auf den Popo. Mir kam das so lustig vor, daß mir vor lauter innerem Lachen die Tränen in die Augen traten, und als er mich wieder aufrichtete, war ich feuerrot. Er glaubte, der alte Esel, das wäre aus Schmerz und Scham, und jetzt wußte ich auch, was er wollte. Ich setzte mich wieder hin und schluckste einmal auf, damit er auch eine Freud hätte. Er hatte sich abgewandt und öffnete sein Hosentürl. Als er mich wieder schauen ließ, hätt ich doch beinahe herausgeplatzt, so ein armseliges graues, verschrumpeltes altes, armes Nuderl habe ich noch nie gesehen. Er nahm sein bissel Glied zwischen zwei Finger und schwenkte es hin und her, dann dachte er einen Augenblick nach, schneuzte sich umständlich und sagte: «Weiterschreiben: ‹Nach Durchsicht der Akten› . . .» – «Bittschön, schreibt man ‹Akten› mit zwei ‹k›?» Diesmal hob er mich gleich selbst auf, und ich bekam zwei Schläge, ganz winzige, einen rechts, einen links. Wir schrieben vielleicht eine Viertelstunde lang, aber nur ein paar Zeilen, denn ich mußte jeden Augenblick aufstehen, um mein Plesch in Empfang zu nehmen, jedesmal um einen mehr. Sie taten aber nicht ein bissel weh. Nicht einmal ein bissel rot wurde mein Popo. Ich tat, wie wenn ich riesige Angst vor ihm hätt, und nachdem er mich ein paarmal gehaut und dabei meine runde Brust auf seinem Knie gespürt hatte, begann sein armseliges Geschirr ein bissel zu stehen, aber der alte Schweif blieb doch abwärts gekrümmt wie ein Kipfel. Ich setzte mich beim Schreiben schon gar nicht mehr recht hin, stellte mich recht blöd und fragte bei jedem Wort, wie man es schreibt, auch wenn ich es zehnmal wußte. Seine Miene wurde immer strenger und faltiger, aber Freud machte es ihm riesig. Als er mir wieder so ein blödes Wort diktierte und mich übers Knie legen wollte, stellte sich sein Kipfel für einen Moment fast gerade auf, zuckte und fiel zusammen, ohne daß ihm ein Tröpferl Samen gekommen wär! Rasch ließ er mich los, drehte mir den Rücken, und während er sein Hosentürl schloß, murmelte er ganz blaß: «Pardon.» Da mußte ich doch herausplatzen, drehte mich aber auch rasch um und legte die Hände vors Gesicht! Das war ja der verrückte Hofrat, den früher die Steffi gehabt hatte und von dem sie mir damals erzählte! Also war ich jetzt beim Hofrat «Pardon». Ich mußte so lachen, daß meine Schultern zuckten und ich gurgelte! Er aber glaubte – so blöd kann nur ein Mann sein – ich weine aus Schmerz! Er holte irgendein nasses Tuch, kühlte damit meinen Popo und sagte ganz ernst und mitleidig: «Ich bedaure es selbst, Fräulein Josefine! Aber Strafe muß sein!» Dann durfte ich mich wieder anziehen, er gab mir ein weißes, verschlossenes Kuvert und begleitete mich zur Tür: «Wir setzen unser Diktat am Dienstag fort, Fräulein Josefine!» Ich machte aus Hetz einen schüchternen Knicks, er raunzte nur noch: «Aber punkt vier, wehe, wenn Sie eine Minute später kommen!» Und draußen war ich. Ich rannte ins Erdgeschoß hinunter! In dem Kuvert waren zwei Zehner, das war fein! Ich setzte mich zuerst auf ein Fensterbrett und lachte mich ordentlich aus! Ich saß gerade neben der Tür der Hausmeisterwohnung, und man mußte mein Prusten und Kichern drin gehört haben, denn plötzlich machte sich die Tür ein Stückel auf und ein struppiger Schädel schaute heraus! Aufgestülpte rote Nase, wäßrige kleine Äugerln und eine hohe Stirn hatte er, und ich sah gleich, daß der Hausmeister ein Böhm war!

«Was machen S' ta? Schaun S', daß weitekummen!» – «No, ma wird no da a bissel sitzen dürfen!» – «Na, terf me net! So brillen, daß ganze Haus zammlaft! Warst gewiß bei narrische Hoffratt!» Ich nickte nur, antworten konnte ich vor lauter Lachen nicht. «No gelt, viel zammpringen tut e net? No, mach dir nix draus, wannst halt pissel was Liebes prauchst, kummst halt zu mir eine!» Und schon hatte er mich am Arm und drin war ich, in der Hausmeisterwohnung. Dort roch es feucht und dunkel war es auch und es «müchelte». Er schmiß mich, bevor ich recht wußte, was los war, auf ein Sofa, das so alt und ausgewerkelt war, daß mir die Federn in den Rücken stachen, und beim Hinfallen quietschte das alte Gestell gotterbärmlich. Ich legte den Finger auf den Mund, er solle nicht so viel Lärm machen, aber er winkte nur so mit der Hand und lag schon auf mir. Er stieß nur in der Aufregung mit seinem böhmischen Nudelwalker jedesmal daneben, so aufgeregt war er und nach Schnaps roch er auch. Ich hatte schon Bessere auf mir gehabt, aber man muß auch manchmal für so sich durchziehen lassen, weil unsereiner immer Leute brauchen kann, die zu einem halten. Und er war der Hausmeister, und wenn ich ihn schön drüber ließ, durfte ich sicher auch in der Nacht zu dem spinnigen Hofrat hinauf. Bei seinen angetrunkenen Versuchen, in meinen Bauch zu kommen, stöhnte und knarrte und quietschte das alte Sofa jedesmal wie eine arme Seel, und um schnell weiterzukommen, hob ich mich im Kreuz ein bissel und stieß so seine Hausmeisternudel selbst hinein. Während er schnell und fest, aber möglichst leise zu stoßen begann, redete er mir gut zu: «Prauchste dir net firchten, Herzerl, Alte rumpelt nebenan Wäsche, ganze Tag schon.» Wirklich hörte ich nebenan die Frau Hausmeisterin rumpeln und scheppern wie eine Wilde, und während sie sich plagte, tat sich der Herr Gemahl etwas Gutes an und ich mußte herhalten. «Bin ich froh . . . ale so ise schen . . . to je tak . . . daß unsereine a zu was kummt . . . Alte ise Bisgurn, laßt mir nur alle heilige Zeiten driber und dann kummte jedesmal Kind . . . vier Pamperletschen hamme schon . . . satrazene . . . du machst schen . . . prosim, no pissel steßen . . . aber prdel, Popotscherl haste wie aus Eisen . . . so hab is kern . . . da geht e hinein . . . no so, jetzt sam me soweit . . . aaaah . . . bööööh!» Und da bekam ich das schönste Klistier in die Spalte, daß es nur so kleschte! Es hatte mir sogar Spaß gemacht! Er schlapfte leise zum Kasten, öffnete die knarrende Tür und kramte unter allerhand Krempel herum. Aus einem schmierigen Strumpf nahm er einen Gulden und gab ihn mir, aus Dankbarkeit. Das hatte ich gar nicht erwartet. «So

Herzinko . . . a hipsches Madel prauchte so alerhand . . . jeschisch, wann Alte nur nix erfahrt . . . abe schen machst es . . . sull a nit umesunst san . . . also, verkelts Gott, Schatzerl, servus, nazdar!» Der war wirklich brav, der Hausmeister. Wenn jeder immer nur geben möcht, was er kann! Wenn man auch eine «Bessere» ist, man soll halt nichts auslassen. Den Gulden bekam der Franz im Kaffeehaus als Trinkgeld. Er steckte ihn rasch ein und sagte falsch: «Aber Herzerl, so war's ja net gmeint. Man tut einer Dame ja gern einen Gefallen!»

Dabei kitzelte er mich am Handgelenk, und ich wurde wütend: «Sie, lassen S' Ihre Hand da weg! So was mag i net. Wie kommen Sie denn überhaupt dazu?» Er grinste frech und tückisch und sagte bloß: «No, no, Sie Prinzessin, der alte Franz is no zu ganz andere Sachen kommen!» Der Franz war mir vom ersten Augenblick zuwider gewesen, klein und fett und bleich war er und hatte so ein schiefes Geschau. Er aber trieb sich immer just bei meinem Platz herum und wollte immer ein Gespräch mit mir anfangen. Ich wich ihm aus, soviel ich konnte, gab ihm aber, von allem was ich verdiente, immer einen Gulden Trinkgeld. Einmal bekam er von mir aber doch eine saftige Ohrfeige. Ich ging auf die Toilette, die grade neben dem Klosett für Herrn war, die Klosettfrau war grade nicht da und wie ich grade die Tür zumachen wollte, schob der Franz, der mir nachgekommen war, seinen Fuß dazwischen. Er hatte seinen Schwanz herausgenommen und blinzelte mir dabei frech zu und sagte: «Hab i dir den Herrn scho vorgestellt? Der möcht dich scho lang kennenlernen! A bissel dick is er halt, aber gut erhalten.» Ich bekam eine Riesenwut, haute dem Ober eine herunter, daß es klatschte, und gab ihm einen Stoß in den Bauch, daß er zwei Meter weit wegflog. Er wurde totenblaß und machte ganz kleine Augen. Aber gleich war er wieder ganz ruhig, grinste, staubte seinen schäbigen Frack ab und sagte schleimig: «. . . aber so hantig!» Mir grauste es vor ihm und, ich weiß nicht warum, ein bissel Angst hatte ich auch. Aber er war scheinbar nicht nachträglich, denn schon am nächsten Tag verschaffte er mir zwei Kunden. Dicke, nicht mehr ganz junge Männer, die oft ins Café kamen und alle Mäderln der Reihe nach durchzogen. Der eine sah aus wie ein reichgewordener Greißler, der andere sah ein bißchen «gschert» aus, wie wenn er vom Land käme und sprach ein bissel wie ein Bauer. Wir nahmen zu dritt ein Hotelzimmer, wo alle die zwei Dicken gut zu kennen schienen, denn als ich hinter meinen Gästen ins Zimmer schlüpfen wollte, blinzelte mir das hübsche Stubenmädel, das gerade der eine in die Brust gezwickt hatte, lustig zu und flüsterte: «Gratulier, Fräul'n, das is a kommodes Arbeiten!» Die zwei machten es sich behaglich, zogen sich die Röcke aus und banden die Kragen ab und setzten sich mit ihren schweren Hintern nebeneinander aufs Sofa. Bier hatten sie reichlich kommen lassen, umständlich zündeten sie sich lange helle Virginiazigarren an, dann nahm jeder sein Glas und der eine – Alois hieß er – kommandierte: «Also, Fräul'n, jetzt machst es dir auch ein bissel kommod!» Ich wollte gerade anfangen, mir die Bluse abzuknöpfen, da sagte der andere: «Aber Loisl, a Paar Tutterln wirst ja scho g'sehn haben, das andere weiter unten is ja viel schöner!» Also zog ich nur die Schoß empor und steckte den Rocksaum hinter meinen Gürtel, daß um die Taille ein großer Bausch entstand. Dann zog ich mein rosa Hoserl auseinander und zeigte meine glänzenden, prallen weißen Schenkel mit dem hübschen, dichten Haarbuschen dazwischen. Die zwei Drahrer leckten sich die Schnauzbärte, und der Loisl sagte wieder: «Geh, Putzerl, da san zwa, die möchten a gern zuaschauen!» Hübsch langsam machte ich den zweien Knopf für Knopf die Hosen auf und ließ die feschen Schwänze heraus, die schon ganz gierig waren und standen, als ob sie schnappen wollten. «Jetzt tanz ein bissel, das haben wir gern!» Ich machte ein paar Walzerschritte, zeigte abwechselnd meine herzige Vorderseite und meinen runden, festen weißen Popo, aber da riefen sie: «Aber net drehn, da wird aner ja ganz schwindlig. Tanz mit deinem süßen Löcherl!» Nun stellte ich mich mit gespreizten Beinen vor das Sofa, beugte ein wenig die Knie und rieb meine Muschelhaare, daß sie knisterten. Die zwei Herren grunzten behaglich und begannen langsam ihre Schwänze zu polieren, machten dabei aber immer wieder Pausen, damit es ihnen nicht so schnell käme. Ich «tanzte» die ganze Zeit mit meiner Kleinen, zog die Schamlippen auseinander und ließ meine Verehrer direkt in die Grottenbahn gucken, steckte die Finger abwechselnd hinein, zog meine Kleine bald in die Breite, bald in die Länge und zeigte, so gut es ging, meinen kleinen rosa Kitzler. Die Dicken waren sehr zufrieden und munterten mich auf: «Bravo! Bravo! Da könnt einer ja narrisch werden! So ein liebes Futerl, ein geschicktes! Das versteht's! Hat's heut scho was kriegt, das Löcherl, das liebe? Laß es no amal hupfen! So was sieht man net alle Tag!» Endlich steckte ich, durch mein eigenes Spiel geil geworden, den kleinen Finger hinein und rieb mich fertig. Den dicken Männern hingen die Zungen direkt heraus. An meinem Zähneklappern merkten sie, daß es mir kam, da wurden sie ganz wild: «Herzeigen, riechen lassen!» Ich hielt ihnen bereitwillig meine Finger hin, die vom Saft klebten, und sie schnupperten und leckten gierig, daß ihnen die Augen heraushingen. Die Schwänze waren schon glühend rot geworden und schienen eine Entladung sehr nötig zu haben. «Jetzt gehen wirs an. Komm her ein bissel!» Und sie standen auf, nahmen mich in die Mitte und rieben ihre Schwänze vorsichtig an meiner kleinen, müden Trommel und an meinem Popospalt. Keiner aber ging tiefer hinein, das wäre schon wegen der großen Bäuche so im Stehen unmöglich gewesen. Plötzlich rief der hinter mir: «Jetzen, Loisl! Schnell! Hoppauf!» Da packte mich der, der vor mir stand, an den Schultern und druckte mich ein wenig, so daß mein Popo vorsprang, und der Alois spritzte mir über den Popospalt.

Dann nahm mich der Alois, noch stöhnend von der Entladung, von rückwärts an den Brüsten und bog mich zurück, so daß ich den Schoß vorwölbte und der andere mir seine paar Tropfen in die Schamhaare spritzte. Nachher gab mir jeder 10 Gulden. «Brav warst, Mäderl! Die geborene Tänzerin! Schad, daß du damit net zum Theater kannst!» Sie heulten und grölten über ihren Witz, plötzlich aber begann der Alois schrecklich zu fluchen. Er hatte seinen kleinen goldenen Petschaft mit einem roten Stein von der Uhrkette verloren. Gar so viel wert war das Zeug ja nicht, aber der Loisl war so gewöhnt dran. Sie schimpften und schwitzten, zwängten ihre Riesenwampen unters Sofa, griffen hinter die Kästen, wo seit einer Ewigkeit nicht Staub gewischt war und fluchten noch mehr. Sie schlugen ächzend den Teppich zurück, aber der Petschaft war weg. «Hast du ihn net g'sehn, Maderl?» Dabei blinzelte der Loisl seinem «Spezi» zu. Ich wurde rot vor Zorn, daß sie mich verdächtigten, aber wollte es mir mit ihnen nicht verderben. So leerte ich mein Tascherl auf den Tisch aus, aber der blöde Petschaft war natürlich nicht darunter. Die zwei wurden ganz verlegen, klopften mir auf die Schulter, und der eine sagte: «No, no, nix für ungut, mir wissen ja, daß du brav bist!» Langsam beruhigten sie sich und gingen, um auf den Schrecken ein «Viertel» zu trinken. Ich kam ein bissel verärgert ins Café *Oberlechner* zurück, und der Franz schlich nach seiner Gewohnheit an meinen Tisch, um sein Trinkgeld einzustreichen. «No, sorgt der alte Franz für Ihner? Hab i dir net gut graten? Zwa feine Kavalier und a leichte Arbeit!» Dabei griff er direkt in mein Tascherl. Ich wollte seine Hand wegstoßen, da pfiff er leise durch die Zähne und hielt mir auf einmal einen kleinen goldenen Petschaft mit einem roten Stein unter die Nase! «Ah da schau her, das gehört ja dem Herrn von Stürmer!» Ich muß vor Schreck ganz totenblaß geworden sein, die Tränen liefen mir herunter, und ich war wie vor den Schädel geschlagen. Ich wußte ganz genau, daß das verfluchte Anhängsel nicht in meinem Tascherl gewesen war, bestimmt hatte ihn der alte Gauner, der Franz, selbst vorhin dem Stürmer gegrapst und jetzt in mein Tascherl praktiziert. Jetzt hatte mich der Franz in der Hand, denn wer glaubt einer Hur? Der alte Fallott aber machte ganz kleine Augen und sagte sehr höflich und mitleidig, der Saukerl: «No, no, das kann jo vorkommen, wenn mir halt morgen das Anhängsel dem Herrn zurückgeben. A klaner Irrtum. Irren is menschlich, net, Schatzerl?» Und dabei ging er weg. Vorher nahm er noch aus meinem Handtascherl einen Zehn-Gulden-Schein und steckte ihn blitzschnell in die Tasche. Es fing schon an. Um mich drehte sich alles und ich saß da wie erschlagen. Den Franz hätt ich erwürgen können. Wenn er mich jetzt anzeigte, so wurde ich eingekastelt und rutschte wieder herab zu einer kleinen Vorstadthur mit einem Strafzettel auf der Polizei. Ich versuchte zu lesen, aber die Buchstaben tanzten vor meinen Augen. Just da glitschte der Franz wieder an meinem Tischerl vorbei und flüsterte: «Wart auf mi! Bis elfe hab i Dienst!» Der Nachmittag und Abend wurden so lang und schrecklich wie noch nie. Ich saß da wie ein Häuferl Unglück. Verstohlen weinte ich ein bissel. Endlich, endlich, als schon die Gaslampen ausgedreht wurden, kam der Franz, schon im Überzieher und sagte grob: «Gehn ma!» Ganz verzweifelt und halb verrückt trappte ich neben ihm her, er sprach die ganze Zeit kein Wort und pfiff nur durch die Zähne. Nach ein paar Minuten, die so schrecklich lang dauerten, fragte er ganz ruhig und spöttisch und leger: «No, da wird aber der Herr Stürmer morgen a Freud haben, wann er sein lieben Petschaft zruckkriegt!» – «Herr . . . Herr . . . Franz! So martern S' mi do net so! I war's net, meiner Seel und Gott!» – «Is scho gut! Das kennen mir scho! Was, so einen noblichen Petschaft könnt halt dei Strizzi a brauchen? No, da laßt ma ihn halt mitgehen! Was?!» – «I hab kan Liebhaber! Und das geht Ihnen gar nix an! Daß Sie net dersticken an derer Lug! Sie gemeiner Kerl!» Ich weinte bitterlich, der Franz aber sagte grob: «Ah, du hast gar kan Gschwuf? Do, darüber laßt si reden! Geh ma!» Und mit der Achsel schupfte er mich in eine Tornische, drängte mich eisern fest in den Winkel zwischen Tor und Mauer und quetschte sich so an mich, daß er mit seinem weiten, offenen Überzieher uns beide fast verdeckte. Nicht weit von uns brannte eine Laterne. Ich weinte lautlos, er würde mich jetzt vergewaltigen, denn etwas anderes war es nicht, und mir grauste so vor ihm. Was konnte ich machen? Ich hielt nur schluchzend mein Tascherl an die Brust gepreßt und fühlte, wie mir die Beine kalt wurden, wie der Franz mit einem Fluch meinen Rock hinaufriß. Dann zerriß er mein Hoserl, weil es nicht so schnell aufgehen wollte. Ich preßte die Schenkel zusammen, trotzdem ich wußte, daß das Ganze umsonst war. Mit einem Schimpfwort stieß mir der Franz sein Glied hinein, wie ein kaltes Stück Eisen war es, und ich schrie vor Schmerzen ein bissel auf. Da packte er mich an den Armen, daß ich lauter blaue Flecken bekam und zischte: «Kusch! Stad sein! Oder i derwürg di!» Dann begann er in schnellen, kurzen Stößen zu vögeln und schimpfte mich dabei ununterbrochen, knirschte mit den Zähnen und funkelte mich bös an. Mir tat das Pudern weh, zum erstenmal in meinem Leben schämte ich mich, daß ich petschiert wurde, wegstoßen durfte ich den elendigen Kerl nicht, und der brummte nur immer: «So, du hochnasiges Luder . . . dir zeig ich's . . . da hast's . . . da hast . . . da hast da-da . . . haaaaha . . .» Er spritzte mir die Feige voll, daß ich spürte, wie es mir an den Strümpfen hinunterlief. Dann ließ er mich mit einem rohen Lacher aus, spuckte aus und sagte: «Marsch!»

Ganz verzweifelt ging ich hinter ihm her, verweint und alles tat mir weh und mir war ganz übel. Erst bei der nächsten Ecke begann er zu reden, ganz überlegen und von oben herunter: «Alsdann, von dem blöden Anhängsel reden mir nix. Das kriegt morgen der Stürmer, ich sag, daß es unterm Tisch g'legen is und basta! Aber du wirst Separéebekanntschaften machen, da verdienst mehr! Aber fleißig sein, sunst . . .» Er machte eine Handbewegung und mir wurde ganz kalt. «Morgen kommst erst um neune ins Café. Der Ober vom Restaurant is a meiniger Freund, Rudolf haßt er. Der schickt mir an Zettel umi, sooft a Kren mit aner von euch Glumpert soupieren will. Da schick i dich! Daß du mir ka Schand machst! So, i bin z'Haus, jetzt kannst dich drucken, Mistvieh! Morgen um neune!» Ohne sich noch einmal umzuschauen, verschwand der Franz im Haustor, und ich ging traurig den ganzen weiten Weg nach Haus zurück. Noch selten hab ich so schlecht geschlafen wie damals, die ganze Nacht träumten mir grausliche Sachen. Den nächsten Tag ging ich zur Steffi und schüttete ihr mein Herz aus. Sie sagte, das sei schon bös, aber verzweifeln müßt man deswegen noch lange nicht. Ich solle mich von dem Franz, der ja ein ekelhafter Strizzi sei, aber gute Verbindungen habe, anlernen lassen und schauen, daß ich viel verdiene. Dann könnt ich mir was ersparen und eines Tages den Franz abbeuteln. «Weißt», schloß sie, «und a Madel, was an Peitscherlbuam hat, die verdient immer mehr. Einstweilen kannst gar nix machen!» Aber ich ging doch recht traurig am Abend ins Kaffeehaus. Franz blinzelte mir schadenfroh zu, stellte mir wortlos einen «Schwarzen» auf den Tisch und flüsterte: «Jetzt trinkst und um halber zehne gehst umi ins Restaurant. Der Rudolf führt di scho nein. Sag, du kommst vom Franz! Und daß du was heimbringst!» Weg war er, und ich seufzte auf, einen großen Teil würde er mir wieder nehmen. Ich trank, puderte mich ein bissel auf der Toilette, weil mein Gesicht noch immer ein bissel verweint war und ging langsam in die nächste Seitengasse, wo der Nebeneingang des großen Restaurants war. Das Gasthaus war der Treffpunkt aller Lebemänner, es lag recht ruhig und weit ab vom Schuß, war aber für seine Separées berühmt. Von außen sah es sehr ruhig und bürgerlich aus. Der Ober Rudolf, ein grad so großer Strizzi wie mein Franz, war ein kahlköpfiger kleiner Kerl ohne Augenbrauen und mit entzündeten Augen. Er hatte ein Gesicht wie ein Eichkatzel oder so was und blinzelte pfiffig. Als ich ihm stockend sagte, ich käme vom Franz, nickte er nur wohlgefällig und führte mich durch einen kleinen, fast dunklen Gang, schlug einen schweren dunkelroten Vorhang zur Seite und öffnete rasch eine Tür mit Milchglasscheiben. «Bitte sehr, Herr von Steinhager, die Dame ist da.» Das kleine Separée war matt erleuchtet, ein kleiner Tisch war schneeweiß für zwei gedeckt, Gläser, Gabeln und Messer. Keine Sessel, aber ein kleines rotes Samtsofa, auf dem zur Not zwei sitzen konnten, wenn sie recht nah zusammenrückten. Aber der Herr «von» Steinhager, der, wie ich bald heraushatte, gar kein «von» war, benahm sich wirklich lieb und fast wie ein Kavalier. Er küßte mir sogar die Hand, half mir aus dem Mantel, setzte sich neben mich, aber nicht zu nah und rührte mich mit keinem Finger an. Er plauderte sehr nett und lustig über alles, was ich denn immer mache, ob ich eine gebürtige Wienerin sei und daß er die Blonden so gern habe. Er hatte ein lustiges braunes, rundes Gesicht und einen Zwicker, sprach sehr rasch und sehr viel und schien Geld zu haben. Dann kam das Nachtmahl, so gut hatte ich es oft nicht einmal beim Xandl gehabt. Nur war mir manches zu stark gewürzt. Dafür brachte der Rudolf, der ein undurchdringliches Gesicht aufgesetzt hatte, jeden Moment eine neue Flasche Wein. Ich trank wenig, der Herr Steinhager aber trank wie ein Loch. Ich konnte gar nicht nachkommen mit dem Zutrinken, herben Wein, süßen, roten, weißen, obzwar ich nur nippte, tanzte mir doch schon alles vor den Augen, und da brachte der Rudolf eine Flasche «Schampus». Er ließ sie knallen, stellte sie in den Kübel, lächelte, verbeugte sich und verschwand.

Nun sperrte der Steinhager das Zimmer ab und nahm mich auf den Schoß: «Jetzt muß ich dich ein bissel füttern. Bisher hast du ja gegessen wie ein Vogerl.» Und er hielt mir den «Bügel» von einem Rebhuhn vor den Mund und gab keine Ruhe, bis ich den abgenagt hatte. Dann stopfte er mich mit Schokoladentorte. Ich war schon schrecklich satt und schläfrig und faul und mußte mich doch zusammennehmen für die Hauptarbeit, aber es kam anders. Als er mich endlich sanft aufs Sofa legte, zog ich mir noch selbst das Kleine ein wenig in die Höhe, dann schloß ich die Augen und stellte mich schlafend. Er aber sagte: «Nein, nicht so, Kleine. Ich weiß etwas Schöneres.» Er schürzte mein Kleid, spreizte zart meine Beine und strich mir einen Löffel Schlagobers über den Schoß. Dann schob er die Hände unter meinen Popo und begann, langsam, genieße isch, das Schlagobers auszulecken. Darin war er ein Meister. Seine Zunge kam überall hin, in jede kleine Spalte, ins letzte Winkerl, in jede Falte. Dabei war sie bald brennheiß, bald angenehm kühl, bald hart und spitzig, bald ganz trocken, dann wieder naß und ganz weich und breit. Und geschmeidig wie eine Schlange. Bald schleckte er in schnellen, kurzen Zungenschlägen, dann wieder langsam und breit und ganz leicht von außen, drang bald tief ein, bald liebkoste er den Kitzler. Mich durchschauderte es vor Freude, so gefreut hatte mich noch selten etwas, er stöhnte manchmal, weil ihm das Schlagobers und das dazugehörige Schüsserl schmeckte. Er sah aber viel mehr auf mein Vergnügen, was man selten bei einem Mannsbild findet. Meinen Popo schwenkte er leise hin und her, küßte mich auf die Schenkel, kitzelte mich an der Popospalte und richtete sich nur von Zeit zu Zeit auf, um neues Schlagobers in die «Kompottschüssel» zu streichen. Ich wäre am liebsten gar nicht mehr aufgestanden, so wohl war mir, und vielleicht eine Stunde haben wir mit dieser wunderbaren Spielerei verbracht. Endlich hörte er auf, küßte mein Haardickicht und gab mir mein Tascherl. Dann trank er einen Schluck Wein. Sein Schwanz war die ganze Zeit nicht zum Vorschein gekommen. Als ich dankbar sein Hosentürl streicheln wollte, wehrte er leise ab, gab mir die Hand und führte mich zur Tür. Ein komischer, aber lieber Kerl war er. Im Tascherl fand ich 20 Kronen, nobel war er also auch. Wer er nur war, dieser Herr Steinhager? In dem kleinen Gang lauert der kahlköpfige Rudolf. «No, Fräul'n Pepi, zufrieden? Ja, Sie können dem Franz dankbar sein. Dem Rudolf aber auch. Net ganz auf mi vergessen, dann vergiß i Ihnen a net!» Dabei hielt er mir die hohle Hand hin. «Wieviel war's denn überhaupt?» – «Das geht ja Sie nix an. Und überhaupt, das Geld muß i dem Franz geben.» Er pfiff leise und sagte: «Ah, so ist das? No, mit dem Franz komm i schon auf gleich. Aber a klane Gefälligkeit . . .» Dabei setzte er sich auf einen Sessel, der halb in den Falten eines Vorhangs versteckt stand und zog mich auf seinen Schoß, und ich dachte mir nur: Also wieder einmal umsonst. Sein Hosentürl war wahrscheinlich schon früher offen gewesen, denn beim Niedersetzen drang mir schon sein Schweif ein. Ich war wieder einmal festgenagelt, der Rudolf hatte mich an den Laberln und ließ mich ein bissel «reiten». Dabei flüsterte er mir zu: «So, schöne Peperl, jetzten reiten wir a bisserl obi in die Freudenau.» Er preßte meine Brüste stärker, griff mir von oben in den Ausschnitt und geilte meine Warzerln auf. Ich ritt ganz gern, der Rudolf hatte einen guten Schwanz, und ich war durch die schöne Schleckerei angenehm erregt. Zugleich aber mußte ich denken, wieviel oft einer für das zahlen muß, was ein anderer umsonst kriegt. Während er mich immer stärker «hupfen» ließ, sang der Rudolf mit ganz leiser Fistelstimme: «Hoppa, hoppa Reiter . . . reit'n wir a Stückerl weiter . . . reiten in die Freudenau . . . vögel dir das Futerl blau! . . . magst . . . magst . . . huiiii . . . uch . . . uchhhh . . . öchchch . . .» Er saß einen Augenblick still, und ich fühlte, wie er mir unten Champagner servierte. Dann küßte er mich auf den Nacken, ließ mich aufstehen und zog mir schnell das Kleid rückwärts herunter. «Warst scho amal in der Freudenau beim Rennen? No, davon braucht dein Franz nix wissen! Weißt was? Freitag bin i dienstfrei, da fahren wir runter! So und küß die Hand fürs Trinkgeld!» Ganz müde, aber zufrieden kam ich ins Kaffeehaus zurück. Ohne Trinkgeld kommt man halt nicht weiter und ein hübsches Frauenzimmer hat halt das schönste Trinkgeld zwischen den Beinen. Damit kann man jedes Mannsbild bestechen, Kellner, Hausmeister, Wachmänner auch. Nur die Reichen müssen mehr zahlen, aber dazu haben sie's ja.

6. Kapitel

Die Gucklöcher

Damals, als mich der Franz jeden Abend ins Separée schickte, habe ich eine merkwürdige Zeit durchlebt. Ich hatte es soweit gut, verdiente viel Geld und sah immer hübsch aus, war nur recht nervös, denn die Männer, die ich im Separée drüberlassen mußte, waren oft recht eigen und verwöhnt und anspruchsvoll. Aber der Franz ging mir nicht von der Falte. Der war schon ein sehr gerissener Kerl und keiner hätt es dem kleinen, dicken Menschen im schäbigen Frack angesehen, was der für ein gehauter, mit allen Salben geschmierter Strizzi war. Er «packelte» mit allen Polizeispitzeln, gab Schmiergelder, vermittelte tausend Rendezvous und Bekanntschaften, lieh kleine Summen zu sehr hohen Zinsen aus, handelte mit schweinischen Photographien und Bildern und verbotenen Büchern, schickte außer mir sicher noch mehrere Mädeln auf den «Trab» und hatte die Augen und Ohrwascheln überall! So blöd, wie sonst ein Zuhälter ist, war er schon nicht. Er wußte, daß ein Mädel, das mit feineren Männern zusammenkommt, nach was ausschauen muß, und ich hatte Spitzenwäsche, seidene Strümpfe in vielen Farben, mindestens ein halbes Dutzend schöne Kleider und alles für die Toilette, auch Parfum, meistens Maiglöckchen oder Patchouli. Franz nahm mir immer das meiste Geld ab und sagte, er wolle mir's nur «aufheben», sonst «verhaue» ich es. Und so mußte ich um jeden Kreuzer zu ihm kommen, er fragte mich stundenlang aus, zu was ich es brauchte und oft war ich nach so einer Streiterei ganz hin. Der Franz war ein roher und gemeiner Kerl, wenn er auch nicht gerade einer war, der haute. Das traute er sich bei mir nur ein einziges Mal. Und die ganze Zeit quälte er mich, ich solle doch mit ihm zusammenziehen, aber da wär ich schon lieber zum Fenster hinuntergesprungen. Ich tröstete mich, ich würde ihn schon noch loswerden, aber einstweilen brauchte ich ihn, weil er gute «Verbindungen» hatte und außerdem mir immer mit dieser ekelhaften Petschaftsgeschichte drohte. Bis zu Mittag schlief der Franz in seinem Kabinett in der Vorstadt und nachmittags machte er von drei bis zwölf Uhr nachts Dienst im Café *Oberlechner*, aber er wußte, so angehängt er auch war, immer, was ich grad machte, weiß der Teufel wieso. Er kannte alle «Beiseln», alle Koberinnen, alle Rendezvousorte von Wien und erfuhr immer alles. Eine Hilfe hatte ich in der Zeit nur an zwei Menschen: An der Steffi, der guten Haut, und an dem Ober Rudolf von dem feinen Restaurant, wo ich damals so schön geschleckt worden war. Die Steffi hatte ein Mundwerk wie so ein Maschinengewehr und wußte irgendwas auf den Franz, den sie von früher her kannte. Sie nahm mich immer in Schutz und ließ, wenn sie sich mit dem Franz meinetwegen herumstritt, immer so durchblicken, daß er auch Butter auf dem Kopf hätt. Sie brauchte nur den Namen «Leni» erwähnen, da wurde der Franz ganz bleich, lenkte ein und hielt die Goschen und man sah, daß er sich schrecklich ärgerte und fürchtete. Und der kleine, glatzköpfige Ober Rudolf wär halt am liebsten selbst mein Liebhaber und Strizzi gewesen. Er war ein grad so großer Lump wie der Franz und kannte sich aus und half mir immer, wenn ich von dem Geld, das ich verdiente, mir ein bissel was weglegen wollte. Wenn dann der Franz ihn fragte, wieviel ich bekommen hab, sagte er immer grad soviel, wie ich dem Franz gab. Der glaubte es nicht recht, ließ es aber gut sein, weil er es sich mit dem Rudolf nicht verderben wollte. Überhaupt haben zwei Lumpen immer die größte Angst voreinander! Aber ein Marterer war der Franz doch, wenn er so meist gegen zwölf zu mir hinaufkam, mir das Geld abnehmen, wurde ein riesiger Krawall draus, denn das Herumkommandieren hab ich nie vertragen! Franz: Ah, die Gnädige liegt no allerweil im Bett! I hab heut scho gearbeitet als wie a Roß! Ich: Fahr ab und laß mi schlafen! I spür meine Knochen nimmer! Franz: Vor lauter Pudern, was? So möcht i a amal arbeiten! Wieviel war's denn überhaupt? Reiß her! Ich: Gar nix! Meiner Seel, Franz, gestern, am Nachmittag und auf die Nacht, als wie abgeschnitten! Franz: Das derzählst deiner Großmutter! I brauch an Zehner! Ich: Und i hab nix! Kannst ja selber nachschauen im Ladel! Was du findst, g'hört dir! Dann riß der Franz alle Laden auf, schmiß meine Sachen umeinander, fluchte und fand nichts und ging endlich wütend weg, und ich hatte einen guten Tag, denn das Geld hatte ich wieder einmal für mich gerettet! Aber oft konnte ich das nicht machen, einen Fünfer oder Zehner nahm er mir fast täglich ab. Geschlagen hat er mich nur einmal, und da wurde eine Mordsrauferei daraus. Der Rudolf war mit mir in der Zeit öfter aus, puderte mich und verschaffte mir Herren. Gleich am zweiten Tag, nachdem er es mir versprochen hatte, war er mit mir in der Freudenau, beim Rennen. Der kleine, schieche Kerl hatte sich fein gemacht, trug einen kurzen, hellen Überzieher und sogar einen Riesenoperngucker umgehängt. Dem Franz hatte der Rudolf erzählt, er bringe mich zu einem g'spassigen Sonderling, der sich immer die Mädeln ins Haus führen lasse. Es war ein wunderschöner Tag, die vielen geputzten, feinen Leute waren so interessant und die Damen hatten manche Toiletten, daß man grün vor Neid werden konnte. Ich drängte mich ganz nach vorn ans Geländer, mir gefiel es riesig, wie die schönen braunen Pferde, mit den winzigen Jockeys darauf, so über das Feld hinflogen und die Leute ihnen zuriefen! Ich schrie rein aus Vergnügen mit, und der Rudolf, der gewettet hatte, stand hinter mir und rechnete in einem kleinen Büchel. Plötzlich hörte ich ihn hinter meinem Rücken in ganz unterwürfigem Ton sagen: «Meine Verehrung, Herr Baron! Auch hier? Gestatten, meine Cousine, verwitwete Frau von Winkler!» Ich fuhr herum, und da stand ein sehr großer Herr, der seinen komischen grauen Zylinder ehrerbietig vor mir zog. Ich machte ein sehr kühles Gesicht, wenn der Rudolf mich als «Frau von Winkler» vorstellte, hatte das schon seinen Grund und es schaute Geld heraus. Ich ließ mir die Hand küssen, wie eine Gräfin und der Baron sagte sehr liebenswürdig: «Gestatten Gnädigste, daß ich Sie zu meinem Platz geleite? Wir können von dort den nächsten Start viel besser beobachten . . .!»

Der Rudolf machte ein untertäniges Buckerl, er hatte nichts dagegen, und der große Herr Baron führte mich, noch immer seinen Zylinder in der Hand, auf seinen schönen Tribünensitz. Dort stellte er mir einen Sessel hin und half mir hinauf, jetzt konnte ich alles wundervoll sehen, er erklärte mir alles und sagte mir die Namen der Pferde. «Gnädigste spielen gar nicht?» Was hätt ich ihm antworten sollen? Geld hatte ich ja keins und meine Rolle durfte ich nicht sobald aufgeben! «Dann gestatten Gnädigste vielleicht, daß ich auch für eine kleine Summe auf ‹Sonnenblume› setze?» Ich nickte so recht von oben herab, aber dann war ich doch schrecklich aufgeregt, wie die Pferde zu laufen begannen. Schrecklich aus dem Häusl war ich, «Sonnenblume», unser Pferd, hatte einen Jockey mit einer grasgrünen Bluse, und als die Pferde bei uns vorüberrannten, war wirklich die «Sonnenblume» das erste Pferd. Ich schrie und patschte vor Vergnügen in die Hände und war gleich darauf riesig erschrocken, denn eine wirkliche Dame benimmt sich doch nicht so aufgeregt! Der Baron schmunzelte bloß. Er hatte den Arm um die Lehne meines Sessels gelegt, damit ich nicht samt dem Sessel hinfall und betrachtete verstohlen meine festen, runden, schöngeschwungenen Wadeln, die man durch den leichten, hellen Sommerrock ganz schön durchschimmern sah. Ich machte mich nichts wissen und freute mich über die noble Bekanntschaft. «Sonnenblume» gewann wirklich, und ich war vor Freude ganz außer mir! Der Baron entschuldigte sich lachend für eine Minute und ging zum Schalter, um unsern Gewinn zu holen, da tuschelte es auf einmal hinter mir: «Gratulier, Frau von Winkler! No, schaut der alte Rudolf auf Ihner? Alsdann, i bin ja jetzt überflüssig! Abrechnung morgen!» Ich machte einen ganz kleinen Mund und sagte, spaßig von oben herunter: «Es ist gut! Sie können jetzt nach Haus fahren, Rudolf!» Rudolf, der alte Gauner, verzog sich grinsend, und der Baron kam zurück und gab mir mit einer tiefen Verbeugung fünf nagelneue Zehnguldenzettel! «Jessas, das hab alles ich allein gewonnen? Ja, jetzt müssen Sie mir aber sagen, wieviel Sie mir geborgt haben!» Der Baron machte ein beleidigtes Gesicht, und ich sah ganz verzweifelt, daß ich schon wieder einen Blödsinn gemacht hatte! Nach dem Rennen ging er mit mir Eis essen, machte mir hinten und vorn den Hof wie einer Fürstin und brachte mich endlich in so einem ganz komischen, ganz hohen und schmalen Wagerl, wo nur zwei auf dem

Bock sitzen konnten, nach Haus! Er kutschierte ausgezeichnet und sprach die ganze Zeit über Pferde, ich verstand kein Wort, sagte aber brav auf alles «Ja». Einmal sagte er auch: «Aber der schönste Traum, Allergnädigste, wären weibliche Jockeys. Lauter wunderbare, splitternackte Frauen auf pechschwarzen Pferden dahinjagend! Blondinen, wie Sie eine sind!» – «Aber Herr Baron!» Ich verdeckte die Augen mit der Hand und lachte darunter, der alte Esel glaubte, ich schäme mich wirklich und entschuldigte sich noch tausendmal! «Wenn Sie mir vergeben könnten, Gnädigste, so schenken Sie mir die Ehre Ihres Besuchs! Ich würde Ihnen mit unendlicher Freude meine Rennpreise zeigen, Sie verstehen sich von Natur aus aufs Reiten!»

No, jetzt wußte ich wenigstens, wieviel es geschlagen hat, nickte aber nur recht hochmütig und sagte: «Ich werde sehen!» Er sprang vom Bock, küßte mir die Hand bis zum Ellbogen hinauf, und im Haustor mußte ich wieder einmal den Kopf schütteln über die Dummheit der Männer. Am nächsten Nachmittag bin ich zu ihm hin, er hatte eine hochnoble, sehr stille und kühle Junggesellenwohnung auf der Wieden, voller Teppiche und Vorhänge, alles zugezogen, fast ganz dunkel. Ich bekam eine feine Jause und nachher so ein scharfes englisches Getränk, «Whisky», sagte er. Es schmeckte wie Abwaschwasser von einem Tannenholzstockerl und ich verkutzte mich dran. Dann zeigte er mir eine Menge goldene und silberne Schalen, Krügln und Becher und so, allerhand Namen waren darauf eingraviert. Ich schlug die Hände zusammen, sagte «Ah» und «Oh» und tat, wie wenn ich vor lauter Staunen ganz weg wär, dabei war mir saufad, und ich wünschte, es solle schon zum Vögeln kommen, damit ich es hinter mir hab. Endlich fragte er mich: «Würden Gnädigste mich zum glücklichsten Sterblichen machen wollen?» – «Wie . . . meinen . . . Sie das?» – «Ich erbitte die Gnade, Ihr Pferd zu sein!» – «Ich hab's noch nie probiert, aber auf einem feschen Baron möcht ich für mein Leben gern einmal reiten!» – «Ich bin kein Baron, süße Reiterin, ich bin ein Hengst, Ihrer Hoheit Hengst und heiße ‹Schwarzfleck›!» Und er fing an zu wiehern, ganz natürlich und wirklich wie ein Roß, ich hielt mit Mühe das Lachen zurück. Er ging mit todernstem Gesicht hinter einen Wandschirm, zog sich dort aus und sagte alle Augenblicke: «Iha! Hihaha!» Man hörte auch so ein Wetzen, wahrscheinlich geilte er seinen Schwanz auf. «Leg deinen göttlichen Rock ab, kleine Herrin!» Belustigt streifte ich meine Schoß ab und stand im schönen weißen Spitzenhoserl da. Ich trug an dem Tag schöne, hohe Schuhe aus schwarzem Lackleder und mit sehr hohen Absätzen. Das schien ihn ganz besonders aufzuregen, denn wie er jetzt ganz nackt herauskam, warf er einen Blick auf meine Füße und sein halbsteifer Schweif begann sich zu heben. Mein Baron war soweit ein ganz fescher Kerl, nur einen Bauch hatte er schon. Sein kerzengerader Schwanz hatte eine bläuliche Eichel und Hoden hatte er wirklich wie so ein Hengst, so dick und bis fast zum halben Schenkel hinunter, einen langen, dicken Sack. Er kniete vor mir nieder, leckte mir die Spitzen meiner Schuherln ab und grunzte: «Hihaha! In den Sattel, Fräulein Jockey! Sogleich beginnt das große Liebesrennen! Ihaha! Ihaha!» Ich hatte schnell begriffen, wie gewöhnlich, und saß mit einem Schwung auf seinem Kreuz. Ich preßte seine Rippen fest zwischen meine kräftigen Schenkel, gab ihm mit der flachen Hand einen ordentlichen Klaps auf den Popo und hielt mich mit der andern an seinen Haaren fest. Und jetzt kroch er hübsch schnell zwei-, dreimal um das ganze Zimmer herum, auf einem dicken dunkelroten Teppich. «Dir fehlt die Peitsche, kleine Herrin.» – «Brauch keine! Meine Hand spürt der Hengst auch!» und – pitsch, patsch, klatsch, klatsch, haute ich ihn auf seinen großen, harten Hintern, das hat er sicher gespürt! Er war ganz kindlich, stöhnte, gurgelte und wieherte und lief jetzt so schnell auf allen vieren, daß ich fast gefallen wär! Um mir Halt zu geben, schlang ich die Beine fester um seinen Bauch und verschränkte unten die Füße. Da kam mir grad sein kerniger Schweif so schön zwischen die Knöchel. Jetzt hatte ich was Hübsches für ihn gefunden, durch das weiche, dünne Leder fühlte ich seine Reitgerte pulsieren und nahm seinen Schweif zwischen meine Sohlen und begann ihm unter seinem Bauch mit den Füßen langsam einen herunterzuwichsen. Sein Wiehern wurde ganz tief vor lauter Geilheit: «Hühühööö! Hiha! Hüaa . . .» Ich hatte, während er langsamer und sich hin und her werfend weiterlief, genug zu tun, feuerte ihn durch Zurufe an, haute ihn auf den Popo und fuhr auch manchmal mit dem Zeigefinger in sein Popoloch, das sich jedesmal zusammenzog. Dann warf er den Kopf zurück, verdrehte die Augen und der Speichel tropfte ihm herunter, meiner Seel, ein wirkliches Roß hätt nicht schöner schäumen können!

Dabei vergaß ich auch den Schweif von meinem Hengst nicht, unablässig, aber zart fuhren meine verschränkten Füße von der Eichel bis zur Schwanzwurzel, rein aus dem Gefühl machte ich das, zu so was hab ich nie sehen müssen. «Haha . . . hühaha . . . jetzt . . . kommt . . . dadas . . . Finish . . . gött . . . li . . . cher Jockey . . . hüa hüa!» Dabei klatschte es in schweren Tropfen auf den Teppich, er ließ sich mit einem breiten Grunzen unter mir zusammenfallen, spreizte alle viere und lag keuchend auf dem Bauch! Ich stand breitbeinig über ihm, meine Schuherln hatten graue Spritzer von seinem Samen, ich hatte brav gearbeitet! Während er sich ein paar Minuten auf dem Teppich verschnaufte, ging ich im Zimmer herum und aß kleine, belegte Brote, das Reiten macht Appetit. Seine trüben Blicke folgten mir überall hin, speziell auf meine Waden, die durch das enge Schnüren ein bissel über die Schuhschäfte quollen, hatte er es scharf! «Würde die süße Reiterin für einen Augenblick die Reitstiefelchen ablegen?» – «Aber ja, Herr Baron . . . haltaus, was will das Roß?» Aber ich ließ mir doch von ihm die Schuhe ausziehen, und er leckte mir die Waden bis zu den Knien hinauf, ein g'spaßiger Geschmack! Dann wälzte er sich langsam über den Teppich, bis er vor einem kleinen, runden Tischerl auf dem Rücken lag. «Würden die Göttin die Gnade haben, hochdero untertänigsten Gaul noch einmal mit den Füßen zu beglücken?» – «Gehen S', Herr Baron, das sagen S' mir no amal auf deutsch!» Da spreizte er bloß die dicken Schenkel und wieherte, sein Glied stellte sich langsam noch einmal auf und sah mir direkt ins Gesicht, wie wenn es was haben wollt. No, ich war nicht aus Stein, setzte mich auf den Rand des Tischerls und zeigte meinem Gaul unten mein Fummerl, zog die Hose auseinander, und er keuchte und wurde noch geiler. Dann nahm ich noch einmal sein Glied zwischen meine Sohlen, diesmal hatte ich es viel besser im Gefühl, weil ich nur die Strümpfe an hatte. Er bäumte sich auf, daß sein großer, starker Körper ein Bogen war, wieherte und sein Schweif wurde zwischen meinen sanft auf und ab gleitenden Füßen immer röter und größer und endlich spritzte mir ein langer Strahl von unten herauf bis fast an die Knie, über die ganzen Strümpfe, so konnte der spritzen! Jetzt warf er sich, schweißgebadet, herum und brüllte ganz heiser: «Und jetzt reitet die Göttin den Schlußgalopp!» Ja, den Schlußgalopp konnte ich auch schon brauchen, bestieg also halt noch einmal meinen Hengst, aber schön weiter vorn, die Rippen preßte ich ihm, daß es krachte und steckte den Zeigefinger ganz tief in sein hinteres Loch, wobei ich fest hin und her fuhr! Mit seiner letzten Kraft galoppierte er auf allen vieren durch eine Portiere ins Nebenzimmer, dort war ein Fünfzig-Gulden-Schein mit einer Stecknadel an die Wand gespießt, und er schrie heiser: «Erster Preis der göttlichen Josefine!» Ich nahm mir meinen ersten Preis – meiner Seel, redlich verdient –, der Baron zog mir die Schuhe an, half mir in mein Schoß und küßte mich auf den Popo dabei und unterwürfig und ganz verschwitzt begleitete er mich zur Tür . . . Wie ich nach Haus kam, saß da der Franz am Tisch und schielte mich wütend an: «Wo warst denn?» – «Schau, daß du außerkommst, i bin hundsmüd!» – «Müd bist? Mit dem narrischen Baron Roß spielen, davon bist müd! 's Geld gibst her!» – «Kusch! Nix kriegst! Marsch!» – «Duu! Mit mir spielst di net!» – «Wie kannst denn überhaupt jetzten da umananderhocken? Schau, daß d' in dei Koberer-Kaffeehaus kummst! Mei Zimmer is für mi! Und jetzt hab i gnua!» Da holte der Franz aus, und ich bekam eine Ohrfeige, daß mir die Sterne aus den Augen spritzten! Ich bekam eine irrsinnige Wut, schlagen hab ich mich schon als Kind nie lassen, ich stieß den Franz von unten mit aller Kraft mit dem Knie in die Hoden, er wird käseweiß, verdreht die Augen und fällt nur so auf ein Stockerl beim Tisch! Dort blieb er lange Zeit ächzend hocken, die Tränen liefen ihm übers Gesicht, und er knirschte mit den Zähnen! Ich freute mich, daß ich es ihm auch einmal gezeigt hatte, tat, wie wenn nichts wäre, kochte mir einen Tee, zog mich ruhig aus und nahm meine Zeitung, um zu lesen. Da endlich schlich der Franz zur Tür und sagte von dort her, schon halb draußen, mit verbissener Wut: «Und jetzten is Schluß mit die Einzelkundschaften, du rabiates Luder! Das ganze Geld verpulvern! Morgen gehen mir zur Madame Yvonne, daß du in ordentliche Händ kummst! Die laßt so einer Bisgurrn nix durchgehen! Mir wern no schauen, wer dahier der Herr . . .» Da hatte er den ganzen Aschenbecher am Schädel und verschwand mit einem Fluch! Ich war ganz zufrieden, Angst hatte der Franz vor mir, aber ich mußte vor dem Einschlafen doch noch viel an die Madame Yvonne denken, zu einer gewöhnlichen Koberin ließ ich mich auf keinen Fall verschleppen, da mußte schon ein bissel Geld auch herausschauen! Am nächsten Tag war der Franz um zwölf wieder da, der Saukerl. Er ging noch ein bissel krumm und war ganz demütig und butterweich, blinzelte falsch aus seinen schiefen Äuglein und tat, wie wenn er mein Bruder wär! «Schau, Peperl, mein Goldkatzerl, gestern haben mir uns halt a bissel gestritten! Net bös sein, man wird ja nervös, bei dem schweren Dienst im Café!» – «A nervöser Strizzi soll halt das G'schäft aufgeben!» – «Net Strizzi sagen, Peperl, net Strizzi, das hab i net verdient! Hab i net allerweil dei Bestes wollen?» – «No, was denn, allerweil hast mir das Beste und das meiste genommen!» – «No, sixt es, so hab i es gern, hast dein Hamur a scho wieder! Geh, bist lieb, nimm das neue, schöne rosa Kleiderl und gehst mit mir a bissel aufer zur Madame Yvonne! Wirst scho sehen, a große Pariser Spezialität, das findst in ganz Wien nimmer! Hochfeines Haus und a leichts Arbeiten! Und die Madame, die tragt di auf die Händ!» Ich wurde doch neugierig und anschauen kostet ja nichts, zog mich also an und ging mit Franz auf die Landstraße, auf dem Weg hängte er sich in mich ein und kaufte mir sogar Rosen! Madame Yvonne wohnte in einem hochfeinen Haus in einer kleinen Seitengasse, das Vorhaus und die Stiegen, alles aus Marmor, die Madame war eine Gehaute! Wir warteten eine Minute in einem nobeln Salon voller Bronzestatuen, der Franz hatte dreimal geläutet und ein fesches Stubenmädel war uns ansagen gegangen. Da kam die Madame selber. Eine Französin war die bestimmt nicht, man spürte manchmal das Wienerische in ihrer Sprache durch und manchmal böhmakelte sie sogar ganz wenig. Das war keine Pariserin, eine Favoritnerin höchstens, die alte Flitschen, die katzenfreundliche. Ein lila Samtkleid hatte sie und ein Mordstrumm goldenes Kreuz. Der Franz sagte mit einem Grinsen, wie ein Roßtäuscher, recht gespreizt: «Alsdann, Gnädige, da is die meinige Cousine!» Madame Yvonne küßte mich auf die Stirn, das hab ich schon gefressen, und fragte zuckersüß: «Haben Sie schon in einem geschlossenen Institut gearbeitet, liebes Kind?» Ich ärgerte mich über diese Komödiespielerei und sagte zufleiß in meinem schönsten Hernalserisch: «Na, i war no nia in an Puff!» Der Franz machte ein Gesicht, wie wenn er

Zahnweh hätt und sagte: «Meine Cousine is halt ein bissel . . . ein bisserl müssen scho entschuldigen, gnä Frau!» Die gnä Frau lachte dröhnend, patschte mir auf den Popo und redete jetzt auch so, wie ihr der Schnabel gewachsen war: «So hab ich's gern, nur nix g'fallen lassen, Herzerl! Soweit bis ja ganz ‹g'stellt›, kommst gleich heut um neune wieder, auf di werns fliegen! Mit die andern Madeln vertragst di schon!» Dann tätschelte sie mir die Wange und dem Franz drückte sie was in die Hand, und der Hundling küßte ihr die Pratzen ab, vor meinen Augen hatte er mich verkobert! Aber ich wollte mir schon nichts gefallen lassen! Am Abend aber hab ich doch sehr geschaut. Das Haus der Madame Yvonne – in Wirklichkeit hieß sie Nowak – war ein Nobelpuff ganz nach Pariser Muster, und wer dort seinen Schweif spazieren führen wollte, mußte schon anständig ein Geld haben! Es kamen überhaupt nur gutzahlende Stammgäste, und wer einen Fremden einführte, mußte ihn in aller Form der Madame erst vorstellen! Jeder Gast wurde von ihr im Salon empfangen und drückte ihr gleich bei der Begrüßung einen Zehner in die Hand, sonst wurde er uns «Damen» erst gar nicht vorgestellt. Dann saßen und plauschten sie ein paar Minuten, bis die Madame ihn fragte, ob er nicht eine «kleine Erfrischung» möcht. Das mit der Erfrischung war so, daß wir Mädeln ihm Zigarren, Bäckerei, Cognac und so in den Salon brachten und ihm aufwarteten. Dabei stellte uns die Madame mit dem Vornamen vor, und wir mußten artig knicksen wie die Backfische. Wir waren unser vier Mädeln, gegen neun kamen wir, die ersten Herren meist erst gegen zehn. Die Mädeln erzählten mir, daß sich manche Herren schon wochenlang vorher vormerken ließen und so ein Besuch kostete 50 Gulden, sonst war nix! Diese 50 Gulden bekamen nur wir Mädeln, nahm der Gast zwei oder gar drei von uns in den «Gemäldesalon» mit, so wurde redlich geteilt. Von jedem Anteil mußte nun jede der Madame wieder einen Fünfer geben, das war nicht einmal so viel, aber die Alte wußte schon sehr gut, warum! Am ersten Abend stellte sie mich den drei andern Mädeln vor. Da sah man so recht, was für ein geriebenes Luder sie war! Da war eine große, schlanke pechschwarze Ungarin, die Ilona, die hieß hier «Mademoiselle Carmen» und wurde als echte Spanierin ausgegeben. Dabei verplapperte sie sich oft und sagte *tessék* und *ize*. Zwei waren Wienerinnen, eine kleine, runde Rothaarige, die Gusti, hieß «Mademoiselle Jeanette» und die Madame stellte sie vor: «Meine Nichte Jeanette aus Paris an der Seine!» Die Annerl, die dritte, stammte vom Lerchenfeld, war mittelgroß, mollert und braunhaarig, bloß böhmakelte sie ein bisserl und so gab die Madame sie als Russin aus, «Mademoiselle Tatjana». Als Wienerin hätt ich hier bei diesen Hochstaplern nichts aufgesteckt, so gab mich die Madame als Engländerin aus und ich hieß «Miss Mabel». Weil die Männer alle glauben, die Frauen in andern Ländern vögeln besser oder haben unten ein rotes Mascherl! Die Mädeln umarmten und busselten mich ab und waren freundlich, frech, lustig und ausgelassen, denn sie verdienten ja alle gut. Sie zwickten und frozzelten und streichelten mich, griffen mir beim Umziehen die Tutterln und was anderes an, sie waren alle ein bissel «warm», wie man in Wien sagt. Das war kein Wunder, denn sie hatten ganze Nächte lang nichts anderes zu tun, als sich vor den Gästen abzufilzen, weil die das gern hatten. Die Ungarin, die «Carmen», war vielleicht wirklich so, die andern aber taten das mehr aus Hetz und weil es halt zum Geschäft gehörte und sie sich dran gewöhnt hatten. Ich hab mich oft mit meinen Freundinnen und überhaupt mit Mädeln herumgefilzt, dagegen hab ich ja nichts gehabt, aber im Grund war mir ein dicker, fester Schweif immer lieber. Aber ein nettes Futerl ist auch nicht zu verachten und das ist schon wahr: So ein Mannsbild weiß ja selten, was unsereinem wohltut, aber eine «Warme» kann mit den Fingern und dem Züngerl einer andern den Kitzler ganz anders aufgeilen und behandeln, daß beide vor Freude hupfen. Bei der «Madame Yvonne» hab ich gelernt, was das ist, «lesbisch». Wir Mädeln trugen alle durchsichtige, ganz lange Hemden, so wie in Griechenland, die Carmen ein rotes, die Jeanette ein grünes, die Tatjana ein gelbes und ich ein ganz hellblaues. Wir hatten eine eigene kleine Garderobe wie die Schauspielerinnen, wo wir uns schminkten, umzogen, filzten und die Männer ausrichteten. Wenn also ein Herr «Erfrischungen» bestellte, kamen wir ganz artig hinein, machten unser Knickserl, saßen dann kichernd um die Madame herum, hörten zu und durften nur sprechen, wenn wir gefragt wurden. Manchmal machte sich ein Herr, der doch ein bissel gescheiter war, die Hetz und fragte was auf spanisch, russisch, französisch oder gar englisch! Dann wurden wir feuerrot und die Madame streichelte uns den Kopf und sagte schnell: «Ach, Mademoiselle soundso weilt schon so lange bei uns, daß sie ihre eigene Muttersprache nicht mehr perfekt spricht!» – «Ah so», sagte dann der Herr. Dann nahm er zwei von uns mit und ging mit uns in den Gemäldesalon. Der war sehr groß und sechseckig gebaut, zwei ganz kleine, kurze Gangerl führten zu ihm, von zwei Seiten. In der Mitte stand ein ungeheures, sehr breites und sehr niederes Sofa mit tausend farbigen seidenen Pölstern. Meist ließen sich die Herren nur «lesbische Gruppen» vorführen, saßen mit ganz blöden, glasigen Augen in einem weichen Fauteuil und schauten zu, wie wir Mädeln uns schleckten und «fingerlten». Wir mußten allerhand oft recht schwierige Stellungen einnehmen, wie die Akrobatinnen, als ganz Junge hatte ich das einmal beim Photographieren machen müssen, hier war es oft fad, weil die dummen Mannsbilder immer verlangten, man solle einmal die Brüste, dann wieder den Popo mehr herausstrecken, sich auf die andere setzen und so weiter, oft hätt man sich dabei das Kreuz brechen können! Aber wir waren lustige, gewandte und geschmeidige junge Dinger, drehten und wanden uns, taten weiß der Teufel wie geil, schleckten unsere Zwetschgerln, daß es nur so quatschte, und sagten uns allerhand Blödheiten in die Ohren, die die Männer ja nicht hören durften, weil sie sonst «aus der Stimmung» kamen, wie die Madame sagte! Das Merkwürdige im Gemäldesalon aber waren an jeder der sechs Wände sechs lebensgroße, schöne Ölbilder von nackten Weibern in ziemlich gepfefferten Stellungen! Sie waren sehr natürlich gemalt, und da war es oft eigenartig, in der Mitte auf dem großen Sofa zu verkehren, es war, wie wenn die sechs Weiber einem zuschauen möchten und neidig wären, mit ihren gemalten Fummerln. Ich hatte mich schon oft unter Brücken und hinter Planken stöpseln lassen und dabei Zuschauer gehabt und machte mir nichts draus, erstens waren es ja selbst Weiber und zweitens waren sie eben aufgemalt und drittens, wenn sie bei der Madame Yvonne waren, waren es bestimmt keine Jungfern mehr! Am ersten Abend gleich wurde ich von einem kleinen, dicken Fabrikanten mit der Tatjana zusammen ausgesucht. Die andern Mädeln verschwanden sofort, die Madame begleitete uns drei zum Gemäldesalon und hielt den Vorhang auf. Der kleine Fabrikant ließ sich von uns aus dem Rock helfen, streifte rechts und links die Hosenträger herunter und dann knöpfte ihm die Tatjana, die ihn schon kannte, langsam das Hosentürl auf, wobei sie flötete und pfiff wie so ein Kanari! «Thui . . . thuiii . . . wo ist das schöne Vogerl?» Der Mann bog sich zurück und ächzte befreit auf, wie sein kleiner, aber dicker Schwanz herauskam! «Jetzt habt euch lieb, recht lieb! Ja?! Aber schön plaudern dabei, zärtlich plaudern, das hat er gern!» Tatjana ließ sich auf das Sofa fallen und zog mich zu sich, wobei sie mein leichtes Hemderl hinaufstreifte. Der Mann saß neben dem Sofa im Fauteuil, rieb seinen kleinen Schwanz und schaute uns an, wie wenn er uns wenigstens fressen wollt! Tatjana hatte so eine eigene, saublöde Sprache, wie sie nur in ganz dummen Romanen vorkommt, aber das war grad das Richtige, darauf wurden die Männer geil! «Du süße kleine Geliebte», sagte sie zu mir, schnurrend wie eine Katz und ließ ihre Nasenflügel beben wie so eine Schauspielerin, «du mein einziges Kleinod . . . ah, wie süß deine Brustknospen sind! Erlaubst du deiner Tatjana, diese süßen Honigblüten mit den Lippen zu streicheln?» Derweil sie das laut und ganz geschwollen dahersagte, kitzelte und leckte sie mir die Warzerln ganz geschickt und flüsterte mir hie und da etwas Lustiges ins Ohr, das gehörte nur für uns zwei! Ich hielt das Lachen zurück, spielte Komödie, tat gschamig und warf mich hin und her. Ich spreizte die Schenkel und der Herr Fabrikant beugte sich so darüber, als wollte er in mein Löcherl überhaupt hineinkriechen. Dabei vergaß er fast, weiterzureiben. Die Tatjana bog mir die Schenkel noch weiter auseinander, plapperte unaufhörlich, bald wie im Theater, bald nur mir ins Ohr. «Ach, du Herrliche, wie du deine Tatjana heute wieder beglückst! Süße Mabel! (Wannst Pepi heißt, mach i dirs net!) Dein Schoß duftet nach Veilchen und Narzissen (g'waschen bist ja heut, gelt?), darf ich meine zitternden Lippen in dein duftendes Blumengärtlein pressen? Oh, ich vergehe vor Wonne! (Und ihm kommt's no alleweil net!) Kein Mann darf dich jemals berühren, du gehörst nur mir, mir, allein! (Nur, wann aner ordentlich zahlt.) Komm, komm, beselige auch mich mit deinen Lilienhänden (schau, daß du drin net stecken bleibst), so so, ja jaa, jaa, aaah . . . ich ertrage es nicht, du treibst mich zum Wahnsinn mit deinen Liebkosungen! (Da könnt man ja Junge kriegen!) Jetzt! Jetzt naht uns beiden der süße Augenblick! Ohhh . . . chhhh . . . hhh . . .» Tatjana ließ sich den Kopf über den Sofarand hängen, spreizte die Schenkel, seufzte, zuckte mit den Lippen und den Augenlidern, krallte die Finger und machte sehr geschickt so, wie wenn es ihr literweise kommen möcht! Mir waren wirklich ein paar Tröpferl gekommen, die Tatjana war wirklich geschickt beim Fingerln, ich spielte halt mit, warf mich über sie und preßte ihre Brüste wie nicht gescheit! Der Fabrikant war schon feuerrot im Gesicht, wir blinzelten aus halbgeschlossenen Augen zu ihm hinüber, stießen und zwickten uns verstohlen und freuten uns! Sein Mund stand offen, die Zunge hing ihm beinahe heraus, er schwitzte und die Tränen kamen ihm vor lauter Aufregung! Und er rieb und riß an seinem armen kleinen Schwanz, daß die Tatjana flüsterte: «Jetzt reißt er glei ab!» Das ging: «Ahahaahaha . . . mmmmhhh . . . uuhhh . . . uchhh . . . öch . . . uuuuu . . .» Endlich blökte er auf wie ein Lamperl und aus seiner müden Eichel krochen ein paar Tropfen gelblicher Samen langsam über seine dicken Finger. Er stöhnte tief auf, ließ sich zurückfallen und alle viere hängen, sein Schwanz zuckte noch einmal und zog sich zusammen wie eine Schnecke. «No, alsdann, letzter Akt!» sagte die Tatjana leise. Nach ein paar Minuten ging er, er hatte uns, nachdem die Komödie zu End war, gar nimmer viel angeschaut, aber jede hatte ihre 25 Gulden, und wir brachten gleich der Madame unsere Fünfer. Die grinste wie Zucker so süß, tätschelte mir den nackten Busen, die Alte, und sagte: «So is recht, gleich am ersten Abend so fleißig, Goldherzerl!» Das ging jeden Tag so, die meisten Männer, meist ältere Herren, ließen sich nur eine Komödie vorspielen, je mehr Blödsinn wir zusammenredeten, desto besser und schneller kam es ihnen. Ich bekam meist meine 15 oder 25 Gulden, die Madame und der Franz immer einen Fünfer und der sagte zufrieden: «No, alsdann, schau i auf dich? A ordentliche, geregelte Arbeit muß der Mensch haben!»

Einmal fragte ich die Tatjana, wie es denn die Madame mache, daß sie von unseren 5 Gulden immer die piekfeine Wohnung, unsere Garderobe und alles bestreiten könnt, das war mir nicht klar. Die Tatjana lachte nur und sagte: «Geh, du Tschapperl, so lang bist scho bei dem Leben und kennst di no allerweil net aus!» Am selben Abend zeigte sie mir den Haupttrick der Yvonne, und da hab ich wirklich geschaut. Grad war ein Herr mit der Carmen und der Jeanette im Gemäldesalon und spielte

«Schule» mit ihnen. Das war eine Berühmtheit bei uns, und ich hätt für mein Leben gern einmal zugeschaut. Die Tatjana sagte mir, ich solle recht leise auftreten und kein Wort sagen und führte mich zu einem der winzig kleinen Korridore, die zum Gemäldesalon führten. Jeder dieser Korridore war eigentlich nur einen Meter lang, die Seitenwände waren aus ganz dünnem Holz. Die Tatjana drückte, die Seitenwand gab nach und war eine Tür. Jetzt nahm sie mich an der Hand und führte mich durch einen ganz schmalen, schrecklich dunklen und gewundenen Gang, jeden Moment hätte ich mich angestoßen, wenn sie mich nicht geführt hätte, der Gang bog jeden Moment um die Ecke. Nach ein paar Schritten hörte ich ein unwilliges Brummen, irgendwer wich uns da vorn in der Finsternis aus, und ich hörte, wie die Tatjana einem Mann da vorn in der Finsternis zuflüsterte: «Entschuldigen tausendmal, Herr Direktor, die Mabel möchte so schrecklich gern einmal die Gucklöcher sehen!» Der Mann tuschelte zurück: «Wenn ihr mich schon stören müßt, Fratzenwerk, dann laßt mir wenigstens eure Gucklöcher ein bissel!» – «Aber gern, Herr Direktor! Gelt, Mabel? Dafür müssen Sie die Mabel aber auch schön durchschauen lassen!» Auf einmal wurde es in dem kleinen Gang ein wenig lichter, der Mann war zurückgetreten und ein dünner Lichtstrahl fiel zu uns herein durch zwei winzige, nah beisammen stehende Gucklöcher. Tatjana schob mich hin, und fast hätte ich aufgeschrien vor lauter Verwunderung. Man sah direkt in den Gemäldesalon. Ich schaute rundherum und begriff, daß ich grade hinter einem der großen Frauenbilder stand, die ringsherum gemalt waren. Die Augen des Bildes waren geschickt ausgeschnitten, und so konnte man in dem kleinen Gangerl stehen und schön zuschauen. Und nachdem sechs Bilder da waren, sahen oft wahrscheinlich sechs Mannsbilder zugleich zu, wie sie drinnen im Gemäldesalon sich plagten. Ich war schrecklich neugierig, denn so oft ich auch schon bei so was zugeschaut hatte, so unbelauscht zusehen zu können war doch was Neues. Ich preßte die Augen an die Löcher und merkte dabei kaum, wie der Herr Direktor, der uns Platz gemacht hatte, mein leichtes Schleierkleid hob und seinen harten Finger in mein Trommerl stieß. Ich spreizte die Beine, sollte er es recht bequem haben, ich spürte kaum was, jetzt wollte ich zuschauen. Neben mir stand die Tatjana, griff mir am Busen herum, und ich hörte sie flüstern: «Bei mir ist er auch schon drin. Halt schön still!» Jetzt begann uns der Herr in der Dunkelheit zu fingerln, aber drinnen saß der Mann, der immer Schule spielte. Er war alt und mager und grün im Gesicht, er erinnerte mich ein bissel an meinen Hofrat mit dem Lineal. Und die Carmen und die Jeanette standen in kurzen blauen Matrosenröckerln vor ihm, die kaum bis zum halben Schenkel gingen, und dazu weiße Matrosenblusen und jede eine weiße große Masche im Haar, wie die Schulmäderln. Sie machten ganz ängstliche Gesichter, und die Carmen hatte den Finger im Mund. Er saß auf dem großen Sofa und knurrte recht streng: «Also du, Carmen, hast heute wieder einen Vierer im Rechnen bekommen! Du faules, böses Kind! Warum gibst du nie acht? Wieviel ist zweimal dreizehn?» Die Carmen machte ausgezeichnet den Wurstel, ganz ängstlich schaute sie ihn an und verzog das Gesicht, es sah so komisch aus, weil sie viel größer war als er. Ganz weinerlich stotterte sie: «Zweimal dreizehn . . . zweimal dreiz . . . bitte, siebenundzwanzig!» – «Waaas? Siebenundzwanzig? Du wirst nie rechnen lernen, du böser Fratz! Was soll denn aus dir werden? Es tut mir schrecklich leid, aber ich muß dich bestrafen. Jeanette, du wirst deiner Schwester zwei Schläge auf ihren großen, dicken, faulen Popo geben!» Die Carmen tat ganz verzweifelt und wehrte sich zum Schein gegen die viel kleinere Jeanette, die ein ganz strenges Gesicht machte. Da ließ sich die Carmen endlich schluchzend und raunzend auf alle viere nieder und zog sich selbst das winzige Röckerl hinauf. Den schönen, vollen schneeweißen Popo kehrte sie dem Herrn Lehrer zu, und sicher dachte sie sich was dabei. Jetzt hob Jeanette gleichfalls ihr Kitterl und setzte sich rittlings auf Carmens Rücken, aber verkehrt. Die Schenkel der zwei Mädchen konnten sich sehen lassen. «Bitte, rechts oder links zuerst, Herr Lehrer?» – «Erst rechts!» Jetzt holte Jeanette mit der Hand aus und man sah, wie sie das Lachen verbeißen mußte. Die Carmen kriegte rechts und links mit der flachen Hand einen klatschenden Schlag, aber weh getan hat sie ihr sicher nicht dabei. Aber die Carmen begann laut zu weinen, schrie auf und heulte «Aaauh», legte den Kopf auf den Teppich und schluchzte herzzerreißend, die Komödiantin! Dabei vergaß sie aber nicht, den Popo noch weiter herauszustecken, daß er fast das Knie vom «Herrn Lehrer» berührte. Sie spreizte dabei die Schenkel, so daß er auch ihr schönes rosarotes Fummerl mit den schwarzen Haaren sehen konnte, und sicher war er schon geil wie ein Stier, sehen konnte ich nichts, weil er mit dem Rücken zu mir saß. «Und du, Jeanette, darf man seine ältere Schwester hauen? Ha? Darf ein Mädel so roh sein?» – «Sie haben mir's ja selber angeschafft, Herr Lehrer!» – «Was? Frech bist du auch? Das werd ich dir austreiben! Augenblicklich legst du dich über mein Knie!» Jetzt begann wieder die Jeanette zu flennen und zu winseln, aber er packte sie um die Hüfte, riß sie wild an sich und warf ihren Oberkörper über sein Knie. Mit der einen Hand hielt er das Röckerl gerafft und steckte ihr dabei den Zeigefinger hinein, mit der andern drosch er wie wild auf ihren Popo, der wirklich ganz rot wurde. Sie biß und kratzte seine Waden, aber das spürte er in seiner Geilheit gar nicht. «Uuuuh . . . uuu . . . neeein . . . bitte nicht . . . bitte niiicht!» Aber er klatschte weiter wie ein Verrückter, die Carmen war aufgesprungen, tanzte und hüpfte um die zwei herum und machte eine lange Nase. «Ätsch, ätsch, Jeanette kriegt den Popo voll!» Augenblicklich hörte der «Herr Lehrer» zu hauen auf, ließ die Jeanette los, die sich schluchzend den Popo rieb, und brüllte: «Was ist denn das wieder? Darf man seine Schwester auslachen, wenn sie bestraft wird? Also schadenfroh bist du auch noch? Und Jeanette ist verstockt und kratzt und beißt! Ich weiß wirklich nicht mehr, was ich mit euch beiden anfangen soll! Aber ich will euch noch diesmal verzeihen, wenn ihr hübsch mit mir spielt!» – «Jaaa, jaaaa, Herr Lehrer, bitti, bitti, bitti spielen!» Die zwei gehauten Mädeln umhupften und umtanzten ihn, klatschten in die Hände wie achtjährige Fratzen, und er drehte sich um, setzte sich recht breit hin. Diesmal konnte ich sein Gesicht sehen. Dann fragte er streng: «Was ist der Herr Lehrer?» – «Ein Mann, ein Mann!» – «Und was bist du, Carmen?» – «Ein kleines Mädi!» – «Und du, Jeanette?» – «Auch ein Mädi!» Das hab ich schon gern, wenn ein Mann sich von unsereinem immer sagen läßt, daß er ein Mann ist, ist schon nimmer viel los in seinem Beutel. «Was hat der Mann zwischen den Beinen?» Jetzt verdeckten die zwei das Gesicht und mußten sich wieder einmal schämen. Endlich zeigte die Jeanette auf wie in der Schule und sagte ganz schüchtern: «Bitte, den Schwanz, Herr Lehrer!» – «So, woher weiß denn ein kleines Mädel so was?» – «Bitte, die Carmen hat's mir gesagt!» – «So, du, Carmen? No, da weißt du vielleicht auch, was die Frau dort hat, zwischen den Beinen?» – «Die Feige, Herr Lehrer, die Fut. Die will immer den Schweif drinnen haben!» – «Wie schmeckt der Schwanz?» – «Oh, süß, Herr Lehrer, schrecklich gut. Sooo gut!» – «Wollt ihr jetzt den Schwanz kosten?» – «Jaaa, bitti, bitti, feeein, Herr Lehrer!» – «Also kommt her, aber brav sein!» Augenblicklich saßen die zwei Mädeln neben ihm, Carmen riß seine Hose auf und die Jeanette fuhr tief hinein und holte seine Hoden und den langen roten Schweif heraus. Dann warfen sie sich rechts und links über seine Schenkel und begannen zu lecken, zu saugen und zu küssen, daß es schmatzte und schallte. Er hatte den Oberkörper weit zurückgeworfen und klapperte mit den Zähnen. Dabei hielt er die zwei Mädeln fest an den Haaren und drückte sie noch fester mit dem Mund an sein geiles Geschirr. Die Mädeln stießen sich mit den Köpfen hin und her, die Maschen in ihren Haaren tanzten nur so, und sie stellten sich an, als ob sein Schweif das Süßeste auf der Welt wär. Er aber keuchte abgerissen: «I-i-ist der Schwanz guuut? . . . schmeckt er euchhh . . . Ist er süssss? . . . schmeckts . . . schmeckts . . .?» Die zwei leckten noch fester und grunzten nur manchmal halb erstickt: «Mhhh . . . guuuu . . . guuuut . . . mhmmmm . . .» Endlich war er soweit, die zwei richteten sich mit ganz roten Gesichtern auf und wischten sich den Samen vom Mund. Erst jetzt, wie alles zu Ende war, fühlte ich wieder den Finger vom Herrn Direktor, der die ganze Zeit mich brav ausgeputzt hatte und spürte, wie ihm mein heißes Safterl über die Finger rann. Ich zwickte seine Hand zwischen meine Schenkel und preßte dabei Tatjanas Busen. Die Tatjana und der Direktor waren derweil auch nicht faul gewesen. Sie hatten sich's gegenseitig mit der Hand gemacht. Als der «Herr Lehrer» mit seinen «Schulmädln» aus dem Salon draußen war, ließ die Tatjana mich aus dem Gang heraus und erzählte mir, in dem Gang wären oft sechs Herren auf einmal, nur die kämen immer früher, so um acht herum, wenn noch nicht einmal wir Mädeln da waren. Dann stellten sie sich in den kleinen Gang, der um den sechseckigen Gemäldesalon herumführte, und durften für 20 Gulden eine ganze Nacht lang bei allem zuschauen. Es waren ganz gewöhnliche «Spießer» oder «Spitzer», wie die Pratermädeln das genannt hatten, aber die Tatjana sagte mir ein ganz neues, komisches Wort dafür, ein französisches: «Voyeur». No, ob Voyeur oder Spießer, leid tun sie mir beide, da vögel ich doch lieber selber. Aber jetzt wußte ich, woher die Madame Yvonne ihr vieles «Gerstl» her hatte, die ganzen Zuschauertaxen steckte sie ein und unsere 5 Gulden dazu! Ich rechnete mir aus, daß so die Madame Yvonne ihre schönen 100 Gulden im Tag einsteckte. Da konnte sie leicht süß und lieb zu uns Mädeln sein. Besonders mich hatte sie ins Herz geschlossen und «Pepi hinten», «Pepi vorn» ging es den ganzen Tag. Wir wohnten nicht bei ihr, und so hatte keine Schulden, weg ließ sie aber keine gern! Ich schlüpfte, so oft ich konnte, in den verbotenen Gang, schaute zu und rieb den Männern zum Dank so per Hetz ein bissel die Schweife, wenn sie sich gar zu hart taten. Da gab es manches Extratrinkgeld, von dem aber die Madame nichts zu wissen brauchte. Wer mir in dieser Zeit abging war der Franz. Das heißt, er ging mir gar nicht ab, aber als der gemeine Kerl einmal drei Tage hintereinander nicht zu mir kam, da ging ich ins Café *Oberlechner* und fragte. Da erfuhr ich zu meiner Freude, daß sie den Franz «verschüttet», eingesperrt hatten. Die Mädeln erzählten mir flüsternd alles, der Franz war nicht nur mein Strizzi gewesen, fünf oder sechs andere arme Mädeln hatte er durch ähnliche Drohungen und Erpressungen so weit gebracht, daß sie für ihn auf den «Trab» gingen. Da war wieder ein neues Mädel aufgetaucht, und Franz wollte seine Lumperei mit dem «gestohlenen» Uhranhängsel wiederholen. Er stahl einem der Herren, der die «Neue» – sie hieß Milada – ins Hotel mitnahm, vorher im Kaffeehaus eine Zigarettendose und wollte die unschuldige Milada als Diebin hineinlegen. Aber die Sache kam auf, der Gast ließ die Polizei holen, die beide, den Franz und die Mila, mitnahm. Franz hat sich dann noch beim Verhör recht gemein und schweinisch benommen, hat gesagt, die Mila wäre geschlechtskrank und eine Gewohnheitsdiebin. Aber da geschah etwas Besonderes. Alle Mädeln im *Oberlechner*, die der Franz alle einmal übers Ohr gehaut und ausgebeutet hatte, zeugten gegen ihn und tunkten ihn recht hinein, wie ein Mann standen sie gegen ihn und erzählten alle Schweinereien und die Zigarettendose fanden sie auch bei ihm und so ging der Franz gewaltig ein. Drei Jahre bekam er wegen Diebstahls, Zuhälterei, Hehlerei, gefährlicher Drohung und was weiß ich. So war ich ihn los und freute mich wirklich. Denn selten war ein Mensch so gemein zu mir gewesen und, was ich ihm am meisten übelnahm, ich war für ihn nur die «Gas» gewesen, wie die Zuhälter ihre Mädeln nennen. Er hatte mich nur ein einziges Mal damals unterm Haustor gestempelt und dann nimmer angerührt und mir nur immer das Geld abgenommen. Jetzt konnte er es im Kotter sich selbst machen, wir gönnten es ihm ehrlich! Am selben Abend hatte ich noch ein hübsches Erlebnis bei der Madame. Es kam endlich wieder einmal ein netter Junge zu uns, einer mit einem anständigen Schwanz, der noch was konnte.

Er war beim Trabrennen gewesen und hatte viel gewonnen, seine Brieftasche war ganz dick und er war sehr gut aufgelegt, lud uns Mädeln alle vier auf Champagner ein! Wir waren alle ein bissel angeheitert, tollten, lachten und sangen im Salon, und er sagte, er wolle uns eine schöne «Rätselvögelei» zeigen. Er ließ uns alle vier «antreten», wir mußten uns in einer Reihe über das Sofa bücken und am Rand aufstützen, und er hob uns allen die leichten Kitterln, so hatte er eine schöne Reihe von braunen und weißen Popscherln vor sich. Sein junger brauner, kräftiger Schwanz stand schon parat, er wollte uns der Reihe nach vögeln, aber jede sollte nur einen Stoß bekommen. Wir sollten erraten, bei welcher er dann spritzen würde. Wir rieten zuerst alle auf die Carmen, die als erste stand. Jetzt ging er von einer zur andern, setzte behutsam seine Lanze an, und wir hörten jede stöhnen, wenn sein kräftiger Schwammerling in sie hineinfuhr. Mit dem Popo wackeln oder «Kontra»-geben war verboten. «Aaaaaachtung! Tschick! Tschuck! Zuuuu-rück!» Wir sahen alle über die Achseln und reckten den Hintern weit heraus. Jede bekam ihn einmal, kurz und fest und tief hinein, und er war knapp dreimal bei jeder gewesen, da kam es ihm beim dreizehntenmal, und zwar bekam ich das heiße Bacherl hinein und nicht die Carmen. Jetzt hatten wir alle verloren, aber es bekam doch jede 5 Gulden und jetzt richtete der brave Bursch es so ein, daß jede einmal ein Klistier bekam und wir alle dabei gewannen. Allein diese «Fünf-Gulden-Preise» haben dem jungen Schlaucherl 100 Gulden sicher gekostet, aber dafür hatte er das Ficken selber umsonst. Leider kam er nur alle Monat einmal, sonst wär es ihm zu teuer gekommen. Alles in allem ging es mir, seit «mein» Franz eingenäht war, glänzend, aber kurz bevor ich meinen ungarischen Leutnant kennenlernte, hatte ich noch ein Erlebnis, das mich tief erschütterte! Ich ging gegen ein Uhr nachts von der Madame nach Haus und stolperte in einer kleinen Gasse der Inneren Stadt über einen alten Bettler, der auf den Stufen vor einem Haustor saß. Er kollerte herunter, blieb auf dem Rücken liegen und lallte. Ich erschrak und wollte ihn am Arm packen, um ihm aufzuhelfen, da sah ich im Mondschein sein armes, versoffenes, verwüstetes und stoppliges Gesicht und es wurde mir – das war nur zwei- oder dreimal in meinem Leben – schwarz vor den Augen! Der alte Strotter war mein Vater! . . . Im Gasthaus ließ ich ihm erst viel schwarzen Kaffee geben, den goß ich ihm mit Gewalt ein. Aber auch jetzt wurde er noch nicht ganz nüchtern, er schlug bloß seine fiebrigen, ganz blöden Augen auf und glotzte leer herum. Ich rüttelte ihn am Arm und sprach zu ihm, wobei mir ununterbrochen die Tränen herunterliefen! Langsam kam er zu sich: «Fräul'n . . . ah, bist a so ane . . . Sö san lieb . . . Geld hab i kans . . . a alter Bsuff . . . Schad um den Schwarzen . . . so schön b'soffen war i . . . hätten S' mich lassen . . . mei Ruh . . . mei Ruh will i . . .» – «Vater! Herr Vater!! Kennen S' mi denn nimmer? I bin ja die Pepi!» Hellauf hab ich geweint! Er fuhr mit seiner unsicheren, schmutzigen alten Hand über mein Gesicht und gurgelte: «Ah, da schau her . . . die Pepi bist . . . so schön . . . kommt die Pepi z'ruck zum Vatern . . . dir muß es aber gut gehn . . . nix als wie Seiden umadum . . . die Pepi . . . die anzige, was si no kümmert um den Vater . . . i krepier eh bald . . .» Da klaubte ich ihn aber zusammen und führte ihn, der torkelte und schwankte und sich erbrach, zu mir hinauf und machte ihm ein Bett am Sofa. Er schluckte und rülpste, war schon wieder ganz weg, ließ alles mit sich geschehen und sagte nur immer: «Ja, die Pepi . . . a Nobelhur is jetzt, die Pepi . . .» Und die ganze Nacht bin ich wach gelegen und hörte ihn schnarchen und weinte bitterlich! Wenn er auch heruntergekommen und ein alter Bsuff war heut und mich als Kind vergewaltigt hatte, mein Vater war er halt doch! Das letzte, was ich noch auf dieser Welt hatte. Am nächsten Morgen hat er mir dann alles erzählt. Stotternd und stockend, bald verschämt, bald trotzig und bitter. Daß er sich mit allen Geschwistern zerstritten hat und nach und nach sind alle weg von zu Haus. Wie ich weg bin, war auch kein Geld mehr da, geborgt hat den Mutzenbacherischen keiner was, Arbeit hat er keine gefunden – wahrscheinlich auch keine mehr gesucht –, und so kam er immer mehr herunter, machte den Leuten im Gasthaus den Bajazzo, dafür, daß sie ihm ein Gulasch und ein Seidel zahlten!!! «Und umanandergestoßen habens mich . . . und ham mir an Paprika ins Bier einig'schütt . . . und an alten Teppen g'heißen . . . und an Peitscherlbuam . . . und Hendlfedern habens mir hint neing'steckt . . . die Fallotten übereinander . . . brauchst nur fragen in der Vorstadt . . . jed's Kind kennt den narrischen Mutzerl . . . Mutzerl, so haß i . . . vergelts Gott, steht nimmer dafür . . .» Ich gab ihm 10 Gulden, er solle sich ein G'wand kaufen und schauen, daß er wieder einem Menschen gleichschaut! Mehr wollte ich ihm für den Anfang nicht geben. Und er solle sich wieder einmal anessen und das Geld nicht versaufen und nachmittags wiederkommen, ich würde mit ihm Arbeit suchen gehen oder sonst was! Er ist aber nicht wiedergekommen. Am Nachmittag nicht und später auch nicht. Er war schon ganz willensschwach, hat sicher den Zehner sofort verpulvert, meine Adresse verloren und blieb verschwunden. Ich hab ihn nie mehr gesehn . . .

7. Kapitel

Abenteuer in Ungarn

Eine sehr liebe und für mich wichtige Bekanntschaft hab ich bei der «Madame Yvonne» gemacht. Ferry von Öfalay hat er geheißen, ein adliger Husarenleutnant aus Ungarn. Er hat mir den Hof gemacht und Präsente wie einer Burgschauspielerin und ist nur wegen mir gekommen. Wenn ich mit ins Bett bin, hab ich immer vergessen, daß ich es ja für Geld tu, so gut hat er's verstanden, und eines Tages machte mir Ferry den Vorschlag, mit ihm auf Urlaub zu fahren! Auf drei Wochen! Er hatte dort ein Gut und wollte auch seine alten Regimentskameraden, die in der Nähe von dort in dem Städtchen Örmezö einquartiert waren, besuchen. Ich flog ihm um den Hals und küßte ihn ab wie verrückt, ich war eigentlich nie auf Reisen gewesen und gar Ungarn hatte man mir geschildert wie das ewige Leben! Die Männer nobel und ritterlich und auch sonst nicht ohne, gut gegessen und noch mehr getrunken sollte dort werden, Zigeunermusik und was weiß ich nicht noch alles! Schwer war es nur, mich von der alten Koberin, der Yvonne, auszubetteln, es ist ja wahr, die meisten Herren fragten immer nach mir, und wie es hieß, ich verreise mit dem Ferry, riß sich die Alte fast die letzten Haare aus und jammerte um ihre «beste Nummer». Der Ferry mußte ihr was in die Hand drücken, sie lächelte zuckersüß und mußte mich endlich loslassen, denn Schulden hatte ich ja keine, und außerdem versprach ich ihr, nach den drei Wochen wieder bei ihr zu arbeiten. No, ein bissel warten konnte sie da schon. Und am nächsten Tag saß ich mit Ferry im Coupé und über Marchegg und Preßburg fuhren wir weit ins Ungarische hinein, ich schaute, wie wenn ich gestern auf die Welt gekommen wär, mir war das alles so neu, die Ochsen- und Pferdeherden, die himmelhohen Ziehbrunnen, die Bauern in den weiten Leinenhosen! Spät erst gegen Abend kamen wir an, ein wunderschöner Landauer erwartete uns an der Bahn. Auf dem Bock saß der Janci, der Pfeifendeckel vom Ferry, ein verschmitzter, lustiger brauner Bursch, der seinen Herrn strahlend angrinste. Und über eine Stunde fuhren wir noch durch Felder, die alle zu Ferrys Gut gehörten! Und die Dienerschaft auf dem Gut Öfalay begrüßte uns, wie wenn wir der König und die Königin selber wären, König sagen sie in Ungarn auf den Kaiser. Alle hatten den «gnädigen jungen Herrn» gern, die Mädeln auf dem Gut noch aus einem andern Grund. Ich hatte ein eigenes, komisches Zimmer mit lauter schnell zusammengetragenen Sachen und einem schrecklich hohen Bauernbett. Und am nächsten Tag hat mir der Ferry alles gezeigt, das Gestüt mit den wunderschönen braunen und schwarzen Pferden, die wieherten, wenn man ihnen den Hals klopfte. Die Rinder mit ihren gekrümmten Hörnern, die molligen Bakonyerschweindeln, die ganze Menagerie. Jedes Kind kannte meinen Ferry, und er war lieb zu allen. Ich mußte so viel anschauen, daß mir der Kopf weh tat, und als ich einem Pferd ein Stückerl Zucker auf der flachen Hand hingab, fragte Ferry verschmitzt: «Pepikem, kannst du reiten?» – «Hab ich nie probiert! Geh, zeig mirs!» – «Gut ist, mein Engel, morgen sieben Uhr früh erster Ausritt!» Am nächsten Tag weckte mich ganz zeitlich der Jancsi und lachte übers ganze Gesicht, als ich ganz verschlafen auffuhr und mir die vollen Brüste aus dem Hemd sprangen, aber ich schmiß ihm einen Polster auf den frechen Schädel und war in zwei Minuten angezogen, nur einen weiten Rock und ein leichtes Sommerbluserl. Draußen wartete schon der ausgezeichnet aufgelegte Ferry mit seinem wunderschönen Hengst «Hajnal», das heißt «Morgenröte», ein wunderschöner Rappe. Und der Ferry war heut angezogen ganz wie ein ungarischer Bauer, weite Leinenhose, die «Gatya», ein ähnliches Hemd und drüber ein kurzes, gesticktes Jackerl. Als er mich in den Sattel hob, packte er mich so an einer gewissen Stelle, daß es mich gleich riß und war mit einem einzigen Sprung hinter mir im Sattel, reiten hat er können wie der Teufel. Es war ein wunderschöner Morgen, alles noch wie in einem leichten Nebel, weit und breit kein Mensch, und wie wir einige Minuten vom Gut weg waren, sprang er ab, hob mich herunter und setzte mich – der Lump – verkehrt in den Sattel! Da bekam ich doch Angst, klammerte mich an Hajnals Mähne, es saß sich so komisch, den Pferdekopf hinterm Rücken! Aber der Ferry beruhigte mich und half mir, mich bequemer zu setzen. «So, Pepikem, jetzt legst du Köpferl auf das Hals von Roß und schaust ein bissel in die Luft, wie die Vögel fliegen!» Ich ließ mich ein bissel zurückfallen, der gescheite Gaul machte direkt einen Polster aus seinem Hals für mich, und es war ein eigenartiges Gefühl, so gerüttelt und geschaukelt zu werden und oben flogen Schwalben vorbei. Da spürte ich einen leisen Luftzug auf meinen Schenkeln, die Beine ließ ich rechts und links herunterhängen. Ferry hatte im Reiten den Rock hinaufgezogen! Bevor ich die leichte Schoß wieder herunterziehen konnte, war ich auf dem Sattel festgenagelt, ich wußte selber nicht wie! Ich hatte Ferrys Sporn tief drin, kreischte ein bissel, aber er schloß mir mit einem festen Bussel den Mund! Und jetzt schnalzte Ferry leise mit der Zunge und das Pferd setzte sich in einen leichten Trab! So schön hab ich noch selten gevögelt, bei jedem Sprung des Pferdes drang mir Ferrys Stachel schön tief und schnell hinein, wir vögelten gar nicht selbst, rein durchs Reiten, ganz allein kam es uns. Es war, wie wenn das gescheite Rösserl gewußt hätt, was mir und seinem Herrn gut tut, wahrscheinlich hatte es den Ferry schon öfter auf solchen «Spazierritten» getragen! Bei der nächsten Wegbiegung – wir ritten zwischen hohen Akazienhecken – kam es mir so stark, daß es rechts und links vom Sattel heruntertropfte! Auch Ferry warf sich zurück und stieß einen leichten Juchzer aus! Dann sprang er ab, ließ seinen heißen Schweif in der Morgenkühle ausdampfen, wartete, bis ich wieder ein bissel mich zurechtgeschnappt und «nachgenossen» hatte und hob mich dann herunter. Am liebsten hätt ich mich gleich am Wegrand ins Gras geworfen, um weiterzuspielen, von mir aus ohne Sattel, aber er schüttelte lachend den Kopf, schupfte mich wieder hinauf, aber diesmal richtig. Und als er wieder oben saß, griff er von hinten in mein leichtes Sommerbluserl und ließ auch meine Tutterln ein wenig Luft schnappen. Hajnal ging jetzt im Schritt, die Felder und Bäume rochen wunderbar, meine Warzerln strafften sich unter Ferrys Fingern und hinten fühlte ich im Kreuz, wie sein Sporn sich langsam wieder straffte. Wir haben sicher flott ausgesehen, wir zwei, wie wir so daherkamen, ich mit nackten Schenkeln, Ferry ein Lied pfeifend und die Finger an meinen Brüsten! Ein alter ungarischer Bauer, der grade des Weges kam, dem fiel fast die lange Pfeife aus dem Mund, während er vor dem Gutsherrn sein winziges Hüterl zog! Als ich mich noch einmal nach ihm umsah, trat der alte Bauer gerade zu einem Akazienstrauch und zückte sein schwarzbraunes Bajonett, das er, die Pfeife schön im Mund, mit Ruhe zu polieren begann! So hatten wir sogar dem alten Mann noch Appetit gemacht! Dabei war er sicher ein starker Sechziger! Ja, das Vögeln verstehen die Magyaren, das hab ich noch am selben Morgen gesehen. Wir waren vielleicht eine halbe Stunde vom Gut entfernt, ich saß wieder ordentlich im Sattel, wie eine Dame, und hielt mich nur leicht an Ferry an. Da huschte ein halbwüchsiges braunes Bauernmädel über den Weg, kreischte auf, wie sie uns sah, konnte aber nicht so schnell davon und im drübern Feld verschwinden, weil sie irgendein Riesentrumm in der Schürze trug, das sie hinderte. Zum Unglück stolperte sie noch und eine riesige Melone kollerte aus ihrem Fürtuch. Ganz erschrocken und blutrot blieb sie stehen und sah ganz verdattert zum Ferry auf, der mit einem lustigen Pfiff das Pferd anhielt. «Bassama! Das ist die freche kleine Borsika, die Tochter vom Istvan. Das stiehlt wie die Raben. Melonen hab ich ja genug, aber . . .» Ferry sprang ab und tat zuerst streng mit der kleinen Bauerndirn, die aber bald ganz zutraulich wurde. Ferry machte erst ein Gesicht wie ein böser Wächter, drohte mit dem Finger, zeigte auf die Melone und klopfte dann dem Mädel den Popo, wobei er irgendwas sagte, das die kleine Bäuerin noch röter werden ließ. Aber jetzt war sie schon ganz getröstet, lachte Ferry ganz keck an und Zähne hatte das Mädel wie Kukuruzkörner, so groß und weiß! Sie sprachen ungarisch, ich verstand freilich kein Wort, aber meinen Ferry kenn ich doch! Sie fingen zu tuscheln an, das Mädel fuhr zusammen, legte die Hand an die Wange und sah mich mit so entsetzten Augen an, daß ich laut herauslachte. Ferry legte ihr den Arm um die Hüfte, hob ihr blutrotes Gesichtel empor und küßte sie und sie versteckte ihr Gesicht in der Schürze. Ferry blinzelte mir zu und winkte bittend, ich hatte gar keine Pferdeangst mehr und gab dem lieben Hajnal einen leichten Klaps, der ging mit mir ein paar Schritte weiter. Aber dann sah ich doch über die Schulter zurück! Ferry hatte die kleine Bäuerin vorgenommen, aber so, wie nur er es konnte! Er hatte den einen Arm auf ihrem straffen Popo und schwenkte sie unter leichten Schmeichelworten hin und her, sie hatte die Hände vor dem Gesicht, schielte aber verstohlen durch die Finger auf Ferrys Pumpenschwengel, den er langsam herausließ! Und plötzlich warf er sie über sein linkes Knie geschickt nach rückwärts, halb ins Korn hinein! Sie wehrte sich und sagte immer: «*Szent isten . . . szent isten* . . . heiliger Gott!» Aber Ferry küßte sie schallend und drückte ihr den Kopf in die Ähren, während seine Rechte das leichte Röckerl, das ohnehin schon hinaufgeflattert war, ganz hinaufschob! Die Kleine war gewachsen, daß sich manche Städtische alle zehn Finger hätt abschlecken können!

Die Schenkel und die Waden wie gedrechselt, das Schoßerl hübsch pechschwarz bewachsen und die Brüste wie zwei Apferln! Jetzt schob Ferry, der sich halb auf sie hatte fallen lassen, seinen einen Schenkel zwischen ihre Beine, daß sie sich nicht schließen konnten und wälzte sich langsam, immerfort flüsternd und küssend, über sie. Da kam es auch über die fesche Melonendiebin, mit einem kleinen Schrei warf sie plötzlich ihre braunen Beine um Ferrys Hüften, umschlang ihn und drückte ihm fast das Kreuz ab! Jetzt drang Ferry ein, und beide waren so unbekümmert, daß ich wunderschön sehen konnte, wie sich das Paradies der Kleinen weit und schwarz auftat und förmlich mit einem Schnapper Ferrys feurige Eichel verschlang. Sie bog sich, trotz Ferrys Last, ganz hohl und umklammerte ihn, daß er ganz rot im Gesicht wurde. Und der kleine braune Körper der Borsika und Ferrys stahlharter Reiterpopo, der die dünne Hose spannte, arbeiteten wunderbar im Takt. Ferry erstickte seine kleine Geliebte fast mit Küssen, während seine großen braunen Hände ihre kleinen Brüste fast zerdrückten. Manchmal sah ich auch bei der wilden Stoßerei ihre Gesichter! Ferry kaute an seinem kleinen Schnurrbart und blinzelte oft zwischen zwei Stößen selig zu mir herüber, das Gesicht des kleinen Mädels war ganz aufgelöst, schwarze Haarsträhnen hingen ihr in die Stirn, die spitzbübischen Augen waren vor Lust ganz gebrochen und die weißen Zähne knirschten! «Joj . . . joj . . . joj . . . hhh!» Und plötzlich ließ sie Ferry los, Arme und Beine lösten sich, sie schlüpfte geschickt unter ihm weg, zog ihr Röckerl zurecht und war mit ihrer Melone in den Ähren verschwunden, bevor ich überhaupt schauen konnte. Ferry lag schweratmend auf dem Bauch am Feldrain und ließ seine letzten Tropfen in die Mohnblumen fließen. Dann kam er ganz rot und glücklich zu mir und sagte: «So ein Fratz! Gut macht sie es ja, aber ich hab ihr versprechen müssen, daß sie täglich Melonen und Kukuruz holen darf und ihr Vater kriegt ein Ferkel außerdem. Nachmittags kommt er sich's holen! Das wird eine tüchtige Bäuerin!» Warum sollte es die Borsika umsonst tun!? Der Ferry hatte Ferkel genug, und sie machte es wirklich schön. Ich war auch kein bissel eifersüchtig!

Jeden Tag ritt ich jetzt mit Ferry aus, nachmittags fuhren wir nach Örmezö hinüber oder wir bekamen Besuch von Ferrys Regimentskameraden! Was waren das für liebe Kerln! Sie sagten einem die wildesten Komplimente in ihrem ungarischen Deutsch, sahen in ihren roten und blauen Uniformen so fesch aus, und wenn sie einem nur mit dem kleinen, gewichsten Schnurrbart die Hand küßten, lief das gleich wie Feuer durch und durch! So ein ungarischer Schnurrbart geilt oft mehr auf als eine Eichel! Der Laczi, der Tibor, der Gyuri, der Miklos . . . weiß ich wie die Burschen alle geheißen haben! Aber nett und lieb und fesch und ritterlich waren sie alle, immer gab's Wein und eine Hetz, lauter scharfe, paprizierte Speisen, Pörkölt, gegrillte Paprika, dazu der heiße Sommer, ich bin aus so einer Art Rausch gar nicht herausgekommen und war gut aufgelegt wie noch nie! Und geil war ich halt auch immer, und mancher von den Leutnants hat mich hinter einer Tür, im Garten, bei einem Akazistrauch abgefangen, und es ging halt immer wie von selbst! Und nachher immer, diese Schwüre und feurigen Handküsse und tausend Schmeicheleien, von denen ich wußte, es ist eh kein Wort wahr, aber das ging herunter wie Honig, das verstehen die Ungarn halt! Der Ferry brauchte nicht zu wissen, daß ich ihn betrog, geahnt hat er's wahrscheinlich, immer, wenn ich ganz ernst und unschuldig ins Zimmer zurückkam, wo er mit den andern trank und Karten spielte und dann ein ganz verlegener Leutnant hinter mir, drohte er mir mit dem Finger und sagte leise: «Aber bleibt im Regiment!» Er hat ein Einsehen gehabt, der Ferry. Aber einmal wär es doch fast schlecht ausgegangen. Einmal, nach Tisch, in der ärgsten Mittagsglut – Ferry schlief ein bissel – ging ich in den Stall, um dem braven «Hajnal», auf dem ich jetzt schon allein saß, ein Stückerl Zucker zu bringen. Auf einer Kiste im Stall saß der Jancsi und spielte auf einer Ziehharmonika, einer «Quetschen», wie das in Wien heißt. Er ging mit mir in den Stall, und ich spürte direkt im Rücken, wie er mich anschaut und sich was wünscht. «Hajnal» schnoberte an meiner Hand, ließ sich den Zucker schmecken und drehte seine gescheiten großen braunen Augen nach uns. Da fragte Jancsi in seinem spaßigen, schlechten Deutsch: «Gnädigstä sind jetzt schon, *belisbän*, färtiges Reiterin?» – «No, noch nicht ganz, Jancsi!» – «Bist schon *ajarsol* so gäritten?» Und da hatte mich schon der Jancsi von rückwärts um die Taille, daß ich alle Engel singen hörte, hielt mir den Mund zu und saß plötzlich mit mir auf einer Kiste, ich mit dem Rücken zu ihm auf seinem Schoß. Ich drehte und wand mich, wurde ganz rot, bekam keinen Atem und konnte doch nicht schreien und fühlte dabei, wie meine Röcke in Unordnung kamen und ein heißer Husarenstachel von unten in mich hineinkroch! Jancsi seiner war schrecklich rauh, gab aber dem Glied seines Herrn nichts nach, das hatte ich schon im Gefühl! «In Ungorn, man macht alles mit Musik, bittä!» Der Jancsi hatte seine Quetschen, die er an einem Riemen um die Schulter trug, nach vorn genommen und auf meinen Schoß gelegt. Ich war aufgespießt von unten und eingezwängt zwischen seine Brust und die Ziehharmonika. Jancsi preßte mit den Ellbogen meine Brüste und begann dabei, meiner Seel, Harmonika zu spielen! Was der alles konnte. Pfeifen, spielen, vögeln, alles zu gleicher Zeit! Ein freches, hüpfendes ungarisches Volkslied und dabei zuckte er im Takt mit den Knien, so daß ich wieder einmal «ritt». Dann freilich, als es ihm langsam hinaufkam, pfiff und spielte er nicht mehr, er drückte die Harmonika zusammen, daß sie fauchte und keuchte und grunzte in meinen Halsausschnitt hinein: «Wunderbor . . . *nagyon jó* . . . kleine Raj-te-rai . . . Raj . . . ter-rai . . . grrrrrrr . . . gchchchch . . . huuuuu . . . du . . . duuuu . . . pfff . . .» Da hörten wir draußen Schritte, ganz entsetzt sprang ich auf, Jancsi blieb sitzen und aus seinem straffen Glied spritzte mir noch ein wehmütiger Abschiedsstrahl nach. Mehr hätt mir nicht gefehlt, als daß mich der Ferry mit seinem Burschen erwischt hätt, grob und wild war der Jancsi, aber das ist zwischendurch ganz nett! Essen, reiten, trinken, vögeln, tanzen . . . die Zeit verging wie im Flug, aber die letzten paar Tage in Ungarn werd ich nie vergessen!

Sie hatten im Casino gewettet. Ferry sollte in den letzten Tagen seines Urlaubs die berühmte «Husarenwette» bestehen, die Husarenprobe. Da muß einer in drei Stunden drei Meilen reiten, drei Flaschen Wein austrinken und drei Weiber titschkerln. Und das alles in drei Stunden. Da muß einer schon einen Hintern und ein Schwanzerl aus Eisen haben. Um 1000 Gulden hatte Ferry gewettet, ein Mordsgeld, ich traute es ihm schon zu, aber Daumen gehalten hab ich ihm doch. Die Wette wurde tagelang so vorbereitet, als ob das ein Manöver wär, zu dem der Kaiser selbst kommt. Sie nahmen sich im Casino die Generalstabskarten her und rechneten aus, daß von einem kleinen Dorf, das auch zu Ferrys riesigen Besitzungen gehörte – Badyafalu hieß das Nest –, bis nach Örmezö gerade drei Meilen auf der Landstraße waren. Übermütig, wie mein Ferry schon einmal war, hatte er es sich noch schwerer gemacht. Er wollte während der ganzen Zeit den Sattel nicht verlassen, beim Reiten, trinken und sogar pudern! Das war ein Halloh! Das ganze Offizierscasino war auf und rebellisch und hundert Wetten wurden abgeschlossen. Wenn Ferry um Punkt fünf von Badyafalu wegritt und alles flott ging, mußte er in drei Stunden in Örmezö sein. Daß eine von den drei Frauen ich war, verstand sich von selbst. Als zweite wurde die schwarze, fesche Ungarin aus dem Offizierspuff von Örmezö ausgewählt. Das paßte mir gar nicht, von meinem Ferry mit einer ganz gewöhnlichen Soldatenhur zugleich durchgezogen zu werden, aber ich wollte doch meinem Freund die Wette gewinnen helfen! Und die dritte mußte eine Jungfrau sein, darauf kaprizierte sich Ferry auch noch! No, das war ein bissel schwer, aber ein armer slowakischer Bauer in Badyafalu hatte eine fünfzehnjährige Tochter, die Hanka, ein rundes, festes kleines Ding und schwor hoch und heilig, daß bei ihr noch keiner drinnen gewesen war. Nur ganz billig war sie nicht, die kleine Hanka, der Ferry mußte dem alten Gauner 100 Gulden für ihre Jungfernschaft versprechen, das «Heiratsgut für die Tochter». Ferry hatte gegen seine Gewohnheit zwei Tage lang viel geschlafen und für drei gefressen, am Freitag übernachteten wir in Badyafalu und am Samstag um fünf ging der «Hochzeitszug» los! Es war noch immer drückend schwül, obwohl die Sonne schon tiefer stand. Ferry hatte in allen seinen Dörfern austrommeln lassen, daß von den Bauern zwischen fünf und acht niemand auf der Landstraße von Badyafalu nach Örmezö sein dürfe, und die hatten Respekt vor ihm, niemand ließ sich sehen. Vorne ritt Ferry in voller Uniform auf «Hajnal», der förmlich in der Sonne spiegelte. Ferry trug eine rote, gestickte Hose, die blaue, verschnürte Attila, Tschako und sogar den mordsschweren Pallasch hatte er umgeschnallt. Rechts und links von ihm ritten vier junge Leutnants, die sich ehrenwörtlich verpflichtet hatten, auf alles genau aufzupassen und alles zu notieren. Der Leutnant Pali hatte in den Satteltaschen eine Flasche Rotwein, eine Flasche Tokajer und eine Champagnerflasche, den wollte Ferry «zur Jungfrau» trinken. Leutnant Geza hatte auf das Vögeln aufzupassen, der Leutnant Tibor – ich kannte sie alle nur nach dem Vornamen – hatte die Uhr und das Notizbuch in der Hand und Leutnant Pali hatte Pistolen und sollte immer einen Schuß abgeben, wenn eine Flasche oder ein Mädel erledigt war! Ernst waren sie alle, wie wenn es direkt in die Schlacht gehen möcht! Zum Schluß kam ein großer, altmodischer Wagen, gezogen von vier prächtigen Schimmeln, alle aus Ferrys Gestüt. Der grinsende Jancsi kutschierte und drinnen saßen ich, die schwarze Piroska und die kleine Hanka. Wir tratschten und aßen, hatten eine Menge Naschereien mit, die Piroska erzählte in ihrem ungarischen Deutsch tausend Witze, und wir stießen jeden Augenblick mit den Köpfen zusammen, so schnell sausten wir dahin! Nur die arme kleine Bauerndirn saß in ihrem roten Röckerl ganz verdattert und mit Tränen in den Augen in einem Winkerl und wollte nichts essen. Der Piri und mir tat sie ein bissel leid, denn wir wußten, wie die Männer sind und hatten das längst hinter uns, was der Kleinen heute noch bevorstand. Wir küßten und streichelten sie und blinzelten ihr zu und fütterten sie mit Gewalt. Vorne ritten die Offiziere, sangen und pfiffen Soldatenlieder und Ferry tat nichts dergleichen, bis nach fast einer Stunde einer rief: «Elöre, Ferrykem, dreiviertel sechs ist!» Ferry drehte sich gleichmütig im Sattel um, hielt an und winkte mir und jetzt war ich doch schrecklich aufgeregt! Auch die andern machten halt, der Pali hob mich zum Ferry in den Sattel, verkehrt, wie schon so oft. Ich legte meine Arme um Ferrys Hals und ließ mich anstechen. Die vier Leutnants bogen sich weit vor und sahen direkt in mein Paradies, aber sicher ist er keinem dabei gestanden, jetzt waren sie nur Sportsleute! Wir sausten wieder los, ich ließ mich zurücksinken, der Wind sauste mir in den Ohren, ich schloß die Augen. Es tat fast weh, wie bei dem wilden Ritt Ferrys eisernes Glied in mir herumtanzte. Nach ganz kurzer Zeit öffnete ich die Augen, als Ferrys heißer Strom in mich drang. Mir war ganz schwindlig, meine Schenkel ganz naß, aber Ferry strahlte, küßte mich auf die Stirn, die Zeit, in der es ihm gekommen war, wurde notiert, und dann kam ich in den Wagen zurück. Im Weiterreiten ließ sich Ferry die Rotweinflasche geben, schlug den Hals am Steigbügel ab und trank mir zu. Und in einem Zug trank er im vollen Galopp die Flasche leer, alles auf mein Wohl! Ich war ordentlich stolz, das erste Drittel der Wette war gewonnen, aber jetzt wurde es erst ernst! Ferry schmiß die leere Flasche nach rückwärts und brüllte: «Gebt die Piri her!» Diesmal wurde gar nicht erst angehalten, ein Leutnant hob die kreischende Piri aus dem fahrenden Wagen und brachte sie zum Ferry nach vorn! Von der andern Seite half auch einer der Leutnants und sie rissen der schreienden, jammernden Piri fast die Beine aus, als sie sie rittlings verkehrt vor den Ferry hinsetzten. Aber als sie halbwegs festsaß, war sie auch schon angenagelt, hörte zu schreien auf und schlang ihre festen, schönen schwarzbestrumpften Wadeln um Ferrys Kreuz! Die Leutnants galoppierten knapp daneben und riefen bei jedem Stoß allerhand Witze und Aufmunterungen! Bald war es wieder soweit, Ferry schrie keuchend «Jetzt!», Piri wurde heruntergehoben und ihr Pumperl wurde auf seine Feuchtigkeit geprüft! Es war alles in Ordnung. Ferry kommandierte «Rast», und die Piri kam ganz stolz und naß zum Wagen zurück. Wir und die Pferde konnten eine Pause ganz gut brauchen, die Hälfte des Weges lag hinter uns, und zwei Damen und eine Flasche waren fertig geworden. Aber der Ferry war ein Leichtsinniger, fast eine halbe Stunde wurde gerastet, während der Ferry die zweite Flasche fast austrank. Die Offiziere kamen zu unserem Wagen, um uns zu gratulieren und Witze zu machen. Sie trösteten auch die kleine Slowakin, die schrecklich verlegen war und Ferry nicht anzuschauen wagte. «Gefällt dir dein Bräutigam?» fragte man sie. Da nickte sie ganz verschämt, und es war ein großes Gelächter und die Piri sagte in ihrer urwüchsigen Art: «Dummes Mädel, sei doch nicht so, eine andere muß ihre Unschuld viel billiger hergeben!» Ferry war ganz weiß, hielt sich aber aufrecht, aber wie wir jetzt wieder losritten, gefiel er mir gar nicht. Fest im Sattel saß er schon, dazu war er ein zu guter Reiter, aber er war doch schon angetrunken. Er schwenkte die fast leere Flasche, brüllte und lachte, schlug ein immer wilderes Tempo an, «Hajnal» tanzte und hupfte unter ihm und jeden Augenblick mußte einer der Leutnants dem Roß in die Zügel fallen, damit es nicht mit dem Ferry «ausbrach». Es wurde langsam kühl, die Piri hatte sich zusammengerollt und schlief trotz der Rüttelei in einem Winkel des Wagens, so müd war sie. Auch mir wurde langsam der Kopf schwer, vom scharfen Wind und dem Wein, ich hielt die kleine Slowakin um die Schulter, die sich kaum rührte und immer noch wartete. Plötzlich schmiß Ferry die zweite leere Flasche weg und fragte nach rückwärts: «Habt ihr Speck?» Ja, der war da, scharfer, paprizierter Speck, wie ihn die Ungarn gern mögen, und jetzt schnitt Ferry große Stücke mit dem Taschenmesser ab wie ein Bauer und stopfte sich während des Reitens den Mund voll.

Bald war er wieder halbwegs nüchtern, aus Eisen war der Ferry. Mittlerweile war es schon Viertel acht geworden, bald mußte man die Kirche von Örmezö auftauchen sehen, da draußen im Flachland sieht man weiter. Der Abendwind blies durch die Felder, die Kukuruzstauden raschelten und Ferry kommandierte heiser: «Das Ganze halt!» Jetzt holten zwei Leutnants die kleine Bauerndirn aus dem Wagen, die war totenblaß, aber ganz tapfer. Sie hielt die Augen geschlossen, ließ sich wie ein Stück Holz hinaufheben, das kurze Röckerl zeigte ihre dicken, gesunden Kinderbeine, das kleine Futerl war noch kaum bewachsen, so jung war sie. Da gab es noch einen Aufenthalt! Ferrys Schwanz, der heute schon wirklich viel geleistet hatte, wollte und wollte nicht stehen! Leutnant Geza pfiff, der Tibor fluchte und Pali sagte zu mir: «Wenn er jetzt Pech hat, kommt die Kleine um ihr Heiratsgut und er um seinen Tausender!» Ferry biß die Zähne aufeinander und sein Säbel klirrte und schepperte, so bearbeitete er seinen Schweif, jetzt war schon alles egal. Da schlug sich der Geza vor die Stirn, machte blitzschnell die letzte Flasche mit dem Champagner auf und setzte sie Ferry an den Mund! Das wirkte! Bald richtete sich Ferrys Bolzen auf, aber man sah es ihm an, daß es nicht lange dauern würde, er war künstlich «aufgepulvert» wie sein Herr! Und grade zur Entjungferung mußte er wie Eisen sein! Jetzt wurde die Kleine ein bissel hochgehoben und Ferry setzte an. Da plötzlich begann sie, sich zu wehren und um sich zu schlagen, aber jetzt zeigte es sich, wie mein Ferry sich auf Weiber verstand! Er drückte sie sanft an seine Brust, streichelte ihr sanft den kleinen, runden Kopf und sprach leise auf slowakisch zu ihr, und wie sie ruhiger wurde, stieß er auf einmal mit aller Kraft zu, die Kleine schrie gellend auf und drin war er! Ferry jauchzte, rief etwas auf ungarisch und richtete sich im Sattel auf, die kleine, aufgespießte Hanka hob er dabei ein Stückerl mit. Und da kam es auch über die schüchterne kleine «Braut», sie stammelte immer dasselbe Wort, das ich nicht verstehen konnte, schlang die Arme um Ferrys Hals und küßte ihn auf den Mund, daß es klatschte! Ihre jungen Tutterln, die noch ganz klein waren und ein bissel nach oben standen, wie nur bei ganz jungen Mädeln, preßte sie gegen Ferrys Attila! Als sie jetzt wieder heruntergehoben wurde, begann sie freilich zu jammern und Ferrys Schwanz tauchte ganz rot auf! Die zwei jungen Offiziere betteten sie behutsam zu uns in den Wagen, Piri und ich hätten sie gern gewaschen, aber sie preßte die Schenkel zusammen, schüttelte immer nur den Kopf und die Augen fielen ihr zu. In ihrer kleinen Hand hielt sie ganz fest den zerknitterten Hunderter, den Ferry ihr zwischen die Brüste gesteckt hatte! Jetzt aber ging es los! Ferry in wildester Karriere voraus, hinterdrein die vier Leutnants, johlend, brüllend, die Pferde wieherten, und Leutnant Pali feuerte immer in die Luft! Auch Jancsi ließ unsern Schimmeln die Zügel schießen, wir konnten im Wagen kein Wort mehr reden, waren froh, wenn wir uns festhalten konnten! So sausten wir durch die beginnende Dunkelheit auf Örmezö zu! Natürlich konnte Ferry nicht mit seinem Gefolge in der Stadt Einzug halten, aber das ganze Offizierskorps war uns entgegengekommen! Sogar der Oberst und der Rittmeister waren mit und die Regimentskapelle, die, als wir an der letzten Wegbiegung auftauchten, den Rakoczymarsch anstimmte! Ferry ritt auf den Oberst zu, salutierte mit der Flasche, trank den letzten Schluck aus und zerschmetterte sie an einem Stein. Um den Arm trug er wie eine Feldbinde ein blutiges Taschentuch, den Beweis, daß die kleine Hanka wirklich eine Jungfer war! Es war gerade drei Minuten vor acht, Ferry hatte glänzend gewonnen! Die Berichte wurden todernst verlesen, der Oberst hörte ernst zu, die Hand am Tschako! Dann hoben sie Ferry auf die Schultern, es war ein Gebrüll wie bei einer Schlacht! Der Rittmeister salutierte mit dem Säbel, Piri und ich wurden geküßt und beglückwünscht, daß uns die Knochen krachten, die kleine Hanka, die halbtot vor Angst war, bekam einen Brautkranz aus Mohnblumen aufgesetzt und dann kommandierte der Oberst: «Absammeln!» Die Offiziere waren noble Burschen, die kleine Hanka ging mit der Schürze herum, da flogen die Gulden und die blauen Zetteln nur so, jeder gab der armen kleinen «Braut», es klingelte und schepperte und sicher war bald ein zweiter Hunderter beisammen! Endlich zogen wir im feierlichen Zuge ins Casino, die kleine Hanka, die Piri und ich herzlich zum Abschied küßten, wurde von ihrem Vater, der übers ganze Gesicht grinste, am Hauptplatz im Leiterwagen abgeholt! Der Oberst, der Junggeselle war, bestand darauf, daß Ferry und ich diese Nacht in seiner Wohnung in einem bekränzten Zimmer schliefen, der Schädel brummte uns beiden. Als wir todmüde im Einschlafen lagen, kamen die Offiziere mit der Zigeunerkapelle vor unser Fenster und brachten uns ein Ständchen, da schmiß Ferry einen Leuchter hinunter, küßte mich und sagte: «Für heute mußt du mich entschuldigen . . .» Das tat ich meiner Seel gern!

Drei Tage später fand ein großes Fest im Casino statt. Erstens wegen der gewonnenen Wette, zweitens, weil Ferrys Urlaub zu Ende war und er am nächsten Morgen mit mir nach Wien zurück mußte. Das Casino war strahlend erleuchtet, mit rot-weiß-grünen Fahnen, Zelten aus zusammengeborgten Teppichen und mit Lampions geschmückt, Tschakos und Säbel an den Wänden, wie in einem Soldatenlager. Ferry und ich hatten die Ehrensitze an der Tafel, ich war derweil die einzige Frau, an meiner andern Seite saß der Oberst. Ganze Batterien von Eiskübeln standen im Hintergrund, angst und bang konnte einem werden. Die lange Tafel war herrlich gedeckt, das Gebäck hatten die Lumpen eigens bestellt, da gab es kleine Weckerl, die waren länglich und geschlitzt, daß sie wie eine Fut aussahen und kleine, runde Semmerln mit einem spitzen Zapfen drauf, lauter kleine Schwänze! Die Ordonnanzen trugen auf, daß sich der Tisch bog, Rebhühner, Wachteln, Fasanen, Wildschwein, die feinsten Torten und herrliches Obst und vor allem Wein, Wein und immer wieder Wein. Da gab es «Urmös», Zigeunerblut heißt das, Badacsonyer und herrlichen weißen Tokajer! Als wir beim Dessert waren, stand der Oberst auf und beglückwünschte Ferry in einer Rede und sagte zum Schluß: «. . . und wenn unsere glorreiche Armee lauter so unverwüstliche Offiziere hätte wie du bist, lieber Ferry, könnte unser allergnädigster König ruhig schlafen!» Dann dankte der Oberst auch mir, daß ich dem Regiment so schöne, unvergeßliche Stunden bereitet hatte! Ich freute mich riesig und wurde rot wie ein junges Haserl. Bei den «unvergeßlichen Stunden» grinste ein junger Leutnant, der Oberst schaute nur hin und der Junge wurde käseweiß. Plötzlich unterbrach sich der Oberst, nahm eines der komischen Schwanzgebäcke und fragte: «Meine Herren, was ist das?» Ferry schlug die Hacken zusammen und meldete militärisch: «Melde gehorsamst, Herr Oberst, das ist ein modernes Husarenstangel!» Alle kämpften mit dem Lachen, der weiße Schnauzbart des Obersten zuckte auch verdächtig, aber er sagte ganz ruhig: «Meine Herren, ich will und darf Sie nicht länger aufhalten! Ich weiß ja, daß es hochanständig zugehen wird!» Jetzt bestürmten sie ihn alle, doch noch ein kleines bisserl zu bleiben, aber er mußte fort, er kannte seine Offiziere und als Respektsperson konnte er jetzt, wo es «hochanständig» werden sollte, doch nicht dableiben. «Nur noch ein einziges Glas Wein, Herr Oberst!» bat Ferry. Der Oberst schmunzelte, trank mir zu, zerschmetterte das Glas am Boden und sagte: «Und küssen Sie die lieben Mädel in Wien!» Da konnte ich mich doch nicht mehr halten, ich flog dem alten Herrn um den Hals und bettelte: «Das tun Sie doch selber, Herr Oberst!» – «Aber mit tausend Freuden! Du gestattest doch, Ferrykem?» Und der Oberst packte mich von rückwärts an den Brüsten und drückte seinen weißen Schnauzer auf meinen Mund, daß es mir heiß den Rücken hinunterlief! Ein Sechziger war er schon, aber so was verlernt ein Husar nicht! Und dann ließ er sich von den Offizieren zum Wagen hinunterbegleiten, die Zigeuner – zwei Geigen, Baßgeige, Cymbal und Klarinette – mußten mit und fiedelten, bis er im Wagen saß. Dann übernahm Ferry mit komischwürdiger Miene den Vorsitz und winkte Leutnant Geza: «Veranlassen Sie das Weitere!» Leutnant Geza riß ein Fenster auf und pfiff, man hörte Wagenrollen, und Ferry kommandierte seine jubelnden Kameraden: «Hinaus zum Beutezug! Pardon wird nicht gegeben!» Zwölf junge Offiziere stoben brüllend hinaus, man hörte Lachen, Kreischen und Rufen, und gleich darauf führte Leutnant Pali am Arm eine kleine, fette alte Dame herein, die mit «Eljen»-Rufen begrüßt wurde! Es war Madame Aranyi, «Tante Etelka» genannt, die Puffbesitzerin von Örmezö! Leutnant Pali führte sie am Arm wie eine Hofdame. Sie nickte lächelnd und sah leutselig durch ihr Lorgnon und verstand einen Spaß! Sie hatte ein knisterndes Kleid aus violettem Taft und war über und über mit falschem Schmuck behängt. Übermäßig geschminkt war sie auch, aber man sah schon, daß sie einmal sehr schön gewesen sein mußte! Und gescheite Augen hatte sie. Hinter diesem Paar trugen zwölf Leutnants jeder ein hübsches Puffmädel herein, die kreischten und zappelten. Die Offiziere hatten für den Abend das ganze Bordell eingeladen und die Wiedersehensfreude war groß. Alle kannten sich beim Vornamen, die Mädeln waren alle hübsch und frech, die meisten waren Ungarinnen, sie trugen bunte, ganz kurze Seidenkitterln bis zum Knie, die ausgeschnitten waren bis weiß Gott wo. Und als die Tante Etelka jetzt in die Hände klatschte, zogen sie alle mit einem Ruck dies einzige Hemderl aus und standen nur in langen schwarzen Strümpfen da, die bis hinauf zum Tempel gingen und dazu runde, seidene Strumpfbänder, jede in einer andern Farbe! Jetzt war ein riesiges Hallo, man verstand sein eigenes Wort nicht, die Offiziere rauften um die Mädeln, aber nach einer Minute hatte doch jeder die Seine auf dem Schoß, der Lärm legte sich ein bissel und Ferry rief: «Aber die Damen haben noch keine Blumen!» No, Blumen waren genug da, Tulpen und Nelken und Rosen, aber die Damen hatten nichts an und so wurden ihnen die Blumen anderswo hingesteckt, sie kreischten und wanden sich, aber die Blumen nahmen sich in den dunklen Futhaaren gar nicht schlecht aus! Auch Ferry nahm mich jetzt auf den Schoß, ich trug, dem Casino zu Ehren, ein wunderschönes ungarisches Bauernkostüm mit Stickerei und riesigen Ärmeln und schrecklich vielen Röcken. Er wollte mich auch ausziehen, aber das wollte ich nicht. Wenn ich auch vor kurzem selbst noch in einem Puff gewesen war, in der Fremde soll man auf sich halten, jetzt sollten sich die andern ausziehen lassen! Jetzt ging die Fresserei von vorne an, die Freimädeln mußten doch gefüttert werden, die Herren tauchten die Brustwarzerln ihrer Mädeln in Wein und lutschten sie ab, paprizierte Witze flogen hin und her, die Augen glänzten, hie und da kam schon ein straffgespannter Schwanz zum Vorschein und die Warzerln richteten sich auf. Tante Etelka saß wie eine Fürstin da und betrachtete lächelnd ihre wohlerzogenen Kinder. Und jetzt stand Leutnant Ernö – sie hießen ihn die «Bakonyersau» – auf und hielt den

Toast. «Meinä Härren und Damen! Jawohl, Damen, wenn es auch weh tut, bittä! Wir feiern heute ein Fest, das wir hoffentlich noch lange in den Knochen spüren werden. Möge es kajne Folgän haben! Wenn doch, so wärden die Folgän auf Regimentskosten und auf Ehrenwort aufzogen. Aber die anwäsenden Damen wissen sich ja ohnehin in solchen Fällen zu helfen, *kérem!* Ich erhebe mein Glas auf das Wohl von eine kleinä Gegenstand, das wir Mönner speziell sehr schötzen und das auch jede Dame immer bei sich hat, sogar Tante Etelka! Dieses kleine Ding hat eine Spalte und man kann hineingehen, soviel man will, zweimal oder einmal im Monat wird es sogar frisch gefüllt! Leidär aber man kann nicht zuviel herausnehmen und oft hat diese klajne Sache auch ein Loch und dann ist es arg für Bäsitzerin! Man kann auch Gold und Silber hineinstecken und ohne dieses klajne Ding wäre gar kein Vergnügen möglich! Sie haben sicher schon erraten, was dieser klajne Ding ist . . .» – «Die Fut! Die Feige! Die kleine Schwester! Die Katz! Das Fummerl! Das Pumperl!» So ging es durcheinander, aber Leutnant Ernö wehrte in komischem Entsetzen ab und beteuerte: «Aber meine Herrschaften, wär wird so was in honetter Gesellschaft in Mund nehmen? Meine ich das *Portemonnaie*! Fut kenne ich gar nicht!» Das gab ein Höllengelächter und ein großes Zutrinken und eine Große, Margit hieß sie, sprang auf und rief: «Unterschied ist gar nicht so groß, legts einmal einen Silbergulden auf den Tisch!» Gleich lag einer auf dem Tischeck, und die Margit stellte sich in ihren hohen Schuherln auf die Zehenspitzen und spreizte die Beine, so daß ihr dunkles Gebüsch direkt über dem Silberstück schwebte. Und ohne Hilfe der Finger öffnete sich ihr Löcherl und gähnte wie ein kleines Maul. Dann ließ sie sich wieder herunter, und ihre Feige schluckte wirklich den Silbergulden. Jetzt klopfte sie sich leicht auf ihr Trommerl und sagte sanft: «Gibts wieder her!» Und folgsam spuckte die Kleine das Geldstück wieder aus! Aber viele der Mädeln konnten dieses Kunststück auch und bald lagen um den ganzen Tisch herum Silbergulden und wurden «aufgehoben». Gutgelaunt kommandierte Ferry: «Vorschuß auf die Löhnung erhalten! Antreten zu den Geschützübungen!» Die Mädeln stellten sich lachend und bereitwillig an die Wand, sie kannten das schöne Spiel schon. Auf Ferrys Wunsch machte ich diesmal mit, stellte mich in die Mitte, rechts und links je sechs Mädeln und entblößte mein Dickicht, denn ich mußte doch eine Zielscheibe bieten! Ein allgemeines «Ah» ging durch den Saal und man rief: «Bravo! Nur nicht zu stolz sein!» Jetzt setzten sich Ferry und seine zwölf Kameraden in geringer Entfernung von uns Mädeln rittlings auf Sessel, die Lehne vorn, so daß jeder ein Mädel vor sich hatte, Ferry natürlich mich. Sie zogen ihre «Geschützrohre», von denen die meisten bocksteif waren, die andern wurden gerieben, bis auch sie «schußfertig» waren. Tante Etelka war die Schiedsrichterin und kommandierte: «Los!» Jeder der Offiziere nahm nun sein Geschütz in die Rechte und begann mit schnellen Bewegungen kunstgerecht zu reiben. Die Kunst bestand darin, den Samen, der bei dieser Massenwichserei floß, möglichst genau in die Mitte der Feige zu schießen, die man gegenüber hatte. Man hörte es zischen und quatschen und eigentümliche Laute, wenn die Schwänze unter den ungeduldigen Fäusten förmlich krachten! Die Mädeln halfen den Männern wie sie konnten, indem sie ungefähr berechneten, wie ihr Mann spritzen würde, sich bald kleiner machten, bald auf die Zehen stellten, die Beine spreizten, daß man tief in die Grotten hineinsah, und die Schamlippen auseinanderhielten! Die Männer röchelten, fauchten und knirschten und allerhand bissige Neckereien flogen hin und her: «Achtung, Geza, deiner will heute gar nicht mit! . . . Du armer Teufel, wenn du das alles schlucken müßtest . . . no hat . . . meiner war unlängst in Reparatur . . . deinen erkenn ich ja gar nicht wieder . . . ist der kleiner geworden am End?» Und dazwischen immer: «Quitsch-quatsch . . . rupp . . . rupp . . .» Hie und da ein kleiner Seufzer oder ein Aufstöhnen, wenn es einem kam und sein Mädel drüben den Strahl auffing! Ferry spritzte mir die Schenkel und den untern Bauch voll, weil er gerade lachen mußte, aber der Sieger wurde Oberleutnant Koloman! Der spritzte der kleinen Erzsi, die er gegenüber hatte, fast alles hinein, daß nur ein paar winzige Tropfen auf ihren Schamhaaren zu sehen waren. Aber eine «Manöverkritik» mußte doch auch sein und so drückten sie mir einen Tschako auf den Kopf und die Offiziere ritten auf ihren Sesseln im Kreis um mich herum, die tropfenden Schwänze noch draußen. Und jedem Schwanz der vorbeikam, klopfte ich die Hoden, wie wenn er ein Pferd wär! Dem Koloman aber band ich ein rotes Mascherl, das die kleine Erzsi im Haar getragen hatte, um den Zumpel, und er war stolz auf diesen Orden, daß er den Schwanz den ganzen Abend draußen ließ! Es war schon entsetzlich heiß, alles voller Zigarrenrauch und schrecklich dunstig, ich hatte auch schon einen Schwips, lag in meinem Sessel, den Tschako noch auf dem Kopf, die Brüste nackt und spürte nur, daß in meinen Händen zwei runde lange Dinger waren. Rechts Ferrys Schwanz und links der Stiel von einem Weinglas und irgendwer ließ mir von oben immer Trauben in den Mund fallen! Wie durch einen Nebel sah ich noch, wie plötzlich die nackten Mädeln und die Husaren mit offenen Hosen und Waffenröcken in die Mitte des Saales stürzten und ein gewaltiges Gelächter ging los! In der Mitte des Saales machte Leutnant Ernö die «Ehrennummer» mit der Koberin, der Tante Etelka! Die andern klatschten im Takt mit den Händen, und auch ich wurde neugierig! Das violette Prachtkleid von ihr war schon ganz zerknittert, aber was sie von ihren Schenkeln und ihrem Bauch zeigte, war schneeweiß und tadellos erhalten, wie bei einer Jungen! Und aus der Übung gekommen war sie auch noch nicht! Sie warf den Popo hin und her, kam mit ihrer Feige schön dem Ernö entgegen, kitzelte ihn mit der spitzen Zunge bald im Ohr, bald im Mund und stammelte: «Aaaaber . . . daß du dich sälber bemühst . . . Ernö . . . geh zu einer jun . . . gen Fut . . . is dir gesündär . . . willst nicht . . . bist brav . . . schon lang her . . . aber gelt, ich ka-ka-kann noch?! . . . tss . . . tss . . .chhh . . . das Be-ste in euch Männär . . . joj de jo . . . jooooj . . . nmmmm . . .» Sie schlang die Arme um seinen Hals und stieß ihm die Zunge in den Mund, daß er beim Spritzen nicht einmal aufstöhnen konnte.

Ernö stieg ganz zerbrochen ab, küßte seiner Dame die Hand, die noch ein bissel liegen blieb und mit geschlossenen Augen im Triumph auf ihren Platz zurückgeführt wurde! Sie lächelte huldvoll, wie wenn nichts geschehen wär! Ferry aber pfiff den Zigeunern und befahl den «Husaren-Csárdás»! Das war seine Erfindung, auf die das ganze Regiment stolz war! Beim Csárdás hat man die Tänzerin an den Hüften, und sie legt dem Mann die Hände auf die Schultern und dann macht man hauptsächlich Sprünge hin und her. Aber die nackten Tänzerinnen kannten Ferrys «Husaren-Csárdás» schon, sie drängten ihre nackten Baucherln ganz an die klaffenden Hosen der Offiziere und ließen sich nicht nur an den Hüften, sondern auch noch ganz woanders halten! Dreizehn Husarenschwänze tauchten in dreizehn willige Büchserln hinein, und wir Tänzerinnen waren angenagelt! Dann packten die Offiziere die Popos ihrer Mädeln und der Tanz ging los. Bei den schiebenden Hin- und Herbewegungen – in Wien nennt man das «die Mühl machen» – kam es den Paaren ganz von selbst! So oft ein Paar fertig wurde oder der müde Husar nimmer konnte, trat es aus und zum Schluß war nur noch der unermüdliche Ernö und die Piri übrig! Die fielen aber bei den letzten Takten lang hin und übereinander, so müd waren schon alle! Ich sah nur noch alles durch einen Nebel, Gläser wurden zerschmissen, die leeren Champagnerflaschen schmissen sie in die Spiegel, sie stopften die Geige des Primas voll mit Silbergulden und einer sprang mit einem Krach gerade in den Bauch der Baßgeige hinein! Dieser Krach war das letzte, was ich hörte, wie mich Ferry in das Hotel gebracht hat, wo wir die letzte Nacht blieben, weiß ich selber nimmer! Aber nach ein paar Stunden – ich hatte schreckliches Schädelweh – waren alle Offiziere schon wieder auf der Station, und man merkte diesen Burschen nichts an, bloß bissel grün waren sie halt! Sie hatten das Coupé mit Blumen vollgestopft, die Kapelle war wieder da und spielte Ferrys Lieblingslied: «Nur ein Mädel gibt es auf der Welt». Als der Zug pfiff und langsam anfuhr, brüllte Leutnant Pali: «Jawohl, nur ein Mädel und das heißt Jo-sä-fiii-ne!» Als die roten Waffenröcke auf dem Perron immer kleiner wurden und die Musik immer leiser, küßte mich Ferry auf die Stirn: «War schön bei die Husaren?» – «Wunderbar – Ferry! Ich hab sie zum Fressen lieb und dich am meisten . . .» –

«Aber du gehst doch gern nach Wien zurück?» – «Schau, Ferry, da darfst mir nicht bös sein! Erstens bin ich halt dort geboren und dann . . .» – «No, Mädel?» – «Und dann . . . noch länger eingerückt bei die Husaren . . . da müßt meine Kleine ja aus Eisen sein . . .»

8. Kapitel

Igi und das *Künstlerparadies*

Die Zeit in Ungarn war wunderschön für mich gewesen, ein bissel anstrengend schon, aber ich hatte soviel liebe Kerln kennengelernt und war von der Madame Yvonne weggekommen, und das allein war schon was wert. Und zurück kam ich wunderschön braun, was mir ausgezeichnet stand, ich hatte mich herrlich erholt, sogar mein geplagtes Löcherl hatte die Zeit gut überstanden. Aber was die Hauptsache war, ich hatte von Ferry und den Offizieren piekfeine Präsente bekommen. Da war eine Brosche mit Rubinen und eine andere mit blauen Steinen, drei oder vier Armbänder, ein paar Zigarettendosen und ein paar hübsche Ringe. Eine starke Raucherin bin ich nie gewesen, und so behielt ich nur die eine Zigarettendose, wo Ferrys Name und Wappen eingraviert war, die andern Sachen trug ich zu einem bekannten Juwelier in der Stadt, der Damen der Halbwelt öfter aushalf. Ich trennte mich nicht ganz gern von den Sachen, denn eine jede hat Schmuck gern, aber ich dachte an was anderes. Jetzt war ich noch jung und appetitlich und fesch beisammen, aber ewig hält das nicht, man muß auch ein bissel an die Zukunft denken. Es gibt nichts Traurigeres als eine altgewordene Hur, die mit ihrem verwelkten Gesicht dann als Klosettfrau gehen muß. Nein, da ist die Pepi gescheiter, jetzt, wo ich noch frisch und hübsch, aber immerhin schon Ende der Zwanzig war, wollte ich mir was anschaffen, wovon ich später was hab. Für den Schmuck bekam ich 400 Gulden und in meiner Kaffeehaus- und Separéezeit hatte ich mir so schön langsam und schwer genug auch 200 Gulden zusammengespart, und damit kann man schon ein bissel was machen. Mir hatte einmal vor Jahren, noch in der Xandl-Zeit, die «Hauer-Resl» so imponiert, die fesche, geile, tüchtige Heurigenwirtin, und ich war durch meinen Beruf viel in Gast- und Kaffeehäusern herumgekommen, hatte zwischendurch in Gesprächen mit Kellnern so allerhand über die Wirtschaft und den Betrieb aufgeschnappt und wär halt für mein Leben gern auch einmal «Chefin» und «gnä Frau» gewesen. Manche hätt sich an meiner Stelle jetzt ein Häusl wo draußen mit einem Stückl Grund gekauft, aber zur Bäuerin paß ich nicht und zum Hendlfüttern, denn, wenn ich auch aus einem ganz armen «Grund» stamme, ein rechtes Großstadtkind bin ich immer gewesen und ich bin immer sehr an Wien gehangen. Ich kaufte mir ein nettes kleines Kaffeehaus, das ich vielleicht auch in Pacht geben wollte, aber mir mußte es gehören. Ich hab Wirbel und Betrieb gern und wenn so ein «Tschecherl» gut geht, dann trägt es schon bissel was, und ich brauch auf meine alten Tage nicht hungern. In den ersten Tagen nach meiner Rückkehr aus Ungarn traf ich die Steffi, die mich derweil bei der Madame Yvonne vertreten hatte und mir erzählte, dort ginge halt soweit alles gut, nur fragten die meisten Gäste immer wieder nach mir! No, dorthin wär ich am letzten zurückgegangen, ich hatte beim Ferry gelernt, daß halt doch nichts über ein festes, nobles Gschpusi geht, von dem man alles hat und dem man halt auch ein bissel treu ist. Und wenn ich dabei einmal in der Zeit Lust auf einen andern Schweif hab, braucht er es ja nicht gleich wissen. Nur beim Ferry war die Liebe schon im Auskühlen, so was spürt man. Ich hatte keine Angst, ich würde wieder wen finden, einstweilen wollte ich mein «Gerstl», wie man in Wien sagt, recht gut anlegen. Mit der Steffi las ich die Annoncen rückwärts in der Zeitung und bald fanden wir auch eine Anzeige, daß ein kleines Kaffeehaus in der Inneren Stadt billig zu haben wär. Am nächsten Tag ging ich mit der Steffi, die auch ihre Pläne hatte, beide hochnobel, hin. Wir imponierten dem Besitzer sehr. Der war ein kleiner, bleicher, aufgeschwemmter, aber schon ganz versoffener Kerl, der mit seinen wäßrigen Augen immerfort blinzelte, blöd lachte und lauter Blödsinn sagte. Das Kaffeehaus war eigentlich derweil ein miserables «Tschoch», zwar nicht weit vom Stefansplatz, aber in einer Gegend, wo lauter Huren wohnten. Wie er es uns zeigte, saßen nur ein paar Kutscher drin und ein «Wasserer» und ein paar Strizzi spielten Karten. Die wackligen Tische hatten nicht einmal Tischtücher, die Tapeten waren fleckig und ganz zerrissen, das Geschirr ganz zerhaut, ein einziger Kellner war da, ein verschlafener, frecher, fauler Kerl, eine recht heruntergekommene Wirtschaft halt. Aber die Steffi und ich sahen auf den ersten Blick, daß da was zu machen wäre, denn das kleine Kaffeehaus lag so recht schön in der innersten Stadt. Der Besitzer wollte für alles zusammen 500 Gulden haben! «Aber was wollen S' denn, meine Damen! A erstklassiger Betrieb und dabei so guat eing'führt! A Goldgruben! Meiner Seel und Gott, i gebets gar net her, wann i net mei Augenleiden hätt!» Steffi und ich blinzelten uns zu, die Steffi hatte wieder was vor, und wir gingen mit ihm in ein kleines Kammerl hinter der Küche und drängten den Herrn Chef gegen eine Tür. Zwei fesche Frauenzimmer waren wir schon, eine Blonde, eine Schwarze, hatten leichte, zarte Sommerkleider an, durch die alles so hübsch durchschimmerte, nach Parfum rochen wir wie die Herzoginnen und preßten den kleinen Kaffeesieder zwischen unsere üppigen, weichen Brüste. Er begann Luft zu schnappen und wußte gar nicht, wo er die Augen hindrehen sollte. Und die Steffi, das Luder, das gehaute, redete ihm zu wie einem kranken Roß und miaute wie eine Katz: «Aber, Herr Chef, mei Freundin is a arme Witfrau, wanns auch eine lustige Witwe ist, und die Witwen und Waisen soll man unterstützen, so steht's doch schon in der Bibel, net wahr? Alsdann, Sie wern a Einsehen haben und geben der Pepi Ihner erstklassiges Wanzenlokal für 400 Gulden! Bar am Tisch? Gilts? A Augenleiden haben mir? Uj je, uj je, kommt Ihner Augenleiden net a bissel von unten? A bisserl wenigstens?» Dabei hatte die schlaue Steffi die ganze Zeit unten herumgewerkelt und hielt seinen Schwanz schon längst in der Hand! Ich kratzte ihm das Kinn und machte recht liebe Augen, während die Steffi ganz «winig» flüsterte: «No, vielleicht wird der Klane da – ah, er is gar net so klan, er wachst si ganz schön aus – a guts Wort für uns einlegen, bei Ihnen? Geh, Schweiferl, bitt das Herrl, daß er um an Hunderter nuntergeht! Gelt, ja? No also, er hat schon ‹Ja› g'sagt!» Wie der Schwanz des Cafétiers «Ja» sagte, zog Steffi die klatschnasse Hand zurück und wischte sie lachend mit ihrem parfümierten Taschentuch! Der kleine Mann hatte gestöhnt, geschwitzt und sich vor Geilheit gewunden, so gut war es seinem Zebedäus schon lang nimmer gegangen! Und eine Stunde später war ich Frau Kaffeehausbesitzerin! 400 Gulden, 100 hatte er uns für das schöne Herunterwichsen nachgelassen, das war für ihn eine teure Nummer! Steffi und ich sperrten das Tschecherl zuerst einmal für drei Wochen zu und ließen die Handwerker kommen. Schlosser, Tischler, Anstreicher, Tapezierer, Glaserer, neue Wasserleitung, Gas und sogar elektrisches Licht! Das Elektrische war das schönste! Der vordere Raum wurde ziemlich verkleinert, nur vier oder fünf einfache, ungedeckte Tische. Das war die «Schwemm», für Kutscher, Wasserer, Chauffeure und die kleinen Leut. Die sollten dort ihr Seidel trinken und tarockieren! Aber hinten sollte es piekfein werden! Da gab es kleine Logen, Nischen mit Samtvorhängen, kleine, winzige Sofas drin, auf denen man schon sehr nah zusammenrücken mußte. Und das schönste war ein winziges, rottapeziertes Kammerl mit einem türkischen Diwan voller Seidenpölster drauf. Die Tür ging nur nach außen auf! In jeder Loge hatte das elektrische Licht eine andere Farbe, und der Herr, der mit seinem Mädel drin saß, konnte es selbst abdrehen! Das alles war der Steffi ihre Idee, sie beteiligte sich auch mit 200 Gulden. Damals hörte man gerade von den «Cabarets», die aus Paris kamen, das sind kleine Tschecherln, wo am Abend allerhand Künstler, Schauspieler, Maler, Musiker und Dichter zusammenkommen und lustig sind und trinken. Auch ein winzig kleines Podium, eine «Pawlatschen» war da, ganz wie in Paris, und wer wollte, konnte sich hinaufstellen und was zum besten geben, wie bei den Volkssängern! Da haben die andern eine Freud und der Vortragende auch! Wir wollten schon recht viele Leute von der Kunst zu uns bringen, besonders die Steffi kannte viele. Vorne bediente in der Schwemm eine mollerte, «hantige» Kellnerin, die schwarze Rosl. Die brachte den Leuten ihr Bier und ließ sich manchmal in den Hintern zwicken. Aber für rückwärts engagierten wir uns zwei wirklich hübsche Mädeln, junge Hurln, die es als Kellnerinnen besser hatten als am Strich. Die kriegten gefällige, kurze, fesche Kitterln, die Rosa ein blaues, die Helen ein rosa. Die sollten zu den Herrn Künstlern recht lieb sein, aber nur, wenn fest gegessen und getrunken wurde, sonst nicht! Die Steffi kannte auch einen jungen, versoffenen Kunstmaler – Lamhofer hieß er –, der malte uns alles für ein paar Kreuzer sehr lustig und fesch aus. Vorn in der Schwemm Wiener Typen und rückwärts lauter fesche Mädeln, die ihre runden Schenkerln und weißen Spitzenhoserln zeigten und die Beine warfen, dazu Kavaliere mit Lackschuhen! Die Steffi ließ auch elegante Karten auf rosa Papier drucken:

Auf Sie warten wir schon lang!
Künstlerparadies
Wien 1, Trumpfgasse 2
Wein! Weib! Gesang! Kunst!

Die Steffi wollte einstweilen das Geschäft für mich führen, sich ein Jahr lang die Fut ausruhen und schauen, daß sie das «Werkel» in Schwung brachte. Tagsüber war sie in der Schwemm, saß in der Kassa und hatte die Augen überall. Zum Anbeißen sah sie aus in der weißen Spitzenbluse, der volle braune Busen lag so recht schön über der Marmorplatte und die angeheiterten Fiaker sahen ihr tief hinein. Wenn aber sich einer hineingreifen traute, hatte er schon eine drin, die Steffi war eine «Resche» und pflegte immer zu sagen: «Umsonst darf mirs aner net amal angreifen!» Die Steffi hielt ihre Sachen gut beinander, und ihre harten Tutterln, die kräftigen Schenkel, der runde große Popo und die seidenen Strumpfbänder gehörten schön für die Herren Künstler. Die sollten freilich erst kommen, die «Schank» war schon geöffnet und ging recht gut, weil das Bier frisch und jetzt alles sauber und lustig war und die hübsche Geschäftsführerin das Ganze verstand! Auch in der Zeit, wo noch im Lokal gearbeitet wurde, hatte sie die Augen überall und auch was anderes! Sie konnte wunderbar mit so einem Herrn Handwerksmeister verhandeln, und wenn einer gar zuviel verlangte, lockte sie ihn mit «zutatigen» Blicken in ein Winkerl und raffte ihre rauschenden Röcke: «Schnell, schnell, a klaner Vorschuß! Schieben is ka Sünd!» Dann stemmte der Herr Meister die Steffi hinten wo im Kammerl, während die Gehilfen arbeiteten, schon war alles billiger. Die Steffi war eine Perle, hielt immer zu mir und war ehrlich wie eine Heilige, wo es um meine paar Gulden ging, wenn sie auch die Puderer schön zahlen ließ. Ich kam einstweilen noch öfter mit dem Ferry zusammen, der jetzt im Dienst recht angehängt war. Er war nach wie vor aufmerksam, ritterlich und nett, aber das Ganze ging halt doch zu Ende und eines Tages sagte er mir: «Pepikem, schau, du warst die Süßeste, was ich je gekannt hab, aber schau, ewig kann das nicht weitergehen! Der arme Ferry ist jetzt mit Geld schlecht beinander, aber ich schenk dir zu deinem 27 Geburtstag als Abfindung einen Jud!» – «An Juden? Ja, Ferry, was mach i denn mit dem?» – «Dummes Mädel, was du halt mit andere Männer machst, *tessék!* Ein steinreicher Bankier, Ignaz Grünstein heißt er und hat zwei Millionen! Wann du ihn gut behandelst, hast du goldene Tage und bist auf Jahre versorgt! Also: Abfindung von Ferry, ein Stück reicher Jud!» Ich war recht neugierig und ein bissel traurig, daß der Ferry mich so leicht hergab! Aber war ich nicht eine Hur, die von Hand zu Hand ging? Oder sollte mich der Ferry am End heiraten? War es nicht lieb vom Ferry, daß er so für mich wenigstens sorgte? Der Xandl hatte mich damals einfach hinausgeschmissen, ohne mich zu fragen, was aus mir wird. Am nächsten Dienstag stellte mir Ferry bei einem kleinen Dinner beim *Sacher* den Herrn Grünstein vor. Es war schön für drei gedeckt, der Ferry sagte mir noch, ich solle mich recht unschuldig stellen, das hätt der Herr Grünstein gern. Da kam er schon. Er war ein riesiger, breitschultriger Kerl mit einem Mordsbauch, aber recht kräftig sah er aus und trug einen Frack nach der letzten Mode, mit einer Chrysantheme im Knopfloch. Er schwitzte halt nur immer, mein «Igi», wie ich ihn später nannte.

Sein geringeltes Haar war schon grau, die Nase war nicht einmal gebogen, wie sonst bei den Juden, eher so knollig wie ein Erdapfel. Er trug ein Monokel, das nicht recht sitzen wollte. Alles in allem war er recht elegant, an der Sprache merkte man schon eher, daß er ein Jud war, besonders wenn er aufgeregt wurde. Er küßte mir die Hand wie ein Erzherzog und stöhnte leise dabei, weil er Kreuzschmerzen hatte. Überhaupt fehlte ihm jeden Tag was anderes und heiklich war er schrecklich. Mit Ferry war er per «Du». Erst viel später hab ich erfahren, daß der Igi mit dem ganzen Offizierskorps befreundet war und hohe Beträge auslieh, aber immer recht nobel. Wucherer war er keiner. «Mei gnädigstes Fräulein, ich bin be-gei-stert, Sie kennenlernen zu dürfen!» Bei Tisch machte er dann tausend Witze und plauderte sehr lustig, kannte sich nicht nur im Wiener Geschäftsleben, sondern auch beim Adel und beim hohen Militär aus, und ich schaute nur so, wen der Ignaz alles kannte. Jeden Moment hieß es: «Mein Freund, der Exzellenzherr . . . da sagt mir der Graf Rudi . . . und der Baron hat mich auf Schnepfen eingeladen . . .» Auf seine noblen Bekanntschaften war er sehr stolz, auch der Ferry war sehr nett zu ihm, aber schien ihn nicht ganz ernst zu nehmen. Dann ließ der Herr Grünstein natürlich «Schampus» kommen, und nach der zweiten Flasche wurde der Ferry von dem Ober hinausgerufen, wahrscheinlich war das so ausgemacht. Denn jetzt rückte der Grünstein näher, seufzte tief und streichelte meine Hand, die ich ihm ein bissel ließ. Ich wollte ihm Mut machen und fragte leise: «Sie sind nicht ganz glücklich, Herr Direktor?» – «Mein liebes, einziges Kind, wenn Sie wüßten! Ein armer, geplagter Mann, ewig einsam leidend dazu. Einsam werd ich bleiben bis an mein Lebensende. Und hätt doch so gern ein liebes Wesen, das einem manchmal die Sorgen ein bissel verscheucht und zu dem man reden kann! Aber das werd ich schon nicht finden, ich nicht! . . . Verzeihen Sie, ich belästig Sie mit meinen Angelegenheiten!» – «Aber durchaus nicht, Herr von Grünstein, das interessiert mich sogar sehr, ich möchte allen Menschen helfen, die nicht glücklich sind! Also ein so großer Mann hat auch seinen Kummer? Sie werden sicher noch eine für Sie passende Frau finden.» Jetzt bekam er die Augen, die ich bei Mannsbildern schon kenn, ob das jetzt ein Christ ist oder ein Jud! «Sie glauben wirklich? Sie Herrliche? Gott soll's Ihnen lohnen! Vielleicht ist die Betreffende schon im Anrollen? . . . Ich meine, in der Nähe?» – «Aber Herr von Grünstein, wer wird denn gleich so stürmisch sein?» Ich schob seine Hand von meinem Knie weg. «Sie Göttliche! Sie Einzige! Darf ich Sie für ein paar Tage auf den Semmering entführen, um dort mein Herz auszuschütten?» – «Lassen Sie mir doch Zeit, Herr von Grünstein, als junge Dame kann man sich doch nicht gleich jedem Herrn anvertrauen, wenn auch der Betreffende als Kavalier bekannt ist! Sie verstehen? . . .» – «Meine Allergnädigste, mein heiligstes Ehrenwort, ohne Nebenabsichten, wie eine Tochter! Wie ei-ne Toch-ter!» Da kam der Ferry zurück, und der Grünstein wischte sich die Stirn mit dem Taschentuch, wir tranken und wurden ausgelassen, und wie wir um zwölf auseinandergingen, hatte ich mit dem Bankier einen dreitägigen Ausflug auf den Semmering ausgemacht. Unterm Tisch, durch Zetterln, der Ferry machte sich nichts wissen. Der Igi war schrecklich scharf auf mich und schwitzte wie ein Roß, hielt sich aber zurück und schleckte mir nur in einer Tour die Hände ab . . .

Ich bin dann lange Zeit die Geliebte vom Igi Grünstein gewesen, es ist mir aber schon tadellos gegangen und ich hab viel bei ihm gelernt und bin viel gebildeter geworden. Aber plagen hab ich mich schon auch müssen, denn im Bett war er ganz komisch oft, wie nicht gescheit. Und eifersüchtig war er wie ein türkischer Pascha, ich hätt gar keinen andern anschauen dürfen! Er hat mich mit schönen Sachen überschüttet, und wenn ich mit ihm ausgegangen bin, hab ich oft ausgeschaut wie ein Pfingstochs, so überladen war ich mit Schmuck, da hat immer das Teuerste und Schönste hermüssen, aber geschmackvoll waren die Sachen halt auch nicht immer! Einmal sind wir im Stadtpark zwei «Pülchern» begegnet, da hat einer zum andern gesagt: «Da schau her, alles hängt er auf sei Sara!» Geärgert hab ich mich damals, aber gestimmt hat es doch! Die Juden ziehen halt ihre Frau oder ihre Geliebte recht kostbar an, damit man sieht, sie haben's dazu! Aber auf der andern Seite wollen sie, man soll halt immer für sie parat sein und oft ihren «Grant» und ihre schlechte Laune einstecken, stundenlang zuhören und sich anjammern lassen! Oft ist der Igi zu mir gekommen und hat geraunzt und sich bemitleiden lassen, und ich hab gar nicht gewußt, wie ich es mach, daß er wieder aufhört! Kopfweh hat man dabei kriegen können! Und die Eifersucht! Wenn mich einer nur angeschaut hat, hab ich das wochenlang auf der Schüssel gehabt! Aber das haben alle älteren Herren, nicht nur die Juden, weil sie halt um die Ihrige Angst haben, sie könnt ihnen mit einem jüngeren Schweif durchgehen! Aber wenn mir nur ein Finger weh getan hat, war der Igi schon da mit dem besten Doktor und war besorgt, wie wenn ich schon am letzten End wär! Am komischsten war er im Bett und beim Vögeln überhaupt! Heut, wo schon längst alles vorbei ist, begreif ich es eher! Wenn der Igi stolz war, daß er eine so fesche Geliebte hat, hat er sich doch wieder geschämt, daß er selber nach nix ausschaut. Er hat bestimmt gewußt, daß er keine Schönheit ist, und hat sich, wenn wir miteinander aus sind, immer besonders fein gemacht und dann wars noch ärger! Schon damals auf dem Semmering, wie er mich das erste Mal durchgezogen hat, war er zum Kugeln komisch. Am Samstag in der Früh sind wir hinaufgefahren mit der Südbahn, das war wunderschön. Wir fuhren über die hohen Viadukte, die Tannen haben so gut heraufgerochen und tief unten im Tal waren die kleinen Bauernhäuseln so nett mit ihren roten Dächern. Am Semmering sind wir im feinsten Hotel, im *Panhans*, abgestiegen, natürlich getrennte Zimmer! Und am nächsten Morgen sind wir in den Wald spazierengegangen, der Ignaz ganz als «Steirer» angezogen, und das war halt nicht auf ihm gewachsen. Eine kurze «Lederne», gestickte Hosenträger, ein grünes Hütl und sogar Wadelstrümpfe. Er hat sich offenbar so sehr gut gefallen, hat alle Leut gegrüßt und sich bemüht, so zu sprechen wie die Bauern, oft hab ich das Lachen verbeißen müssen! Im Wald haben wir uns dann hingesetzt, um auszuruhen! Der Igi breitete mir seinen Lodenmantel unter, ich legte mich hin, verschränkte die Arme unter dem Kopf und tat, als schliefe ich. Meinen Rocksaum ließ ich absichtlich bis zu den Knien hinaufrutschen, atmete tief und schielte dabei zu meinem neuen Liebhaber hinüber, was der jetzt machen würde. Es war schon ein Theater. Lange Zeit stöhnte er nur, keuchte und fauchte und wischte sich den Schweiß vom Genick. Aber ihm wurde immer wieder heiß, nicht von den paar Schritten, die wir gegangen waren, sondern weil mein voller, hochatmender Busen, meine hübschen Spitzensäume und die runden Knie in den prallen Strümpfen schon jedem Mannsbild einheizen konnten. Endlich faßte er sich ein Herz und begann ganz zaghaft meine Knie zu streicheln, vielleicht eine Viertelstunde lang, bis es kribbelte und kitzelte, als wären Ameisen unter meiner Dirndlschoß! Ich räusperte mich wie im Schlaf und drehte mich mit geschlossenen Augen ein wenig, wobei ich die Beine bissel öffnete, leichter kann man's einem Mann schon nimmer machen. Jetzt fing der Igi, der sofort die Hand zurückgezogen hatte, wieder mit seinem zarten Streicheln an, ein Stückerl übers Knie hinauf und bis zu den Strumpfbändern, fast kam er bis zum Paradies, aber wie er das Fleisch über dem Strumpf spürte, traute er sich nimmer höher. Da raschelte auch grad irgendwas, wahrscheinlich ein Eichkatzel einen Baum hinauf, aber der Igi schrak zusammen, schaute ängstlich in die Zweige und murmelte: «. . . immer wird man gestört.» Dann begann er, langsam, schrecklich langsam, meine leichte Schoß über die Knie hinaufzuziehen, bis zu meinem Baucherl. Erst die geblümte Seidenschoß, dann den langen, duftigen Spitzenunterrock und endlich das ganz kurze rosa Hemderl, das mir so nur knapp bis zum halben Schenkel ging. Was er jetzt sah, konnte ihm schon recht sein, zwischen meinen straffen blütenweißen Schenkeln lag im schönen kastanienbraunen Haar mein Futerl halb offen mit zarten rosa Schamlippen, direkt ins Paradies sah der Igi hinein und stöhnte, wie wenn ihm der Schweif abbrechen wollt. Ich muckste mich nicht, und jetzt endlich kniete er sich zwischen meine Beine, die er ganz vorsichtig auseinanderschob. Dann ließ er seinen Schwanz heraus, der halbsteif und neugierig aus dem viereckigen, ledernen Hosenlatz kam, ein ganz ordentliches Stückerl, bloß die Eichel war ganz trocken und braun. Igi sah sich ängstlich und vorsichtig nach allen Seiten um und begann seine braune Eichel zu polieren, wobei der Schweif langsam in die Höhe ging. Ein paar Minuten wetzte er an seiner Spitze herum, mit der verflixten Eichel hab ich mich noch oft plagen müssen. Endlich war er soweit, er beugte sich über mich, stützte sich rechts und links auf und verlor dann doch beinahe das Gleichgewicht, weil er die eine Hand brauchte, um seinem Bleistift die Richtung zu geben. Fast berührte die heiße Eichel schon meine wartenden Schamlippen, da knackte ein Ast, Igi stöhnte nur: «Oi weh . . .», zog augenblicklich meine Röckchen wieder herunter und versorgte seinen Stempel, der direkt ein trauriges Gesicht machte, weil halt wieder nichts war! Bald darauf tat ich, wie wenn ich aufwachen möcht, schlug die Augen zärtlich zu ihm auf und ließ mich küssen. Auf dem Heimweg schmiegte ich mich recht zart an ihn und sagte ganz verschämt: «Weißt, was mir vorhin im Wald träumt hat? . . . Ein Schmetterling hat sich auf mein Haar gesetzt . . . so gekitzelt hat das . . . aber schön war's doch . . .» Igi küßte mich seufzend auf die Stirn! Erst am selben Abend hat er mich wirklich das erste Mal gevögelt. Es war schon halb zehn Uhr, ich lag mit offenem Haar und in einem weitausgeschnittenen Spitzenhemd in meinem noblen Zimmer und hatte die Tür zufleiß nicht abgesperrt, denn der Igi tat mir leid und einmal mußte doch was geschehn! Da klopfte es ganz zaghaft und der Igi kam herein, in einem ganz komischen Anzug aus blauer Seide, ganz verschnürt und mit Verzierungen, wie die Attila vom Ferry, mein Igi ging als Husar ins Bett, meiner Seel! Ich zog sofort die Decke über den Kopf und quietschte, ich schämte mich zu Tod, aber er setzte sich vorsichtig an den Bettrand, wobei er fast abrutschte und schaute mich ganz verliebt an: «Ich kann heut nicht einschlafen, mein Kind und hätt noch sooo gern ein bissel mit dir geplaudert . . .» Da war seine Hand schon unter der Decke, er preßte meine Tutterln und die Warzerln geilten sich gleich auf! Ich tat, als wolle ich seine Hand wegschieben und krümmte mich, aber da hätt man den Igi sehen sollen! Auf einmal packte er mich, daß mir alles knackste, riß die Decke bis zu meinem Bauch hinunter und war auf eins, zwei vor dem Bett auf die Knie, tauchte eine Hand in seine Hose und hielt mir mit der andern die Arme fest, daß ich meine süße Meierei nicht zudecken konnte! «Gott . . . wie schön . . . Gott, wie Marmor . . . eine Statue . . .» Und er umarmte mich, drückte mir die Hände im Kreuz zusammen, so daß mein Busen sich vorwölbte und begann zu küssen, zu lecken, zu schmatzen, zu lutschen und zu beißen, daß ich unten und auf der Brust ganz patschnaß wurde, er verstand es halt doch, nur Zeit brauchte er! Erst tauchte ich zum Schein seinen Kopf weg, aber dann preßte ich meinen großen Säugling selbst fest an meine rosigen Warzen und kraulte den wolligen Nacken, ihm ging die Luft aus und er konnte kaum stöhnen. Endlich ließ er meine brennheißen Warzerln, die jetzt so groß wie Himbeeren waren, los und warf sich zurück, daß sein steifer Pinsel von selbst aus dem Hosenspalt herausfuhr. Ich quietschte wie eine Jungfer, deckte die Hand über die Augen und sah durch die Finger! «Sehr erschrocken? . . . no, no, no . . . bitte, bitte, noch einmal hinschauen . . . so steif und so groß . . . siehst du das gern? Hast du ihn lieb? Hast du das schon oft gesehen? Wie oft? Tut das wohl?» Ich raunzte kaum hörbar: «Jaaa . . .» – «Möchtest du ihn gern einmal drinnen spüren?» Ich warf mich auf den Bauch, schüttelte heftig den Kopf und wühlte das Gesicht in den Polster! «Nein, nein, um Gottes willen, nicht heute, heute niiicht!» – «Nicht heut? Warum? Bitte, bitte! Mach mich selig! Du wirst schon sehen! Nur ein ganz kleines bißchen, nur ein einziges Mal!» Jetzt war ich schon ganz nackt, das Hemd war nur noch ein schmaler Streifen um die Hüften, das Bettzeug war zerrissen und auf meinem Bauch ritt der Igi, fauchte und keuchte und bettelte und legte sich mit seinen 90 Kilo mit aller Gewalt auf meine Knie, um sie auseinanderzustemmen! Ich wand und warf mich hin und her, raunzte, stöhnte und jammerte: «Neeeeeeein . . . neeeeeein!» Dann plötzlich, als ihm schon ein dünnes, nasses Streiferl über den Schwanz rann, tat ich plötzlich, wie wenn ich schwach werden möcht, ließ die Arme aufs Bett fallen, verdrehte die Augen und tat auf einmal die Schenkel weit auseinander, so daß der Igi von selbst auf das richtige Platzerl fiel! Vor lauter Aufregung fand er nicht gleich in das süße Löcherl hinein, ich schrie ein bissel auf und drehte mich so, daß er von selbst drinnen ist, ohne daß er viel dafür kann! Endlich! No, jetzt hätt man aber den Igi sehen sollen! Die Remmelei war nicht von schlechten Eltern. Der riesige Kerl drückte mich halb tot, stieß mir fast das Herz ab, die Bettfedern kreischten nur so, so was hatte das Hotelzimmer kaum noch gesehn! «Ha-ha-hast du das ge-gern? . . . Jaaaaa? . . . tut das guuuuut? . . . ist der Schwanz lieb? . . . ist die kleine Fut von der Pepi eng und süß . . . ist ihr wohl?»

Und auf einmal, mittendrin, fängt er an, mich «auszufratscheln», wie man bei uns sagt! «Nicht wahr, der erste bin ich nicht? . . . nein? . . . der dritte? . . . Haben es die andern auch so schön gemacht?» Ich wimmerte was daher, schüttelte den Kopf und schluchzte zum Schein! «Sooooo . . . soooo . . . aaah . . . schööön . . . waaas . . . gchchhhh . . .» Ich weiß nicht, der Igi war sonst ein gescheiter Kerl, aber im Bett war er ganz kindisch! Wollte immer, ich soll ihn bewundern und die Jungfer spielen! No, die Freude konnte ich ihm machen und meinem engen Fummerl merkte man, Gott sei Dank, nicht an, daß es schon viele beherbergt hatte! Endlich schoß sein heißer Samen in mich hinein, er brüllte, warf sich empor und krallte mir zähneklappernd alle zehn Finger in die nackten Achseln! Dann fiel er auf mich, versteckte sein heißes Gesicht an meiner Schulter, schaukelte noch ein wenig seinen ausrinnenden Schwanz in mir hin und her und gurgelte: «End-lich! Gott sei Daaaank . . .» Bald darauf richtete er sich empor, er schwitzte in Strömen, aber war selig! Zwischen seinen Riesenschenkeln schwankte noch immer halbsteif sein Schwanz, und wie der sich jetzt langsam legte, streichelte ich das brave Glied wie zufällig und verrieb die letzten Tröpferln auf der Eichel! Mein Igi schnurrte wie ein alter Kater. Er streichelte meine Haare, küßte mir die Hand, und auf einmal spürte ich zwischen meinen Brüsten einen kalten Tropfen! Der Igi hatte mir einen wunderschönen Rubin auf die Brust gelegt! «Wann wir nach Wien hereinkommen, gehst du zum Juwelier damit!» Der Stein war wirklich wunderbar, später hab ich noch einen Saphir und einen Brillanten dazubekommen und der Igi hat mir die drei Steine zu einem Ring fassen lassen, den ich noch heut trag! Komisch, so lieb er war, ich hab selten bei ihm das Gefühl gehabt, ich vögel mit einem ausgewachsenen Mannsbild, es war oft, wie wenn ich einen Gymnasiasten abrichten möcht! Aber sehr nobel war er und dankbar, und wenn ich ihm was Neues gezeigt hab, war er außer sich, wie wenn er ihn zum erstenmal bei einem Frauenzimmer drin hätt! In Wien, wohin wir am Montag zurückfuhren, bekam ich eine Wohnung in seinem Palais am Ring! Ein wunderbares Haus, aber er bewohnte nur den ersten Stock, dort war auch sein Bureau. Ich zog in den zweiten Stock zu einer Generalswitwe, deren Mann er gekannt hatte und der er die ganze Miete fast nachließ, dafür, daß sie mir ein wunderbares, riesiges Zimmer auf den Ring hinaus gab! Beim Xandl hatte ich eine ganze Wohnung gehabt, aber das Zimmer vom Igi war prächtiger! Eine Menge wunderbarer Teppiche ließ er mir aus seiner Wohnung heraufbringen, Bronzestatuen und alte Waffen und alte Porzellansachen samt Glaskasten. Wie eine Prinzessin wohnte ich, aber der Igi kam selten zu mir hinauf, meist kam ich am Abend zu ihm hinunter. Gegen acht Uhr ließ er sich ein Bad machen und hatte es am liebsten, wenn ich mitbadete! Das Badezimmer war sehr groß und ganz aus Marmor und die Wanne war ein großes

Bassin und in den Boden hineingebaut, zwei kleine Marmorstufen führten hinunter. Der Igi empfing mich meistens in einem gestreiften türkischen Schlafrock, küßte mir die Hände ab und zog mich ganz langsam aus, oft dauerte das drei Viertelstunden. Jedes Stückerl Körper küßte und schleckte er eine Ewigkeit. In Hut und Schleier und im Mantel kam ich hinunter und das Ausziehen war seine größte Freud. Wenn er mir alle die vielen Hafteln, Drücker und Bänder langsam aufmachte, spielte er manchmal mit seiner dicken, breiten Zunge an meinem parfümierten Fummerl, direkt «in den Keller gegangen» ist er bei mir selten. Aber er hatte es sehr gern, wenn ich ihn schleckte, nur war das oft eine große Plage, weil es bei ihm sehr lang dauerte, bis es ihm kam, und oft hatte ich schon einen Zungenkrampf. Bei einem Juden, der keine Vorhaut hat, ist die Eichel immer nackt und viel weniger empfindlich als bei einem Christen, aber man muß so ein Eicherl auch zu behandeln verstehen, und beim Igi hab ich's gelernt. Noch eine gute Eigenschaft hatte der Igi. Immer, wenn ich mit ihm beisammen war, schenkte er mir Geld, sogar eine eigene Taxe hatte er sich gemacht. Fürs Eichelkitzeln oder Herunterwichsen bekam ich ein blankes großes silbernes Fünf-Kronen-Stück, für eine gewöhnliche Nummer ein kleines goldenes Zehn-Kronen-Stück und fürs Schlecken gar 20 Kronen. Beim Baden liebte er komische Fragespiele, die er sich selbst ausdachte und mit denen er uns beide aufgeilte! Er: Ja, was werden wir denn jetzt machen? Ich: Weiß nicht! Er: Doch weißt du's! Ich: Das Rockerl kommt herunter und das Ho . . . nein, ich schäm mich . . . Er: Und das Hoserl auch! Was wird man denn da sehen? Ich: Ich sag's nicht! Er: Sag ich's dir! Das süße kleine Loch! Ich: Nein, da geh ich, ich lauf fort! Er: Was fällt dir denn ein! Dann kommt Mädi zu mir in die Wanne! Wer wird denn dort schon auf Mädi warten? Ich: Der Schwanz! Er: Ja, der Schwanz! Der Große! Der Dicke! Der Steife! Der Schwanz, Schwanz, Schwanz! Ich: Und der kommt dann in das kleine enge Löcherl hinein! Aber nicht weh tun! Löcherl ist so eng! Dann stieg er zuerst ins Wasser, gurgelte und blubberte wie ein Walroß, packte mich, wenn ich hinunterstieg, und riß mich ins Wasser, daß es hochspritzte und herausplanschte. Dann beklatschte er mich und tätschelte mich und drückte mich, als wenn er mich massieren wollt, setzte mich auf den Grund der Wanne, zwischen seine gespreizten Beine, daß seine starken Brusthaare mir den Rücken kitzelten, drückte und preßte mir die Tutterln, wobei er mir bald über die Achseln, bald unter den Armen durchgriff, preßte meinen Popo zwischen seine kräftigen Schenkel und im Kreuz spürte ich seinen steifen Hallawachel! Dabei plauschte er alles mögliche durcheinander: «Mein Einziges . . . wenn ich dich nicht hätt . . . Gott, wie weiß und süß . . . und das Popscherl . . . ja, wo is denn die Kleine, die Süße . . . mein Gott, so ein Baucherl . . .» Gewöhnlich zog er mich dann unterm Wasser auf seinen Schoß und steckte ihn mir von unten und hinten hinein, wobei das Wasser komisch gluckste und planschte! Ich bin dem Igi lange Zeit treu gewesen, ich war müd von der ungarischen Reise und wollte es mir mit ihm nicht verderben, aber einmal wär es doch um ein Haar aus gewesen, wegen der blöden «Aktphotos», wie Igi sagte! Der Igi war auch Photograph, nur so aus Hetz, aber machte ganz gute Bilder, und wie ich einmal ins Badezimmer komm, steht dort schon auf drei so dünnen Haxerln eine mordstrumm «Kamera» und der Igi richtet Platten her! Ein großer Diwan war natürlich auch im Badezimmer und heute lag ein buntes japanisches Tuch, mit Vögeln gestickt, drauf! Igi zieht mich ausnahmsweise sehr rasch aus, und ich muß mich auf den Diwan legen, den Popo zu ihm auf den einen Arm gestützt! Den Popo recht weit herausgedrückt wie so eine Haremsdame! Igi murkst eine Ewigkeit am Apparat herum, einmal wär er auf dem glitschigen Boden fast samt dem ganzen Zeug umgefallen. Endlich war die erste Aufnahme soweit. Wir mußten beide husten, so einen Gestank machte das Blitzlicht im Badezimmer. Dann noch ein Bild, ganz nackt und stehend so ein italienisches Krügel auf der Achsel und endlich muß ich mich aufs Sofa legen, die Beine über den Rand hängen lassen und die Schenkel recht weit auseinander und der Igi stammelt: «Kind, du mußt mir den Gefallen tun, ich muß ein Bild von der süßen Kleinen haben, ich muß einfach! Ich schwör dir, kein menschliches Auge wird die Platte sehen, als wie ich und du!» Also, endlich tat ich ihm den Gefallen, einmal als ganz Junge war ich ja auch schon so geknipst worden. Igi, dessen Schwanz immer stärker und größer wird, rückt den Apparat ganz nahe, fast in meine Kleine hinein, und wie er endlich knipst, rutscht er aus und fällt richtig noch zum Schluß mit dem Apparat auf mich, so daß ich den Ansatz vom Apparat in meinem Schoß spürte wie einen Schweif, nur ganz kalt. Aber die Aufnahmen wurden gut, merkwürdig genug, nur das letzte Bild war zum Brüllen komisch! Das Köpferl von mir und meine Tutterln waren darauf riesig klein, weil der Apparat so blöd eingestellt war, dann kam ein riesiger weißer Fleck, das waren die Schenkel, und mitten drin eine riesige pechschwarze, offene Fummel! Aber grade dieses Bild hat dem Igi am besten gefallen und er hat mir einen «Abzug» von jedem Bild gegeben, die ich in einer Lade in meinem Toilettentisch einsperrte! Mittlerweile ging die Arbeit in meinem Café flott weiter, ich machte mich jeden Tag auf eine Stunde frei und ging nachschauen, die Schank war immer bummvoll und in ein paar Tagen, grad an meinem Geburtstag, sollte das *Künstlerparadies* eröffnet werden. Da sagte mir die Steffi, ein Burgschauspieler interessiere sich so schrecklich für mich und wolle unbedingt wenigstens ein Bild derweil von mir sehen. Unglücklicherweise hatte ich grad die Aktphotographien von mir mit, und die Steffi war ganz weg und wollte sie mir nicht mehr zurückgeben, sie muß die Bilder dem Schauspieler zeigen, so einen Körper sieht man nicht alle Tage! Und ich, dumme Gans, gab sie ihr endlich, gegen ihr heiliges Ehrenwort, daß ich sie am nächsten Tag zurückkrieg. Und – manchmal hat man halt so ein Pech – der Igi kam am selben Abend, gegen seine Gewohnheit, zu mir hinauf, jammert ein bissel und sagt endlich: «Geh, du hast doch die Bilder aufgehoben? In der Lad, was? Geh, bitt dich, bring sie, kommt man bissel auf andere Gedanken!» Ich stell mich vor die Lade, die natürlich leer war, und muß einen Augenblick ganz blaß geworden sein, und stotter was zusammen: «Jessas Igi, Igi, die muß ich rein verlegt haben, ich hab sie schon gestern gesucht, die Bilder, wie wenn sie verzaubert wären . . .» Aber der Igi, mißtrauisch und nervös und aufgeregt wie er schon ist, springt auf und will mich wegdrängen und durchaus auf die arme, leere Lade los und zetert und keppelt und keift: «Schau her da! Verlegt hat sie die Bilder! Verlegt man so was. Lüg nicht, einem Mann hast du sie gegeben, du freche Person! Das soll ich mir gefallen lassen? Ich nicht, das sag ich dir, iiich nicht!» Ich, in meiner Angst, pack ihn an den Ohren, küß ihn ab, daß alles nur so scheppert und sag unter tausend Busseln schrecklich schnell und zärtlich: «Aber Igi, Igi, gar kein Vertrauen hat er, der böse Igi, zu seiner armen Pepi? Weißt ja, ich gehör nur dem Igi, net so aufregen, wirst sehen, kriegst wieder Kopfweh und der Kleine regt sich auch auf, der arme Kleine, wo is er denn . . . wo is er denn . . . tssss . . . tsss!» Und bei den letzten Worten hatte ich in meiner Angst seinen Schweif herausgenommen, packte ihn fest von unten und rieb und riß immer zu mir her, mit aller Kraft, der Igi kommt ganz aus dem Konzept! Und immer weiter redend und unter tausend Schmeicheleien wichs ich den Igi wie noch nie, und als mir die ersten heißen Tropfen bis zum Ellbogen hinaufspritzen, kommt der Igi wieder zu sich selbst, schwitzt und schämte sich und ich atmete befreit auf! Und jetzt begann er zu bitten und zu betteln, ich zog erst ein «Goscherl», tat beleidigt und endlich setzte ich mich auf seine Knie und miaute ganz leise: «Igi, goldenes Igerle, da wird in ein paar Tag so ein verrücktes Beisel in der Stadt aufgemacht, lauter Künstler sollen dort sein und so Mädeln und es soll schrecklich fesch und so halt dort sein! Für mei Leben gern möcht i amal so was sehen! Führst mich aus, dorthin, Igi, geh, sag ja? Gelt? Fein!?» Der Igi war schön ungeschickt, ich mußte mich nur auf das unschuldige Hascherl machen und schon fiel er mir hinein! Jetzt konnte ich nur gleich der Steffi sagen, daß sie mich, wenn wir hingingen, ganz als Fremde behandeln soll, wenn der Igi gewußt hätt, daß ich ein Animierlokal hab, der hätt mich hinausgeschmissen, wie ich war! In der Zeit mit dem Igi hab ich zwei Sachen gelernt: Ein Jud ist mißtrauisch und vögelt lieber im Zimmer!

9. Kapitel

Fesche Zeiten

Das war ein denkwürdiger Abend, als mich der Igi zur Eröffnung vom *Künstlerparadies* führte. Ich hatte die Steffi schon tagelang früher eingeweiht, und sie hatte wieder den feschen Kellnerinnen, dem Portier und dem übrigen Personal eingeschärft, mich beim Eröffnungsabend ganz wie eine fremde Dame zu behandeln. Das war sehr nötig, denn die Leute kannten mich ja, da ich oft während der Reparaturen ins Lokal gekommen war und mich auch viele Stammgäste der «Schwemm» schon kannten. Immer, wenn ich an Nachmittagen hinkam, drehten die Kutscher und Chauffeure die Köpfe und tuschelten hinter mir drein: «Das is sie ja. Die Wirtin. Was? Was das Ganze gehört? Die is net schlecht! Derer machet ich's!» Das hörte ich gern, ging aber ganz würdig nach rückwärts, wo ich dann die Steffi sprach. Mit Vergnügen sah ich, wie die Handwerker vorwärtskamen, wie die Möbel mit dem feinen Samtüberzug geliefert wurden, und am schönsten war, dem jungen Kunstmaler bei der Arbeit zuzusehen! Wie der Tänzerinnen, Strizzi, Schusterbuben und Wachmänner mit so ein paar Kohlestrichen an die Wand hinwarf und dann mit seinen Pinseln drauflosschmierte, da war das Zuschauen ein Vergnügen!

An meinem Geburtstag überraschte mich mein Igi mit einer Brillantbrosche und einem herrlichen schwarzen Seidenkleid! Ich war entzückt und so dankbar und küßte meinen splendiden Liebhaber tausendmal, aber dann setzte ich mich auf seinen Schoß und sagte verschmitzt: «No und das Schönste fehlt noch? Hast es nicht vergessen? Gelt! Heut abends führst mich ins *Künstlerparadies*!» Da machte der Igi ein Gesicht, wie die Katz wenn's regnet, und jammerte: «Kind, bitte dich, muß das sein? Wer weiß, wie es dort zugeht? Du bist doch jetzt eine Dame. Kann man wissen, was man dort alles hört?» Da gab es aber nichts, und um zehn Uhr abends fuhr der Igi mit mir in der Trumpfgasse vor! Ich aufgeputzt, die neue Brosche funkelte an meinem Busen, und ich raschelte mit den seidenen Unterröcken. Der Igi war im Frack, bloß hatte er einen zu engen Kragen an und fuhr sich immer mit dem Finger hinein. Sehr nobel war es, mein *Künstlerparadies*! Die großen Fenster waren mit bunten Vorhängen verhängt, man hörte die gedämpfte Musik herausklingen, nur ein paar bunte Lampen und ein großes Transparent wiesen darauf hin, daß hier ein Vergnügungslokal war! In der «Schwemm» war schon alles leer. Aber rückwärts, da war schon alles bummvoll! In allen Logen Herren im Frack und Damen in feinsten Toiletten, wunderschönen Schmuck hatten alle, aber es ging ganz anständig zu, es wurde gelacht und getrunken in allen Logen, ein sehr guter Klavierspieler klimperte leise, die Champagnerflaschen knallten manchmal, hie und da ein leiser Quietscher, wenn eine Dame ein bissel gekitzelt wurde! Das war alles! Aber der Igi schnupperte sehr mißtrauisch, als wir hineingingen und uns eine wunderschöne schwarze Dame mit einem tiefen Hofknicks begrüßte. Ich schaute wie ein Narr! Ich hätt die Steffi fast nicht wiedererkannt! Ein herrliches feuerrotes Schleppkleid, tief ausgeschnitten, daß man ihr bis weiß Gott wo hineinsah, Rubinenohrgehänge, eine dunkelrote Rose im Haar, wie eine Spanierin sah die Steffi aus. Nur bissel stark geschminkt war sie. «Zu gütig, daß uns die Herrschaften auch die Ehre geben. Wir hoffen, daß es Ihnen bei uns gefallen wird und daß Sie uns weiterempfehlen werden!» Und die Steffi rauschte voran zu einer winzigen Loge, die für uns reserviert war. Ein winziges, weißgedecktes Tischerl, der Champagnerkübel in der Ecke, orangerotes, elektrisches Licht und ein blauer Samtvorhang. Und man saß sehr weich und behaglich. Auch mich begrüßte die Steffi schrecklich ehrerbietig, und ich nickte nur ganz hochmütig zurück. Die Steffi zuckte mit keiner Wimper, aber als sie wegging, um uns den Ober zu schicken, schupfte sie, als sie uns den Rücken kehrte, wie zufällig ihren runden Popo, der das Seidenkleid wunderbar spannte. Igi sah ihr nach, leckte sich die Lippen, aber als ich mich wütend räusperte, war er ganz erschrocken und sagte schnell: «Hast du gesehen, wie die geschminkt ist? No, viel wird da nicht dahinter sein. Aber a fesche Person!» Jetzt tat ich ganz beleidigt und sagte spitz: «Ah, das muß i schon sagen, gut behandeln tust mich zu mein Geburtstag! Weißt was, schickst mi nach Haus und ladest dir die Rote zu an Glaserl Schampus ein! Die sagt dir net nein, die is net aso!» Jesus, war der Igi desparat! Er küßte mir tausendmal die Hand, beteuerte mir hoch und heilig, daß er keinen Augenblick an eine andere denke und bat mich um Verzeihung. Dann stießen wir mit den Gläsern an, der Schaumwein war ausgezeichnet, wir plauderten ein bissel, aber als der Ober mit einem undurchdringlichen Gesicht den Vorhang unserer Loge zuziehen wollte, schickte ihn Igi wütend weg. Um uns herum war es schon viel lauter geworden, neugierige und lustige Blicke flogen zu uns herüber, irgendwo spielte einer Gitarre und sang dazu, ein Glas wurde zerbrochen, in der Loge uns gegenüber warf einer seiner lachenden Dame Rosenblätter in den Ausschnitt, es war schon die Stimmung, wo es anfängt, lustig zu werden, und alle die Leute ringsherum sahen mir ganz danach aus, als juckte es ihnen schon überall. Nur ich saß da mit meinem faden Igi und er ging mir nicht von der Falte! Da hatte ich eine Idee, ich entschuldigte mich auf eine Minute bei ihm und lief zur Steffi in die Küche, die mich mit einem Jauchzer umarmte und mich abküßte: «Pepi! Wie eine Erzherzogin schaust aus! Und alles Gute und Liebe zu deinem Geburtstag und sollst tausend Jahr glücklich und g'sund leben! Und was sagst, wie fein mir das Tschecherl herg'richt haben! Du, jetzt schaust aber, daß du dein alten Juden anbringst, a Masse von meine Bekannten sind da, die san scho schrecklich neugierig, daß sie die schöne Wirtin persönlich kennenlernen!» – «Steffi, grad deswegen komm i, geh, nimm ihn mir ab! Solang der da hockt, komm i ja doch zu nix!» Die Steffi machte ein Schnauzerl, blinzelte und sagte: «Is schon recht. Jetzt geh i zu ihm einer und wann es soweit is, machst du an Krawall!» Und rauschte und schwänzelte zum Igi in die Loge und zog geschickt den Vorhang hinter sich fast zu. Ich schlich mich nach und sah neugierig und belustigt durch den Vorhangspalt. Die Steffi hatte sich an meinen Igi heranmacht und fragte ihn grade recht süß und zutunlich: «Sind der Herr Kommerzialrat mit uns zufrieden? Oh, ich wär so glücklich, wenn Sie sich recht wohl bei uns fühlen würden und recht oft wiederkommen möchten! Auch einmal ohne die schöne Frau Gemahlin? Dann könnten wir ja ein bissel plauschen!» Der Igi verschlang sie fast mit den Blicken, die Augen hingen ihm heraus und immer wieder mußte er sich die Lippen lecken. Die gewandte Steffi hatte sich ganz an ihn herangeschlängelt, zwischen seine Knie gedrängt und legte ihm die Hände auf die Achseln, wie wenn sie ihm was am Kragen richten wollt. Er rückte hin und her, sah verlegen und doch geil auf sie, sie beugte sich zu ihm hinunter, so daß ihr voller brauner Busen fast auf seinem Gesicht lag und girrte: «Furchtbar gern möcht ich Sie näher kennenlernen . . .» Dabei massierte sie mit den Knien an seinem Hosentürl, er wurde ganz blau im Gesicht, als wolle er sie wegschieben, aber dabei irrten seine Hände über ihren prachtvollen Popo und die Hand, mit der er ihre Schulter wegtauchen wollte, rutschte abwärts über die schönen Halbkugeln ihrer Brust. Sie quietschte kokett und sagte: «Aber, aber, jeden Augenblick kann die gnädige Frau zurückkommen.» Igi schluckte und zwickte die Schenkel zusammen, so daß die Steffi gar nicht wegkonnte. «Sie Schlimmer! Wenn Sie so sind, dürfen Sie nicht wiederkommen . . .» Die Steffi ringelte sich wie eine Schlange, kicherte, wehrte seine Hände ab, packte seine neugierigen Hände und drückte sie ihm hinunter: «So jetzt gibst aber Ruh! Mir scheint, du bist ein ganz großer Don Juaner!» Aber während sie unten zwischen seinen Beinen ihm die Hände festhielt, nestelte sie so herum und plötzlich hielt sie seinen Schwanz in der Hand, hart und steif wie noch selten! Und wie sie sich mit halbgeschlossenen Augen zu ihm herunterbeugte und langsam ihm die Lippen ableckte und dabei unten zu reiben anfing, schlüpfte ich durch den Vorhangspalt und die zwei fuhren auseinander, wie wenn es donnern möcht! «Sooo . . . also so ist das hier! Ignaz! Augenblicklich fahren wir nach Hause! Und Sie, Sie schamlose Person, seien Sie froh, daß wir Ihr sauberes Lokal nicht am ersten Abend zusperren lassen!» Die Steffi spielte ihre Rolle ausgezeichnet, tat ganz verzweifelt und beschwor uns mit Flüsterstimme, «sie nicht unglücklich zu machen», aber ich rauschte hinaus und hielt mich gerade, wie wenn ich einen Besenstiel geschluckt hätt, und der Igi, der weiß war wie das Tischtuch, kam ganz geknickt hinter mir, die Gäste schauten uns schadenfroh nach und ein schadenfrohes Gelächter folgte uns! Während der ganzen Fahrt nach Haus saß ich schmollend in einem Wagenwinkel und redete kein Wort und der Igi wiederholte tausendmal mit weinerlicher Stimme: «Man is doch auch nur ein Mensch . . . no, is nicht wahr . . . weiß ich, wie sie das so schnell gemacht hat . . .» Ich hielt das Lachen zurück und machte ein steinernes Gesicht, und als er mich vor seiner Wohnungstür küssen wollte, zog ich ganz wild den Kopf zurück, rannte in meinen Stock hinauf und lauerte auf dem finstern Gang, bis Igi unten aufgesperrt hatte und seufzend die Tür schloß! Und dann sauste ich wieder hinunter über die dunklen Stiegen, einen Einspänner und nach kaum einer halben Stunde saß ich wieder im *Künstlerparadies*! Dort sah es jetzt schon ganz anders aus! Von außen lag das Lokal still und dunkel da, ich mußte über den Hof und an die Küchentür klopfen, da empfing mich eine Wolke von Rauch und ein Stimmengewirr und Musik, Geschrei, Gelächter, Zurufe! Ja, die hatten es sich derweil gut gehen lassen und eine hübsche Zeche hatten sie auch gemacht! Wenn das jeden Tag so wurde, dann war ja unser *Künstlerparadies* eine Goldgrube. Überall standen und lagen leere Champagnerflaschen, alle hatten erhitzte Gesichter und die meisten einen schönen Schwips. Die Steffi sah mich zuerst, jauchzte auf und umarmte mich, ließ den Klavierspieler einen Tusch spielen und die Gäste – es waren vielleicht dreißig Leute da – fielen ein: «Hoch soll sie leben, hoch soll sie leben, dreimal hoch!!!!» Das war ein Geschrei und ein Mordsspektakel, und ich war sehr stolz und freute mich, daß schon alle von mir wußten und daß sie mich gern hatten. Ja, sie hatten mich wirklich gern, die Männer allerdings ganz anders, das merkte und spürte ich gleich! Die Steffi nahm mich um die Hüfte und führte mich von Tisch zu Tisch, um mich vorzustellen, und da spürte ich mehr als einmal eine feste Männerhand an meinem bloßen Arm oder an meinem Schenkel und mehrere taten, als wollten sie mir die Hand küssen, beugten sich aber weiter vor und erwischten mit ihren feuchten Lippen meine Schulter oder gar ein Stückel vom Dekolleté! Ich ließ lachend jedem seine Freud, ich war nicht kleinlich und man sah es meinen neuen Bekannten auf den ersten Blick an, daß das lustige Kerln waren, die zu leben verstanden. Ich schüttelte viele Hände, hörte eine Masse Namen, von denen ich mir aber meist nur die Vornamen merkte. Der Gustl, der Hans, die Melly, die Franzi, der Toni . . .

Ich hab erst nach und nach alle kennengelernt. Die meisten waren Schauspieler vom Theater an der Wien, von Carltheater und so, viele junge Maler, die flatternde Krawatten trugen, die Frauen waren meist hübsch und jung, waren stark geschminkt und hergerichtet, aber verstanden einen Spaß. Und bald war ich mit allen per «Du», wie auch sie sich untereinander alle «Du» sagten. Die Steffi hatte es verstanden, einen ganzen Freundeskreis zu uns zu bringen, die sich schon seit Jahren kannten, fest zusammenhielten und sich voreinander nicht genierten. Einer war da – ein großer, älterer Mensch mit einer kleinen Glatze und einen pfiffigen Gesicht – Bildhauer war er und alle nannten ihn «Maxi», der war vielleicht der Lustigste. Als ich ihm die Hand hinstreckte, gab er mir die Linke und entschuldigte sich mit einer spaßigen Grimasse: «Entschuldigen, die andere Hand is grad beschäftigt!» Ich sah hin und da hatte er seine Rechte zwischen die Schenkel einer lustigen kleinen Blondine gesteckt, die sich kichernd und prustend krümmte! Sie hatten ihr die Röcke hoch hinaufgeschlagen und unter seiner Hand knisterten die bunten Seidenunterröcke nur so und er fluchte: «Vor lauter Spitzen kommt man zu gar nix!» Ich nahm gern auch seine andere Hand und sagte: «Lassen Sie sich nur net stören!»

Überhaupt hatten die Damen es sich schon recht bequem gemacht, die meisten hatten ihre Röcke bis zum Knie hinaufgeschoben, manchmal sah man zwischen Spitzenrüschen und bunter Seide die schwarzen Haare, Strumpfbänder in allen Farben und wunderbare, durchbrochene Strümpfe, die sicher ein Mordsgeld kosteten. Hübsche weiße, gelbliche und braune Schenkerln leuchteten, eine saß auf dem Tischrand und baumelte mit ihren wunderbaren, geschweiften, festen Beinen, wobei sie das Kleid immer so hoch warf, daß man bis ins Paradies sah! Auch oben waren viele Damenkleider schon aufgeknöpft, einer hatten sie die ganze Bluse ausgezogen und sie saß da im lichtblauen Seidenhemd mit gelben Schleifen und darunter spannten sich zwei tadellose, halbkugelförmige Tutterln mit festen, steifen Warzen. Ihr Nachbar griff ihr hinein, preßte, streichelte und zwickte und als sie aufquietschte, sagte er: «Aber Netterl, ich mach doch nur Modellstudien!» Und wo ein Stückerl nacktes Frauenfleisch war, war auch eine Männerhand, die es sich wohlsein ließ und die hübsche Gegend erforschte, ohne daß sich die Besitzerin viel wehrte. Auch wenn einer die Hand zwischen den Schenkeln seiner Nachbarin hatte und verdächtig hin- und herfuhr, kümmerten sie sich nicht sehr darum und ließen ihnen die Freude, denn jeder hatte was Hübsches und Rundes in der Hand. Die verstanden zu leben und höchstens rief einer von einem andern Tisch herüber: «Sagt's uns, wenn ihr soweit seid!» Ich war ganz betäubt von der Vorstellerei, hatte schon ein paar blaue Flecken und die Hand tat mir weh von dem vielen Schütteln! Da stellten sie mir einen schönen Sessel zum Klavier und brüllten: «Maxl, sag der schönen Wirtin ein Gedicht auf! Aufsagen! Marsch! Dichten! Zu was bist denn da? Los! Dich-ten! Dich-ten! Dich-ten!!!» Es war ein Mordsradau und endlich hörte man aus einer Loge Maxls Stimme: «Was wollts denn? Ich kann ja net, die Lisi hat mich eingezwickt.» – «Auslassen!» brüllte der Chor und dann wieder im Takt: «Aus-las-sen! Aus-las-sen! Aus-lassen!» Endlich kam der lustige, glatzköpfige Maxl aus einer Loge hervorgetaumelt, halb gestoßen und halb gezogen! Er wischte sich die Hand mit einem Seidentuch und knurrte: «Könnts ihr einen net bei einer Arbeit lassen? So schön kühl war's da drin!» – «Faule Sau! Marsch! Dicht der Frau Wirtin was aus dem Stegreif!» Das hab ich oft am Maxl bewundert, er konnte sehr lustige Gedichte auf Befehl machen, gleich aus dem Kopf! Jetzt stellte er sich komisch in Positur, steckte die eine Hand in den Ausschnitt seiner Weste, zog die Stirn in Falten und machte einen spitzigen Mund und alle wurden mucksstill! Das Gedicht, das er da aufsagte, war gleich auf der Stelle gedichtet, aber ich hab's mir später aufgeschrieben:

Verehrte, schöne Wirtin Pepi!
Und heut wag als alter Tepp i,
Zu preisen Ihre holden Reize,
Die leider ich noch nicht beseitze!
Wir alle sind hier froh und munter,
Und keinen hängt etwas herunter,
Und auch die Damen sind sehr brav,
Und alles ist hübsch rund und straff!
Viel hat der Herrgott wachsen lassen,
Den Schädel, Bauch, die Arme, Haxen!
Doch grad das, was dazwischen ist,
Gebraucht der Mensch mit Kunst und List!
Bei Herren ist es schlangenartig,
Bisweilen vom vielen Wetzen schartig,
Doch es erhebt sich dann und wann,
Damit man es gebrauchen kann!
Bei Damen ist es ausgehöhlt,
Sowie von hohem Reiz beseelt!
Doch eins weiß man in Stadt und Land:
«Die Sachen g'hören zueinand!»
Auch wir wollen immer danach streben,
Solang wir können und noch leben!
Und vögeln gern, bald mehr, bald minder,
Allein verzichten gern auf Kinder!
Die Herren sind fesch, beim Stoßen kräftig,
Im Herzen treu, im Schwanze heftig,
Auch bei den Damen ist kein Dummerl,
Denn jede weiß, wozu das Fummerl!
Und hier, im Künstlerparadiese,
Solls sein, so wie in Wald und Wiese!
Das Fummerl mit dem Schweif per «Du»,

Frau Wirtin drückt ein Auge zu!
Gewiß verzeiht sie uns das glatt,
Weil sie ja so was selber hat!

Das war ein Mordshallo, manchmal hörte der Maxl im Vortrag auf, tat, als geniere er sich und zeigte, wie der Lehrer, auf irgend jemanden, der dann das Wort für ihn sagen mußte, meist auf ein junges Frauenzimmer! Die genierte sich dann gar nicht und die andern riefen: «Net heiklich sein! Dichten helfen!» Und dann riefen sie lustig: «. . . das Fummerl!» oder «. . . das Schweiferl!» mit einer Stimme wie ein Husarenoberst und wurden gar nicht rot und die andern applaudierten und der Maxl verbeugte sich dankbar vor ihr und sagte: «Darauf wäre ich nie gekommen!» Als er endlich fertig war – er konnte viertelstundenlang so daherdichten –, stand ich auf und gab ihm die Hand, um mich für das wunderschöne Begrüßungsgedicht zu bedanken. Er ließ sich vor mir auf ein Knie nieder und rief geschwollen: «O holde Frau Wirtin, welche Gnade für Ihren unwürdigen Saudichter!» Und dann küßte er mir den Saum von meinem Kleid, stand auf und behielt, wie aus Zerstreutheit, meinen Rockzipfel in der Hand! Ich kreischte auf, aber es war schon zu spät! Der freche Maxl hatte mir den Rock bis über die Hüften hinaufgeschoben und alle meine Gäste wußten, was ich unten anhatte! Aber jetzt applaudierten sie wie die Wilden und riefen: «Bravo, herzeigen, alles herzeigen! Denkmalsenthüllung!» Ich tat ein wenig schämig, aber da kam schon wieder Maxl, verneigte sich ehrerbietig, schlüpfte hinter mich, löste ein paar Knöpfe und Drucker und auf eins, zwei stand ich im Hemd und Hoserl da! Hatte der alte Gauner eine Übung darin, ein Frauenzimmer auszuziehen! Jetzt stand ich da und alle konnten meine feuerroten Strümpfe und mein ganz kurzes, knappes Höschen bewundern, ich mußte mich herumdrehen und von Tisch zu Tisch gehen, wurde auf die Schenkel und auf den Popo geklatscht und hörte tausend Komplimente: «Schön! Herrlich! Zum Malen! Wunderbar! Letzte Mode!» Aber die das sagten waren nicht nur Männer, sondern auch Frauen! Die Frauen waren überhaupt lieb, sie waren nicht neidig und nie hab ich bei meinen Gästen gehört, daß eine die andere schlecht machte oder ausrichtete hinterm Rücken. Sie waren Schauspielerinnen, Modelle, Sängerinnen, alle jung und hübsch, und konnten sich sehen lassen, waren nicht aus Zucker und aus Stein waren sie auch nicht, sie ließen sich's gern machen, ohne daß sie Huren gewesen wären. Die meisten hatten einen festen Liebhaber, einen Maler oder Schauspieler, mit dem sie auch oft zusammen lebten. So gönnten mir meine hübschen weiblichen Gäste auch jetzt diese Huldigungen und klatschten beifällig in die Hände, ich wurde auf einen Tisch gesetzt, und sie fütterten mich mit Torte und ich mußte aus zehn verschiedenen Weingläsern kosten, während sie mich auf den Nacken küßten, daß ich rückwärts ganz naß war! Man wußte überhaupt nicht, wohin man seine Augen und Hände zuerst tun sollte, um alles zu sehen und sich zu wehren!

Derweil hatte der Maxl schon wieder was Neues! Er machte immer den Ausrufer und brüllte jetzt durch die hohlen Hände: «Nach dieser unvergleichlichen Darbietung – es lebe der Popo der Pepi, der Pepipopo! – folgt eine Theatervorstellung, wie man sie sonst nicht sieht! Der dicke Theodor und die Nanni werden eine Szene aus *Faust* spielen!» – «Antreten, antreten!» schrien alle! Der dicke Theodor war ein vielleicht vierzigjähriger Schauspieler, ein bekannter Komiker, wie man mir ins Ohr flüsterte. Er trug einen feinen Gehrock und sein rundes, lustiges Gesicht war ganz rot, denn er liebte einen guten Tropfen. Er trat gravitätisch vor und führte eine reizende kleine Schwarze, die Nanni, in die Mitte des Saales. Sie war seine Geliebte, spielte die Naive und war auch oft auf dem wirklichen Theater seine Partnerin. Jetzt waren beide angetrunken und sehr lustig, die Nanni hielt ihr Kleid bei den Knien fest und jammerte: «Aber so früh schon! Kannst nich warten bis zu Haus!» Aber der Maxl hatte schon mit einem jungen Bildhauer ein Sofa in die Mitte des Saales gerückt und rief mit einer großen Armbewegung: «Das ist Gretchens Stube! Die Verse sind nicht von Goethe, aber von mir, das heißt, noch viel besser!» Jetzt begannen die zwei Schauspieler zu spielen, das heißt, es war eine «Pantomime», wie sie es nannten, aber so komisch, daß wir alle fast unterm Tisch lagen vor Lachen. Besonders der Theodor machte es schrecklich komisch! Die fesche Nanni hatte sich auf die Sofalehne gesetzt und tat, als kämme sie ihr Haar. Der Theodor beugte sich nach vorn, drückte seinen dicken Hintern komisch heraus und sah durch zwei Finger, wie wenn das eine Türspalte wär. Und der Maxl deklamierte mit komischem Ernst:

«Hier seht ihr Faust vor Gretchens Kammer!
Im Schwanze fühlt er großen Jammer!»

Jetzt nahm der Theodor seine dicke, harte Nudel heraus, spielte damit, drohte dem Glied mit dem Finger und machte Mundbewegungen, wie wenn er zu seinem ungeduldigen Schweif sprechen würde und ihn beruhigen müßt. Und dazu der Maxl:

«Ums Gretchen ist's jetzt wohl geschehen!
O Faust, was muß ich an dir sehen?!»

Die Nanni tat jetzt ganz erschreckt, fuhr mit einem Schrei herum, legte beide Hände an die Wangen und sah mit weitaufgerissenen Augen auf den steifen Schwanz ihres «Faust», schüttelte heftig den Kopf und zog die Beine hoch, wobei ihr Rock rutschte! Der Theodor schielte komisch und geil auf ihre hübschen Beine, wedelte mit seiner steifen Nudel und das «Gretchen» war ganz entsetzt. Der Maxl dichtete flott weiter:

«Nun tut sich Faust zu Gretchen neigen:
‹Hast du nicht auch was herzuzeigen?›»

Die «Pantomime» ging weiter, jetzt machte der Theodor seiner sich wehrenden und händeringenden Partnerin die Bluse auf, nahm ihre hübschen weißen Brüste, die zart und spitz waren, abwechselnd in die Hand, wog sie mit pfiffigem Blinzeln, zwickte und filzte, leckte sich die Lippen und streichelte die Warzerln. Die Nanni, der sich alles aufstellte und die sicherlich bei diesem Theater unten schon ganz feucht geworden war, ließ alles geschehen, machte ein ganz unschuldiges Gesicht, was schrecklich lustig wirkte. Maxl begann nun direkt zu brüllen:

«Gar sehr gefällt dem Faust das Tutterl.
Doch wichtiger ist Gretchens Futerl!»

Das war zum Zerkugeln komisch. Theodor wollte Gretchens Rock, der ohnehin schon fast überm Knie war, heben, aber sie hob flehend die Hände zu ihm empor, er wandte sich «erschüttert» – wie Maxl sagte – ab und dann probierte er es doch wieder. Das wiederholte sich vielleicht dreimal und bei jedemmal kam er ein Stückel höher. Da raschelte und rauschte es sehr hübsch unter den Röcken der Nanni, und so oft ein Stückchen Fleisch vom Schenkel sichtbar wurde, schrien alle: «Hoppauf, Faust! Letzter Akt!»

«Traust du dich heute nicht, mein Faust?
O Heinrich, wie mir vor dir graust!»

Als die Nanni das hörte, stieß sie einen Schrei aus wie eine Jungfer, der man unter die Kitteln greift und ließ sich geschickt über die Sofalehne nach hinten fallen, wobei sie die Beine so hoch in die Luft streckte wie nur möglich. Sie zappelte und warf ihre hübschen Haxerln und bald war alles bloß, Unterröcke und Spitzensäume waren hinaufgeflattert und verdeckten dem hübschen Gretchen fast das Gesicht und endlich lag sie wimmernd still und schielte nur komisch durch die Finger nach dem Theodor hin. «Und nunmehr, Damen und Herren, das grandiose Schlußbild, wie es noch nie auf einer deutschen Bühne gezeigt wurde!

Nun endlich faßt sich Faust ein Herz:
Wie schön ist doch der Jungfernschmerz!»

Und grad da sprang der Theodor, so dick er war, mit beiden Füßen zugleich über die Sofalehne und warf sich über die Nanni, daß sie «Uuh» schrie. Mit einem Ruck war er drin in ihr, man sah es den beiden an, daß sie darin Übung hatten, und während sie wild zu remmeln anfingen, trommelte der Klavierspieler einen Militärmarsch und alle klatschten im Takt, was die Schauspieler noch mehr anfeuerte! Bald waren sie fertig, standen auf und verbeugten sich, die Nanni zog natürlich gleich ihre Schoß herunter, aber der dicke Theo ließ sein Werkzeug ruhig draußen, und als der Applaus gar nicht enden wollte, nahm er es zwischen zwei Finger und wedelte nach allen Seiten damit und Maxl schrie:

«Und nunmehr, hochverehrtes Rudel,
Bedankt sich für Applaus die Nudel!»

Der Lärm nahm immer mehr zu, jeder war schon mit einem Frauenzimmer beschäftigt, es wurde nach Wein gerufen, die Steffi mußte selbst rennen, denn die zwei hübschen Kellnerinnen wurden gerade in irgendeiner Loge von zwei jungen Kunstmalern durchgezogen. Ich war ganz selig, so was war doch was ganz anderes als im Prater oder selbst bei den Husaren. Die Leute wußten sich zu unterhalten. Da fing man plötzlich wieder zu rufen an: «Maxl! Jetzt arbeiten. Heraus mit dem Bildhauermeißel! Zeig du was! Nicht immer nur mit dem Maul. Ar-bei-ten! Ar-bei-ten!» Der Maxl winkte mit erhobenen Händen um Ruhe und sprach salbungsvoll wie mein Katechet: «Süßer Pöbel! Mit tausend Freuden komme ich Ihrem Befehl nach und werde ein Gemälde, ein lebendes Bild aus der griechischen Göttergeschichte zur Darstellung bringen: Leda mit dem Schwan! Den Jupiter spiele ich, die Leda, auf allgemeinen Wunsch, unsere entzückende Wirtin!» Da ging ein Gejohle los, daß ich glaubte, jetzt und jetzt müsse die Polizei hereinkommen! Ich wurde umringt, der Maxl, der schon seinen Affen hatte, kniete vor mir und machte «bittebitte» wie ein Hunderl, die Steffi nestelte schon an meinen Hemdbändern und kicherte, viele standen herum und machten lange Augen. «Herr Maxl, wer war denn das, der Jupiter? Müssen schon entschuldigen.» – «Göttliche Leda, das war ein alter Heidengott und ein großer Steiger! Sooft er ein sterbliches Mädchen erblickte, wandte er seine ganze Göttermacht auf, daß sie ihn drüberließ!» – «Aha!» – «Und Leda war das schönste dieser Mädchen und Jupiter nahte sich ihr in der Gestalt eines Schwans!» – «Und was war nachher?» – «No, was halt die Schwäne so machen, wann sie allein sind!» – «Aha. Versteh schon. No, hoffentlich bring ich's zusammen!» Und die Steffi lachte: «Unsere Peperl hat scho oft gespielt, sie hat's nur net g'wußt!» Jetzt lag ich splitternackt auf einem kleinen Tischerl, in der Mitte des Saales, auf einem grünen Mantel, der Gras vorstellen sollte! Zwei junge Maler taten mit zitternden Fingern an mir herum und gaben mir die «klassische Pose», wie sie das nannten. Ich mußte mich auf den Rücken legen, mit dem einen Arm aufstützen und meinen Popo mit dem, was dazugehörte, ziemlich an den Tischrand schieben. Dann stützte ich das eine Bein mit abgebogenem Knie auf den Tischrand, das andere ließ ich herunterbaumeln. In die Hand gaben sie mir eine weiße Rose, an der mußte ich riechen und die Augen niederschlagen. Jetzt begann der Klavierspieler eine einschmeichelnde leise Melodie und der Maxl fing an. Er kam durch eine Portiere, schlug mit den Armen, wie wenn es Flügel wären, drehte den Kopf hin und her und schnappte, wie wenn ein Vogel mit dem Schnabel schnappt. Auf einmal erblickte er mich, schlug wild mit den «Flügeln», reckte den Hals. Schloß die Augen und schmetterte ein so schönes «Kikeriki», daß alle lachten und klatschten! Dann tat er ganz erschrocken und stotterte: «Pardon, der Schwan ist bei dem herrlichen Anblick aus der Rolle gefallen!» Jetzt näherte er sich meinem Tischerl, das er umkreiste. Er latschte und schlich ganz eigentümlich auf seinen großen Füßen, und es sah wirklich aus, als ob er schwimmen würde, weil man ihn keine Schritte machen sah. Die Hände hielt er unten am Bauch und ruderte damit wie eine Ente und zwischen den Händen stand schon rot und geil sein «Meißel», der so aussah, als verstünde er sein Geschäft. Der Maxl kam ganz langsam näher, während die Musik immer schmachtender wurde. Rundherum war es ganz still. Ich wußte, daß sie mich jetzt alle bewunderten und freute mich riesig. Ich machte die Beine ein ganz klein wenig auf und sah, wie dem Maxl das Wasser im Mund zusammenlief. Er wedelte ein paarmal ganz spaßig mit dem Popo, so wie ein Vogel mit dem Schwanz, und dann warf er sich auf mich und stieß ihn mir so heftig hinein, daß das Tischerl mit mir ein ganzes Stück weiterrutschte! Jetzt aber fiel der Schwan ganz aus der Rolle und verlegte sich nur aufs Vögeln. Das tat er so heftig, daß er mich samt meinem Tischerl nach und nach über den ganzen Saal in eine Ecke schob und erst dort an der Wand seine Nummer fertig machte! Ich schloß die Augen und lachte und jubelte, hörte nur ein undeutliches Getöse und war glücklich! Was ging mir noch ab! Eine brave Nudel tanzte in mir hin und her, jung war ich und hübsch, hatte einen splendiden Freund, der mich zum Geburtstag reich beschenkt hatte, so viele nette, neue Freunde hatte ich, war die bewunderte Wirtin und meine Gäste waren nobel . . . was fehlte mir noch . . .?

Es war schon sehr spät, lang nach drei Uhr, da saßen Steffi und ich in dem ganz verrauchten *Künstlerparadies*, unsere schönen Kleider waren voller Flecken und zerdrückt, ganz blaugezwickt waren wir alle, auch die Kellnerinnen, und hatten rote «Lutschflecken» von der Küsserei. Unsere Gäste hatten wir einzeln durch das Hintertürl und über den Hof führen müssen und immerfort «Pst» gesagt, damit sie uns nicht die ganze Innere Stadt wachgrölten! Die Kellnerinnen kehrten gähnend Glassplitter zusammen, die Tischtücher mußten sofort in die Wäsche, es sah aus wie in einem Zigeunerlager, aber vor der Steffi lagen ganze Büschel Banknoten und ein großer Haufen blinkendes Silbergeld und sie rechnete eifrig: «Peperl! Ein Glückskind bist! Meiner Seel! Du mußt an einem Sonntag geboren sein! Weißt, was der erste Abend eingebracht hat! 320 Gulden, 30 Kreuzer! Wenn das so weitergeht, kaufen mir uns in an Jahr den Stefansturm! Es lebe das Gastgewerbe!» Als ich zu Haus in meinem Bett in Igis Palais lag, war es schon ganz licht, im Schädel tanzte mir alles durcheinander, im Einschlafen mußte ich daran denken, was der Maxl mir gesagt hatte: «Kind, du bist ein großes Talent!» Meinte er jetzt das Ficken oder die Schauspielerei?

10. Kapitel

Mein Gustl

Mein Husarenleutnant, der Ferry, hatte mir Glück gebracht. Durch ihn kam ich zu dem ersten bissel Geld und durch ihn hab ich den Igi kennengelernt, der vielleicht kein bequemer, aber ein sehr splendider und aufmerksamer Liebhaber war. Und gar, als ich mit der Steffi zusammen die Künstlerkneipe hatte, begann es, wirklich schön zu werden. Jetzt hatte ich alles: Einen braven Liebhaber, der fast wie mein Mann war, lustige und fesche Freunde, lauter Künstler, Bewunderung und Geld verdiente ich auch und Männer mehr als genug. Aber das ist so eine Sache. Wenn man viele, viele Jahre lang hat mit jedem vögeln müssen, dann macht es einem dann später nimmer so viel Spaß. Ich weiß heut noch nicht, wie ich die Jahre so ein Doppelleben hab führen können. Tagsüber war ich die Geliebte vom Igi, kapriziert und eigensinnig war er schon, ich mußte zu jeder Stunde des Tages und abends für ihn bereit sein. Aber nach zehn Uhr begann mein eigentliches, freies Leben. Da zog ich mich um, schminkte mich schön und ging in mein «Beisel», um nach dem Rechten zu sehen. Nach kaum einem halben Jahr war das *Künstlerparadies* in ganz Wien bekannt, die feinsten Leute saßen jeden Abend bei uns, der Champagner floß in Strömen. Die Leute hatten es ja dazu, und wenn auch die Steffi und ich gepfefferte Preise machten, es war immer bummvoll und oft ließen sich die Leute zwei Wochen früher einen Tisch vormerken. Es war meist recht lustig und ausgelassen, aber eine Massenvögelei konnten wir nur hie und da machen, wenn wirklich gute Freunde da waren, die sich alle kannten und den Mund hielten. Zu so was kann man Fremde nicht brauchen, da ist gleich die Polizei da, die «Höh», wie man in Wien sagt. Aber drei- bis viermal in der Woche war ich doch im Lokal, plauderte mit den Leuten, setzte mich hie und da an einen Tisch und plauderte mit meinen neuen Gästen, die sich eine Ehre draus machten, denn ich sah sehr hübsch aus und war nicht auf den Mund gefallen und durch den Umgang mit so viel Künstlern hatte ich sehr viel gelernt und konnte über manches mitreden. Damals hagelte es nur so Karten für verschiedene Theater, in die Burg, in die Oper, zu Konzerten wurde ich eingeladen und vor allem bekam ich sehr viele Bilderausstellungen zu sehen, denn die meisten meiner Stammgäste waren Maler. Junge Dichter baten mich oft, mir ihre Gedichte vorlesen zu dürfen, viel verstand ich ja nicht davon, aber es machte mir Spaß und schmeichelte mir. Manchmal hieß es, der und der hätte einen Preis bekommen oder wäre dort und dorthin engagiert worden und dann machte ich ein ganz überlegenes Gesicht und sagte: «Ja, der war schon immer sehr begabt, das freut mich wirklich!» Gesehen und gehört hab ich damals viel. Aber das ging nicht, jeden Abend mich aus meiner Wohnung in Igis Palais wegzuschleichen! Das wär bald aufgekommen, und so sagte ich dem Igi, die Ringstraße wäre zu lärmend für mich und ich hätt immer Kopfweh. Er jammerte zwar sehr, und ich mußte zwei Wochen lang betteln, der Ignaz wollte mich durchaus immer in der Nähe haben. Aber dann bekam ich doch eine kleine, nette Wohnung in der Inneren Stadt, ein paar Minuten von Igis Wohnung entfernt und auch ziemlich in der Nähe von der Trumpfgasse. Jetzt war ich fein dran. Wenn ich auch noch so spät nach Haus kam, oft um vier und noch später, um zehn Uhr war ich ziemlich ausgeschlafen und früher meldete sich der Igi nicht. Manchmal traf ich freilich Bekannte vom Igi im *Künstlerparadies*, aber denen sagte ich dann immer, ich wäre Gast, so wie sie und nur zufällig hier und bat sie schrecklich, um Gottes willen kein Wort zu sagen, sonst reißt mir der Igi den Kopf ab. Und die versprachen es alle gern und lachten sich noch den Buckel voll. Das ist halt so: Wenn ein Alter eine Junge und Fesche hat, so sind ihm alle neidig, und wenn sie ihn betrügen will, dann freut sich alles und gönnt es ihm und jeder hilft noch gern mit, am liebsten beim Wetzen! Aber das war ganz komisch bei mir: Ich flog damals schon auf ganz Junge, auf große schwarze Burschen, so um fünfundzwanzig herum. Sonst ist das eigentlich nur bei schon älteren Frauen, die sich dann alle ein bissel schämen, daß es schon so weit mit ihnen ist, und die oft dafür noch zahlen müssen. Aber ich war um die Dreißig, so recht das, was man «ein vollreifes Weib» nennt und hatte halt doch einen Gusto auf junge Schwänze. Herrgott, hätt ich junge Schauspieler und so haben können, die waren ja hinter mir her wie die Hunde im August, aber ich war im allgemeinen meinem Igi treu und klaubte mir schon sehr das Beste heraus. Ich wollte jetzt endlich auch dran kommen und mir die Männer aussuchen, die mir gefielen. Und noch eins: Ich wollte nimmer um Geld vögeln, sondern, so wie die feinen Damen, entweder umsonst oder für was Ordentliches, einen Pelz, eine Kette oder so was. Damals hielt ich meine Kleine schon teuer. Da aber meine jungen Liebhaber meist Künstler und arme Schlucker waren, tat ich es halt so und hatte noch mehr Freud dran.

Öfters ging ich zu dem lustigen «Meister Maxl» in sein Atelier hinauf, dort war es riesig lustig. Dort lagen immer auf den Sofas und auf Kisten allerhand Bekannte herum, rauchten alles voll, sangen zur Gitarre, spielten Ziehharmonika, kritisierten, stritten, führten Boxkämpfe aus, und wenn einer ein Mädel mit hatte, so drückte der Maxl ein Auge zu, die zwei gingen hinter einen Vorhang und man hörte, wie sie wetzten. Um so was kümmerte man sich beim Maxl nicht besonders. Sein Atelier war sehr groß und sehr spaßig eingerichtet. Der Maxl war vielleicht die größte Sau, die ich je getroffen hab. Er konnte kein anständiges Wort reden und hatte sicher jeden Abend eine andere unter sich. So hingen auch bei ihm japanische und chinesische Bilder herum, auf denen allerhand Paare vögelten, die Männer ganz groß und oft mit einem Bauch und einem riesigen Schwanz voller Adern, die Weiber ganz klein, mit winzigen Tutterln und alles, den Chinesen schien das Stoßen viel Spaß zu machen, denn sie grinsten mit ihren Gesichtern. Dann hatte der Maxl noch schrecklich lustige Negerschnitzereien aus schwarzem Holz, rot, gelb und weiß bemalt, lauter Negerinnen mit fletschenden Zähnen, schlaffen, spitzen Tutteln und riesigen Schädeln, die sich selber ihre hölzerne Fut auseinanderhielten, als warteten sie auf einen Negerschwanz. Das schönste aber war eine fast lebensgroße Statue aus Gips, die hatte der Maxl selbst in Italien nach einer alten römischen Statue gemacht. Da war der Oberkörper eines Mannes mit lustigen, pfiffigen Teufelsaugen, mit einem riesigen Maul, kleinen Hörndln und spitzigen Ohren. Dieser «Krampus»-Körper saß auf einer ungefähr meterhohen Säule und dort, wo der Körper begann, ragte ein steifer, spitziger, riesiger Schwanz heraus, auch aus Gips, aber sehr natürlich und haltbar. Maxl sagte, das sei der «Priap» und die alten Römerinnen hätten zu ihm gebetet! No, die Römerinnen müssen schöne Flitscherln gewesen sein. Jedem Frauenzimmer, das ins Atelier kam, zeigte der Maxl den «Priap» zuerst. Der Schwanz der Figur war ganz fett und glänzend, weil ihn sich die Modellmädeln oft zum Spaß hineinstießen! Das hatte der Maxl aber gar nicht gern, da brüllte er gleich: «Aufhören, blöde Sau! Brichst ihn ja ab! Und überhaupt, zu so was bin i da!» Als ich das erste Mal zum Maxl hinaufkam, zeichnete er grade. Auf einem Postament stand splitternackt ein junger Mann. Ich schaute wie ein Narr, so was hab ich noch selten gesehen. Und ich hatte schon wirklich viele nackte Mannsbilder angeschaut. Er war fast zwei Meter groß, riesig breite Schultern und ein gewölbter Brustkasten, schmale Hüften und nicht ein Haar am ganzen Körper und wunderschön abgebrannt wie aus Bronze war er, den hätt ich mir ins Zimmer stellen wollen, anstatt die faden Bronzestatuen vom Igi, die eh nur lauter Weiber waren. Wie mich der junge Bursch sah, sprang er schleunigst von seiner Kiste herunter, Maxl schmiß den Bleistift weg und umarmte mich und küßte mich schmatzend ab. «Pepi, du Luder, du kleines, no, daß du dich endlich anschauen laßt! Aber herumgestiert und gestört wird nicht, bei mir heißt's arbeiten! Kannst gleich Modell stehen, weißt, ich hab einen Auftrag für eine Brunnenfigur!» Während der Maxl so herumbrüllte, riß er schon an meinen Kleidern herum, der freche Kerl, er hatte eine riesige Übung in so was, Bänder, Hafteln, Drücker, Maschen, alles hatte er sofort offen, und wenn ich mich auch mit beiden Händen wehrte, in zwei Minuten war ich nackt wie ein neugeborenes Kind. «Und das da ist mein Neffe, der Hans! Leider auch Maler von Beruf, heut Modell! Die Haxen sind ein bissel kurz, aber sonst geht er an!» Jetzt erst sahen wir uns nach dem jungen Mann um, der war, meiner Seel, puterrot geworden und hatte sich ein Tüchel unten herumgewikkelt! Maxl pfiff durch die Zähne: «Ah, du Lausbub, was macht denn der Fetzen oben für Falten? Seit wann bist denn du so stark um die Hüften! Oder bist in der Hoffnung?» Und mit einem Ruck hatte der Maxl seinem Neffen, mit dem er sehr gut zu stehen schien, das Tuch heruntergerissen! No, das war kein Wunder, daß das Lendentuch Falten gemacht hatte, dem jungen Burschen stand sein Pinsel, wie dem gipsernen «Priap» in der Ecke, aber er hielt sich die Hände vor und Maxl polterte: «Wegtun die Pratzen, die Pepi hat das schon g'sehn! Jetzt wird gezeichnet! Jetzt bin i im Dienst und da bin ich ein Viech!» Dann packte er mich am Oberarm und schob mich in eine Nische, wo ein breites, aber hartes Sofa stand. An allen drei Wänden der Nische waren große Spiegel ohne Rahmen und oben an der niedrigen Decke der Nische ein besonders großer, der Maxl, der alte Lump, hatte sich das für seine Vögeleien so bauen lassen, Geld hatte er ja. Er warf mich hin, ich legte das Gesicht in die Arme und «schämte» mich, meinen runden Popo zeigte ich den Herren. Ich wußte schon, jetzt würde es interessant, wollte aber recht unbeteiligt erscheinen, dann konnte ich nichts dafür! Jetzt begann Maxl mit dem Jungen zu streiten, der wehrte entrüstet und entsetzt ab, Maxl zischte und fluchte und auf einmal – die Augen hielt ich geschlossen – spürte ich, daß sie mich auf den Rücken wälzten und ein großer, schwerer Körper wälzte sich auf mich! Der schöne Hans! Der Maxl wußte doch, was mir guttat! Ich war direkt gerührt! Belustigt blickte ich dem Jungen ins Gesicht, der jetzt über mir lag und ganz feuerrot war! Er war schrecklich verlegen und stotterte: «Es ist nur für ein Pose, gnädige Frau!» Also sollte ich jetzt herauslachen? Oder was sonst. Derweil jammerte Maxl! «So, heut zeichnen mir amal a Vögelgruppe! Die alten Teppen mit der Brunnenfigur können warten. Hans! Du Lauser! Das is ka natürliche Stellung! Wirklich reinstecken! Zu was hast ihn denn? Pepi! Orscherl heben! Rechtes Bein bissel herunter! Linker Arm unterm Kopf! Rechte Hand am Rücken vom Hans. Nur fest drucken, dann bringst ihn vielleicht doch dazu! Hansl? I brich dir das Kreuz. Machst denn das zum erstenmal?» Und dann setzte er sich endlich hin und begann zu zeichnen, machte tausend Witze, und auch ich mußte lachen, wie der Junge da auf mir verlegen war und mir «Sie» sagte, während er mich petschierte! Er entschuldigte sich immerfort, aber der Maxl ließ ihm keine Ruhe: «Das ist net die Stellung! Höher den Hintern!» Und er trieb und «penzte» so lange, und der Hans fuhr herum wie ein Wilder, bis ich einen brennheißen Strom in mir fühlte und der Junge schweratmend auf mir liegenblieb! «No alsdann! Da haben wir's, Mistbub! Kannst es denn net z'ruckhalten? Hast zu so was net andersmal Zeit? Kannst einem Künstler gar net a bissel helfen! Gehst ins Hotel zu so was! Mistbagasch!» Das war mein erster Besuch beim

Maxl und so hab ich den feschen Hans kennengelernt! Ich kam dann öfter hinauf, und der Maxl hat uns noch oft in verschiedenen Stellungen beim Remmeln gezeichnet und ein anderer hat sehr schöne Verse dazu gemacht! Ich glaub auch, die Zeichnungen sind später gedruckt worden und der Maxl hat schweres Geld damit verdient, nur andere Köpfe hat er mir und dem Hans auf diesen Bildern machen müssen! Aber schön war es doch und so lustig, wie der Hans mir das erste Mal «Sie» sagte, während er schon bis an den Beutel in mir steckte!

Einmal hatten wir eine ganze Gesellschaft Studenten im *Künstlerparadies*. Die hatten für eine Nacht das ganze Lokal gemietet, denn der eine von ihnen – «Pump» nannten sie ihn mit seinem Spitznamen – hatte seine Doktorprüfung gemacht und das mußte doch gefeiert werden! Die Steffi hatte mir gesagt, ich solle mir das anschauen, das würde sicher sehr lustig werden! Ich kam auch hin, hab aber nie gedacht, was draus werden wird! Den Abend werd ich nie vergessen! Als ich gegen elf Uhr hinkam, hatte die Feier schon begonnen, sie waren alle schon hübsch besoffen, die jungen Burschen, und ausgelassen. Auf Champagner langte es nicht, aber kolossal viel Wein war da und die Jüngsten, die Füchse, mußten immer auf Kommando trinken und wankten ganz grün hinaus. Der, der jetzt Doktor war, saß auf einem bekränzten Sessel, oben an der Tafel, und lachte über sein ganzes, breites, gesundes Gesicht. Rechts und links auf dem Knie hatte er die zwei hübschen Kellnerinnen, die trugen auch jede eine bunte Mütze und hatten seinen Schweif in der Hand. Er ließ sich die Nudel und den Beutel schön schmeicheln, polieren, hielt die zwei festen Mädeln rechts und links an den Brüsten und kommandierte: «Schön Takt halten! Eins . . . zwei . . . eins . . . fester . . . zwei . . .» Die andern sangen dazu: «Du bist der Fürst von Thoren, zum Wichsen auserkoren!» Und er antwortete: «Ihr aber seid erschienen, mich festlich zu bedienen!» Dann kommandierte einer, der der «Fuchsmajor» hieß und die Jüngsten immer herumhetzte: «Die Füchse kommen unserm sehr verehrten alten Herrn Pump einen Ganzen mit dem Schwanz! Antreten! Speer heraus! Auf die Mensur! Bindet die Eichel los.» Die jungen Füchse – manche waren kaum zwanzig Jahre – traten in eine Reihe vor den Doktor, lüfteten mit einem Schwung ihre Mützen und machten ihre Hosentürl auf. Das ging so schön im Takt und sieben junge Schwänze erschienen schnell, so daß sie das bestimmt geübt haben mußten! Steffi und ich sahen lachend zu, wie sie jetzt mit ernsten, angestrengten Gesichtern begannen ihre jungen Petschafte zu reiben und zu schmirgeln! Aber auch das mußte nach Kommando gehen und im Takt schlug der Fuchsmajor mit einem Degen dazu auf den Tisch, daß es dröhnte! Beinahe gleichzeitig spritzte die Milch heraus aus sieben Eicheln, das war eine Huldigung für den Doktor Pump! Der grüßte, verneigte sich und sagte zu den Kellnerinnen: «Jetzt!» Die geschickten Mädeln hatten es verstanden, ihn lange aufzugeilen, ohne ein Tröpferl zu vergeuden, aber jetzt packten sie den Doktorschwanz mit der vollen Faust und rissen fest ein paarmal, daß er losging und zwei, drei lange Strahlen kamen! Auf diese Weise dankte der Pump, alle grüßten wieder ernst und nur die Steffi rief: «Höflichkeit is ja was Schönes, aber daß die Herren Doktoren sich erst so plagen müssen und nachher erst das Ganze auf die Erde geht, das is schad!» Das gab ein kolossales Gelächter und der Doktor brummte: «Unsere allersüßeste, wundermilde Wirtin hat befohlen und ihr Wunsch ist durchsichtig, begreiflich und uns ein Befehl! Wir stechen einen ‹Landesvater›!» Da war ich auch neugierig, sie setzten sich wieder um den Tisch herum und die Gläser wurden gefüllt! Dann hoben sie die Steffi auf den Tisch, die kreischte und mußte ihre Röcke schürzen! Das gab ein allgemeines «Ah», wie die Steffi in ihren langen grünen Seidenstrümpfen mit den wunderschönen Haxerln auf dem Tisch stand! Die jungen Studenten sahen ganz verzückt hinauf, wo sich Spitzen und blaue Seide zu einem Bausch ballten, aber mehr ließ die Steffi nicht sehen! Jetzt begannen sie ein sehr komisches und schweinisches Lied, dessen Text ich mir leider nicht gemerkt hab, und die Steffi ging um den ganzen Tisch herum, geschickt zwischen den Gläsern durch und blieb bei jedem stehen. Jeder stand dann feierlich auf, grüßte, stieg der Steffi einmal den Zeigefinger in die Fummel und «stach einen Landesvater». Die Steffi quickte jedesmal schrill vor Vergnügen und der Student trank ihr zu und setzte sich! Ich wollte mich ausschütten vor Lachen, war der Steffi ein bissel neidig, und am lustigsten war das ernste Gesicht, mit dem diese Hallodris alles machten! Auf einmal hörte ich hinter mir eine zaghafte Stimme: «Daß Ihnen so was auch gefällt, Gnädigste?» Ich schau mich um und seh einen jungen Studenten, Band und Mütze hatte er in denselben Farben wie die andern. Ein hochaufgeschossener, ganz junger, blasser Bursch mit dunklen Haaren und wunderbar blauen Augen. Die Augen gefielen mir gleich, ich lachte lustig und sagte kokett: «Aber, aber, wo wird denn ein Doktor und zukünftiger Arzt so heiklich sein! Gelt, Sie werden doch Arzt? Nein? No, aber ein junger, fescher Mensch soll wissen, wie es inwendig in einem Weiberl ausschaut!» Da sah er mich ganz traurig und verwundert an und sagte leise: «Das alles ist ja so häßlich! Mir gefällt's gar nicht! Und daß man da immer mitmachen muß!» Ich war ganz baff! Ein junger, sauberer Bursch und so heiklich wie eine Jungfer! Dem mußte der Schwanz doch direkt von selber spritzen! Aber er interessierte mich doch, weil er halt so ganz anders war als die andern, und so setzte ich mich mit ihm in ein Winkerl und wir plauderten. Er zeigte mir seine Kollegen und nannte mir von allen die Spitznamen, erzählte von der Universität und den lustigen Saufereien und auf einmal brüllte einer zu uns herüber: «Hallo, Stiefel, was hast denn! Da schauts den Scheinheiligen an, möcht sich mit der Schönsten hinsetzen und noch was anderes!» Da sprang der

Junge auf und es hätt nicht viel gefehlt, hätt er dem andern eine Watschen gegeben! Es entstand ein großes Hallo, aber man sagte einfach, er wär besoffen und so war der Zwischenfall bald wieder vergessen. Aber mir hatte es riesig gefallen, daß er sich für mich prügeln wollte, und als er mich später stockend und schrecklich verlegen bat, ob er mich wiedersehen dürfte, sagte ich freundlich: «Aber ja, Burscherl, fahren wir halt morgen bissel nach Sievering hinaus und schnappen Luft. Wird dir eh gut tun gegen deinen Katzenjammer!» Er küßte mir feurig die Hand . . . So hat es angefangen, die Geschichte mit dem Gustl . . .

Am nächsten Tag hatte ich dann mein Rendezvous mit dem Gustl! Wir trafen uns bei der Endstation in Sievering und gingen spazieren. Der Gustl war vom gestrigen Tag noch ein bissel grün im Gesicht, hatte auch heute einen gewöhnlichen Filzhut und sah so bubenhaft aus, aber ich hatte ihn doppelt gern, auch ohne sein buntes Band und die farbige Kappe. Er ging so glücklich neben mir her und schaute mich so verliebt von der Seite an, daß viele Leute, die uns entgegenkamen, lächelten. Wir mußten ausschauen wie zwei ganz unschuldige Verliebte. No, das mit dem «unschuldig» stimmte ja bei meinem Gustl, aber ich . . . o je, o je! An dem Tag war mir ganz komisch zumut, so gerührt und ein bissel verschämt, und ich schämte mich, daß ich mich schämte, erklären kann ich das nicht recht. Dann fing der Gustl zu erzählen an, er war aus dem Steirischen, sein Vater war Stationsvorstand in einem kleinen Nest. Die Mutter war eine brave Frau, die nur immer schimpfte, es aber nicht so ernst meinte. Und sie schickte ihm immer Schinken, Eier und Geselchtes und schrieb in jedem Brief, er solle nur fest essen! Der Vater war ein strenger und ernster Mensch, der immer studieren wollte und dann zu arm gewesen war und er, der Gustl Gruber, war der Jüngste von vier Geschwistern. Die Schwester war schon verheiratet, der eine Bruder war bei der Bahn, der andere war Landwirt und er, der Gustl, sollte studieren und Baumeister werden, was der Vater immer selbst so gern wollen hatte. Und dem Vater kam es sehr schwer an, das Geld fürs Studium aufzubringen, aber der Gustl war so fleißig. Das Studentenleben machte ihm eigentlich keinen Spaß, das viele Saufen und Herumkommandieren, und er war nur dabei, weil er dort ein paar Landsleute und eine «Ansprache» hatte. Am meisten mißfiel dem Gustl das viele Herumschmieren mit Dirnen, wie es die Studenten halten. «Wissen Sie, gnädiges Fräulein Josefine, die Liebe ist was ganz, ganz anderes . . .» sagte er. Da gab es mir einen Stich, und ich glaube, ich bin ein bissel rot geworden. Das war so herzig, wie mich der Gustl auf ein Viertel Wein ausführte und stolz bezahlte, es war so rührend, wie er seine schwer zusammengesparten paar Kronen aus der Tasche zog! Ich hätt ihn am liebsten vor dem Ober geküßt. Die Schand konnte ich ihm nicht antun, daß ich für mich selber bezahlte, wo er sich so freute! Und doch hätt ich dem blassen Buben für mein Leben gern alles, was ich bei mir hatte, in die Tasche geschwindelt, er hatte es nötiger als ich! Und dann war es schon Abend und Gustl und ich gingen auf einsamen Waldwegen und der Gustl redete fast nichts mehr. Auch ich war still und nachdenklich und freute mich, ja meiner Seel, glücklich war ich! Daß mich einmal einer für was anderes nahm als eine Dirne, wenn auch eine bessere. «Wohin führen S' mich denn, Herr Gustl? Erst geben S' mir an so schweren Wein und dann führen S' mich in den finstern Wald? Herr Gustl, Herr Gustl, was tun S' denn mit mir? Sie werden doch net – unlautere Absichten haben?» Es war ein Glück, daß es schon so finster war, sonst hätt man gesehen, wie rot er wurde! Und ich nahm seine Hand, und er bat mich stotternd, ob er sich einhängen dürfe? Jetzt gingen wir eingehängt, sein Handrücken lag an meinem Busen, und ich fühlte, wie er zitterte! Und dann kam ein wenig Laubwald, und ich setzte mich nieder, es war schon ganz finster! Mir war zumut wie beim ersten Rendezvous, und ich pfiff darauf, ob mein schönstes Sommerkleid zerdrückt wurde und Grasflecken bekam. Ich zog den zitternden Gustl zu mir herunter, legte seinen Kopf an meine Brust und streichelte sein weiches, schütteres Haar. Ich spürte direkt, was für Herzklopfen er hatte, und dann kam seine scheue, unsichere Hand und tastete nach meinen Blusenknöpfen. Er war so ungeschickt, der Bub, und ich half ihm und tat dabei noch so, als merkte ich gar nicht, wie meine Brust nackt wurde. Und dann saugte er an meinen Brüsten und küßte sie wieder und wieder und manchmal hielt er inne und atmete schwer und dann fühlte ich auf meinem Hals ein paar heiße Tropfen. Mein Gustl weinte! Das war mir eigentlich noch nie passiert! Und dann zog ich sein Ohr an meinen Mund und fragte: «Willst mich haben? Ganz? Und wirst dir nix Schlechtes denken? Hast mich wirklich gern, was? Ich hab dich auch lieb! Komm, mein Bub, komm, komm zu mir . . .» und legte mich hin und zog ihn zu mir und er war so ungeschickt. Ich schürzte meinen Rock und schob die Wäsche zur Seite, der Gustl hatte seine jungen Hände um meine Schultern gelegt und drang in mich ein und ich spürte ihn gar nicht, wie eine Feder war der Bub auf mir! Und er küßte mich tausendmal auf die Augen, die Stirn, die Wangen, den Mund, immer mit geschlossenen Augen und seufzte und stammelte: «Liebe . . . Liebe . . . meine Liebe . . . so gern . . . so gern . . . oh, so schrecklich gern . . .» Die Stunde im Wald werd ich nie vergessen. Dem jungen Buben hab ich alles in der Liebe erst zeigen müssen, er küßte auch noch ungeschickt, wie ein Kind mit offenem Mund und heiß und feucht! So unschuldig war er, da hatten seine Studenten gar nicht viel verderben können! Und ich war ja so gut wie seine erste, die paar Weiber vor mir hatten ihn nur gegraust! Ich hatte einen Liebhaber! Einen braven, armen, jungen, unverdorbenen Buben, der sich kaum traute, ordentlich zu stoßen, weil er mir weh tun könnt. Und dann spürte ich seinen Samen, schaute zum Himmel hinauf und war glücklich! Wie oft hatte ich das gefühlt und heute war es doch ganz anders, meiner Seel, so wie beim erstenmal. Also dazu hatte ich fast dreißig Jahre werden müssen, bis mir das passierte! Eine andere hat ihren ersten Liebhaber mit siebzehn oder neunzehn, und ich fühlte, wie viel mir alle die Männer, mit denen ich als ganz Junge schon geschustert hatte, gestohlen hatten! Aber jetzt war ich auf keinen bös, ich war nur furchtbar glücklich und hätt wollen, der Gustl soll in alle Ewigkeit auf mir liegenbleiben, so ungeschickt er war! Heute weiß ich's: Damals hab ich das erste Mal *aus Liebe gevögelt*!

Und dann hab ich vom Gustl ein Kind gekriegt . . . Ein paar Tage nachdem sollte ich unwohl werden, es war schon meine Zeit, aber es kam nichts. Ich nahm ein heißes Bad, probierte das und das und dann wußte ich es: ich war in der Hoffnung. Ich saß da als wie erschlagen und im Kopf tanzte mir alles. Ich könnt beim besten Willen nicht beschreiben, was ich damals alles dachte und empfand. Ich schämte mich und freute mich, hatte Angst und doch wieder wollte ich so gern ein Kind haben! Ich dachte an meine Mutter, die auch eine Menge lebendiger Kinder gehabt hatte und immer gut zu uns gewesen war! Und wie gut, wenn sie auch manchmal hinterm Rücken vom Vater mit dem Herrn Linhart gepudert hatte. Und dann dachte ich mir, daß das Kind einer Dirne doch eigentlich nichts Gutes hat, besonders wenn es ein Mädel wird. Ich wußte mir keinen rechten Rat und telephonierte halt der Steffi, die war immer meine beste Freundin, und nach einer halben Stunde war sie bei mir! Zuerst wollte sie sich zerkugeln vor Lachen! Sie warf sich auf das Sofa, strampelte und zappelte vor Vergnügen und schrie: «Die Pepi is a Mutter! Marandanna! Halts mi fest! Ja, Pepi, wie is dir denn das g'schehn! Vom Igi hat's was Kleines! Wie soll's denn heißen? Moritzl! Jessas, so schöne Schneckerln als wie der Papa, aber blond als wie die Mama! Pepi, laß den Pamperletsch taufen, nachher wer i die Firmgodl!» Dann aber wurde sie schnell ernst, wie überhaupt nur ein Frauenzimmer in solchen Lagen einer andern raten kann und fragte ganz behutsam: «Vom Gustl, gelt?» Da erzählte ich ihr alles. «Siehst es, Pepi, das is vielleicht das G'scheiteste!» Und sie küßte mich herzlich ab. «Man sagt zwar, daß auf an Weg, wo viele Leut gehen, ka Gras wachsen will, aber siehst ja selber, Ausnahmen gibt's auch! Warum soll unsereins net amal a Kind haben! Glaub mirs, Peperl, es fehlt net viel und i wer dir no neidig um dein Pamperletsch! Weißt, so a Kind, das halt einen und man hat was, für das man arbeitet und an das man denken kann! Is scho manche, die so war wie wir, nach dem ersten Kind brav geworden und hat no ganz gut g'heirat! Glaub mirs, Pepi, a richtige Frau soll a Kind haben und Mutter sein, ganz egal, obs a brave Ehefrau is oder so ane wie mir . . .» Und dann setzten wir uns schön hin und beratschlagten. Steffi: Also vom Gustl? Weißt das ganz gewiß? Ich: Bestimmt! I bitt dich, beim Igi is do so was ausgeschlossen! Steffi: No, noch besser! Aber der Vater muß doch der Igi sein und zahlen! Paß auf, der wird dir narrisch vor Freud, daß er so was no z'sammbringt! Ich: Und der Gustl!? Steffi: No, der hat halt das Urheberrecht, wie der Maxl immer sagt! A so a junger Bursch! Das erste Mal probiert er's und scho is was da! Hast ihn sehr gern? Ich: Steffi . . . i kann dir gar net sagen wie . . . Steffi: Brauchst net rot werden! Besser spät als wie gar net! Was fürs Herz muß man haben, sonst geht man ja drauf bei dem Leben! Heiraten willst ihn ja nicht? Ich: Aber Steffi, für so blöd mußt mi net halten. I wär ja a Unglück für den Buben! Aber zusammenbleiben möcht i halt mit ihm, so lang wie's geht.

Und der Igi wurde wirklich «narrisch vor Freud», als ich ihm ganz schüchtern sagte: «Alsdann . . . Igi . . . halt di an, sonst fallst runter vom Stockerl . . . nämlich Igi . . . Heut sitzen mir schon drei da! Was Kleines kommt!» – «Waaas? Waas sagst du? Großer Gott! Bestimmt? Todsicher? Wirklich! Gro-ßer Gott!» Und er sprang auf, rannte schwitzend im Zimmer auf und ab, nahm tausend Dinge in die Hand und schmiß sie wieder hin, schnippte mit den Fingern und schließlich packte er mich am Kopf und busselte mich ab, daß ich alle Engel singen hörte! Dann ließ er mich gleich wieder los und sagte ganz erschreckt: «Mein Gott, verzeih! Dein Zustand . . .» Und ich piepste: «Gelt, Igi, i darf's austragen. Muß mir's net nehmen lassen?» Da wurde er aber so wütend, wie ich ihn noch nie gesehen hatte: «Was sagst du? Natürlich bringst du ihn zur Welt! Sorgen werd schon ich! Adoptieren werd ich ihn und Bruno muß er heißen! Nein, Walter! Oder Richard! Wie gefällt dir Leo? Und er muß später das Geschäft übernehmen. Und so schön werden wie du!» Also, das war in Ordnung, aber jetzt war es mit dem Igi nimmer schön, wie er sekkierte! Ich hätt mich scho gar nimmer rühren dürfen, so war er hinter mir, und «dein Zustand» war jedes zweite Wort! Es wär überhaupt so, als wär ich gar nimmer da, immerfort nur das Kind, das noch gar nicht auf der Welt war! Keinen Schritt durfte ich mehr gehen, und der Igi, mit seiner übertriebenen Angst um «seinen Sohn», war wirklich komisch! Als ich dick zu werden begann, beschloß Igi, mich bis zur Entbindung aufs Land zu schicken und annoncierte um eine recht stille Wohnung in der Umgebung Wiens, wo mir nicht das kleinste abgehen durfte! Da zeigte es sich wieder, was für ein feiner Kerl die Steffi war! Sie richtete es so ein, daß eine Cousine von ihr, die in Neuwaldegg ein Häusl hatte, sich auf die Annonce meldete, und dort lebte ich die letzten zwei Monate in einem weißen Zimmer, schlief und aß viel, las ein bißchen und jeden Tag kam die Steffi hinaus und erzählte mir was Lustiges. Der Igi kam drei- bis viermal in der Woche, war stolz und doch verlegen, brachte Naschereien und Geschenke angeschleppt, daß das ganze Zimmer voll war und jammerte, ich solle mich nur ja schonen! Und dann kam der Gustl, der jetzt sehr blaß war und bedrückt, denn er mußte für eine sehr schwere Prüfung lernen und machte sich Vorwürfe wegen mir, das war so lustig und rührend zugleich! Die Steffi schlug ihn auf die Schulter und lachte: «Jaja, Herr Dokter! Jetzt haben S' die arme Peperl um die Ehr bracht! Jetzt müssen S' Ihnere Prüfung a z'sammbringen! Und nachher wird g'heirat und . . .» Da wurde der Gustl ganz rot und sagte: «Selbstverständlich! Für was halten Sie mich, Fräulein Stefanie? Ich weiß als Mann für meine Handlungen einzutreten!» Später, als wir allein waren, baute der Gustl, der gute Bub, Luftschlösser. Er wollte schrecklich fleißig sein und mit Auszeichnung bestehen und dann als fertiger Baumeister mich heiraten und mit dem Kind und mir nach Graz ziehen! Dort wollte er sich schon hinaufarbeiten und wir sollten in einem wunderschönen, eigenen Häuserl wohnen! Ich ließ ihm die Freude, dann sagte ich aber doch: «Is schon gut, Gustl, mein Burscherl! Bist brav und i glaub dir ja alls! Aber es is besser, du vergißt auf die Pepi! Heiraten kannst mi ja doch net! I wär ja nix für dich und verpatz dir alles! Weißt, wann früher eine so war, das kommt später immer auf und der Herr Oberbaumeister Gruber darf si das net sagen lassen! Aber das Kind wird's gut haben und gern haben wern wir uns immer? Gelt?» Da küßte er mich auf die Stirn, und als er wieder anfangen wollte, daß er «alles auf sich nehmen» werde, schloß ich ihm den Mund mit einem festen Bussel! Die Steffi und eine lustige, liebe, dicke Hebamme – Aloisa Schestak hieß sie – waren dann in meiner schweren Stund bei mir. Ich hab viel gelitten und Angst gehabt, aber die Steffi putzte mich ordentlich herunter: «Geh, schrei net gar so! Das is scho öfter passiert! Mir zwa, mir san Madeln aus dem Volk, mir dürfen net so heiklich sein als wie die feinen Damen, was dazu a Sanatorium brauchen und zehn Monat und nachher is der Pamperletsch erst nix wert!» Und als ich in den Wehen lag und immerfort wimmerte, da trocknete sie mir den Schweiß von der Stirn und sagte: «Ja, Peperl, das muß durchg'standen wern, da hilft dir ka Herrgott! Wann dir das andere paßt hat, mußt jetzt halt die Zähne zusammbeißen! Drinnen is bald, aber außer geht's schwer! No, jetzt bist bald so weit!» Als das Kind kam, war ich fast bewußtlos, und als ich wieder schauen konnte, stand die Steffi vor dem Bett und salutierte: «Gratulier, Frau Oberbaumeister Gruber! A Mädel is da! Wem's ähnlich schaut, kann man derweil net sagen, am ehesten schaut's aus als wie a faschiertes Fleischlaberl!» Und sie legten mir etwas winzig Kleines, Rotes in den Arm, das piepste und weinte und sein winziges Faltengesicht ganz bös zusammenzog! Das war mein Kind! No, am nächsten Tag kam der Igi, förmlich geschwollen vor Stolz! Es ist so komisch, wie ein Mann in einem Wöchnerinnenzimmer sich benimmt! Der große, dicke Igi schlich auf den Zehenspitzen herein und doch krachte das ganze Zimmer! Er legte mir einen riesigen Buschen von Orchideen aufs Bett, der bestimmt seine 100 Gulden gekostet hatte, küßte mich auf die Stirn, und dann saß er minutenlang neben meinem Bett, rieb sich die Hände, rückte an seinem Kragen und genierte sich. Als man ihm das Kind zeigte, war er ganz verrückt vor Freude, wenn es auch bloß ein Mäderl war! Er machte einen ganz spitzigen Mund und tippte das Kleine mit dem Finger auf die Wange, wie wenn er hätt schauen wollen, ob es auch wirklich ist! Die Kleine erwachte und begann zu schreien, der Igi fuhr sich an die Glatze und war ganz verzweifelt und fragte: «Es is doch nix Ernstes?» Dann legte er mir einen Bogen Papier aufs Bett, aber mir tanzte noch alles vor den Augen und die Steffi las es uns vor! Igi hatte mir das Haus gekauft, in dem ich die letzte Zeit gewohnt hatte, und es auf den Namen vom Kind schreiben lassen, wenn es auch derweil noch gar keinen hatte, aber die Stelle mit dem Namen war noch nicht ausgefüllt! So kam mein kleines Mädel schon als Hausbesitzerin zur Welt! Und später kam der Gustl, der sagte gar nichts, er sah das Kind mit großen Augen an, saß auf dem Bettrand und hielt meine Hand. Am Abend, als die beiden «Väter» weg waren, saß die Steffi bei mir und wir plauderten mit leiser Stimme ein wenig.

Steffi: No alsdann, jetzt bist Mutter! So was Liebs! Wie wird's denn heißen, die zukünftige Hausbesitzerin? Ich: Ja, darüber müssen mir erst no reden! Derweil hat's an Hunger! Steffi: Aber wie sie lutscht! Mahlzeit! Siehst, Pepi, jetzten sind deine Tutterln a no zu was andern als zum Filzen. Jaja! Jetzt hast a Meierei! No, tröst di, das gibt si schon wieder! Ich: Red net so laut, sonst weint's wieder! A Hausbesitzerin is heiklich . . . Steffi: Das muß scho wahr sein! Glück hast, Pepi, Glück! Und i vergunn dir's von Herzen, das kannst mir glauben! Aber hör auf, deswegen mußt net glei plaazen, mir bleiben die Alten! Ich: Steffi! Aber das eine schwör i dir heilig! Mei Mäderl wird amal net so ane wie die Mutter war! Das hab i selber auskost! Da gibt's ka Umananderflitschen, da wird g'lernt und nachher g'heirat! Mei Tochter wird a Dame!

Da lachte die Steffi und sagte gutmütig und doch ein bissel «frozzlerisch»: «No, i wünsch ihr's und dir a! Leicht is ja net, a Dame und anständig sein, solang die Männer no an Zebedäus haben! Und das Vögeln wird sobald net aus der Mod kommen! Hoffentlich will sie später a anständig sein! Aber weißt, Peperl, verschreis net! Kennst ja das alte Sprichwort:

Der Apfel
fällt nicht weit vom Stamm!»

Liebe, Lust und Leidenschaft

George R. Bach/Ronald M. Deutsch
Pairing
Intimität und Offenheit in der Partnerschaft
rororo sachbuch 7263

Nathaniel Branden
Liebe für ein ganzes Leben
Psychologie der Zärtlichkeit
rororo sachbuch 7867

Carol Cassell
Die Sehnsucht nach dem siebten Himmel
Frauen zwischen Liebe und Sexualität
rororo sachbuch 7997

Elisabeth Flitner/Renate Valtin (Herausgeber)
Dritte im Bund: die Geliebte
Über das Leben im Beziehungsdreieck
rororo sachbuch 8432

Peter Kutter
Leidenschaften
Eine Psychoanalyse der Gefühle
rororo sachbuch 8485

Peter Lauster
Die Liebe
Psychologie eines Phänomens
rororo sachbuch 7677

John Selby
Einander finden
Übungen zur Psychologie der Begegnung in Freundschaft, Beruf und Liebe
rororo sachbuch 7991

SACHBUCH rororo

C 2335/2